U0917017

天网猎狐

情殇孤月

著

镇 江

图书在版编目(CIP)数据

天网猎狐 / 情殇孤月著. — 镇江 : 江苏大学出版社，2019.4
ISBN 978-7-5684-1104-2

Ⅰ. ①天… Ⅱ. ①情… Ⅲ. ①长篇小说—中国—当代 Ⅳ. ①I247.5

中国版本图书馆 CIP 数据核字(2019)第 064944 号

天网猎狐
Tian Wang Lie Hu

著　　者/情殇孤月
责任编辑/李经晶
出版发行/江苏大学出版社
地　　址/江苏省镇江市梦溪园巷 30 号(邮编：212003)
电　　话/0511-84446464(传真)
网　　址/http://press.ujs.edu.cn
排　　版/镇江市江东印刷有限责任公司
印　　刷/句容市排印厂
开　　本/710 mm×1 000 mm　1/16
印　　张/17.75
字　　数/255 千字
版　　次/2019 年 4 月第 1 版　2019 年 4 月第 1 次印刷
书　　号/ISBN 978-7-5684-1104-2
定　　价/48.00 元

如有印装质量问题请与本社营销部联系(电话:0511-84440882)

目录

信息武器

跨国猎狐

幽灵捕手

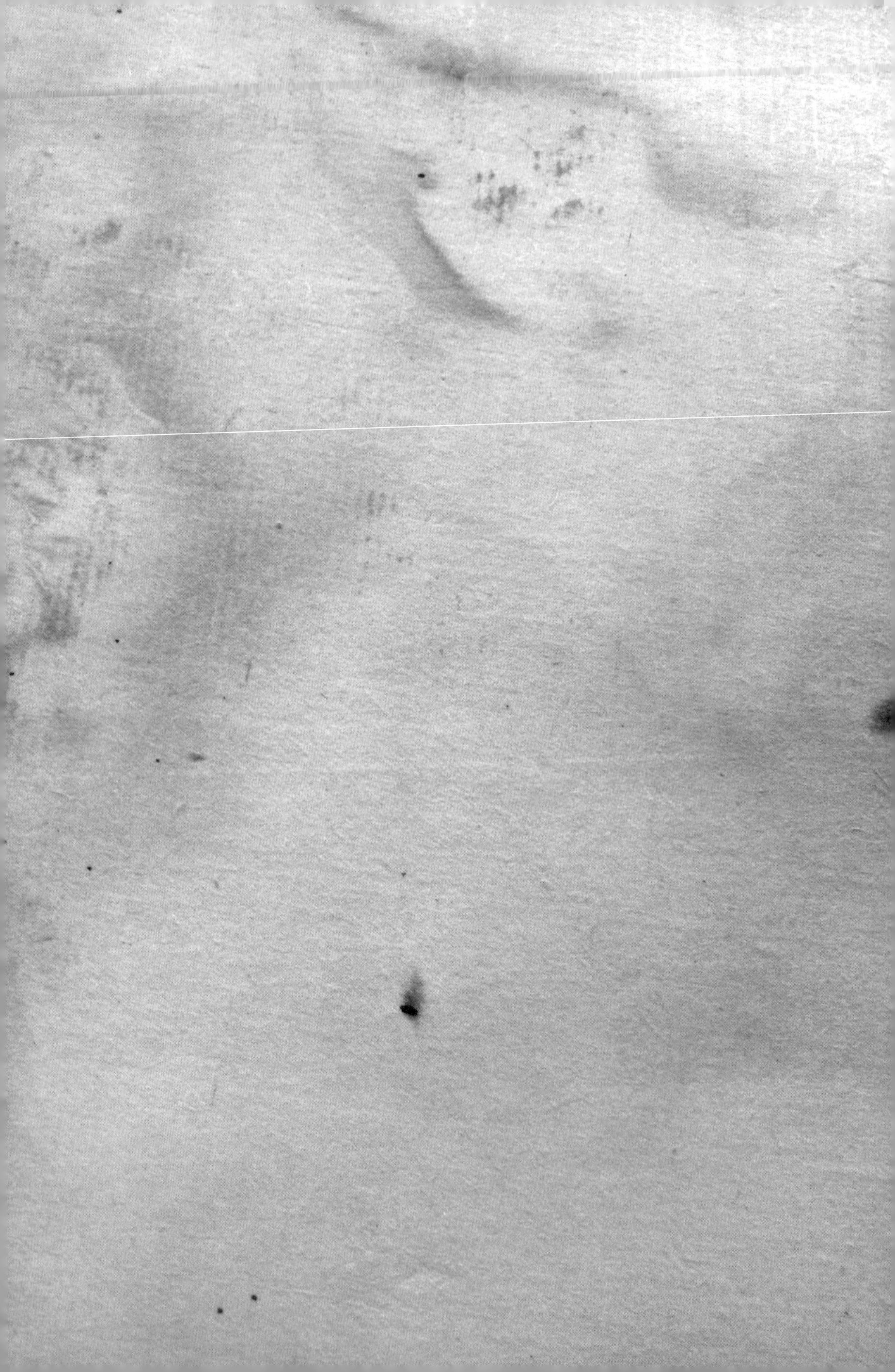

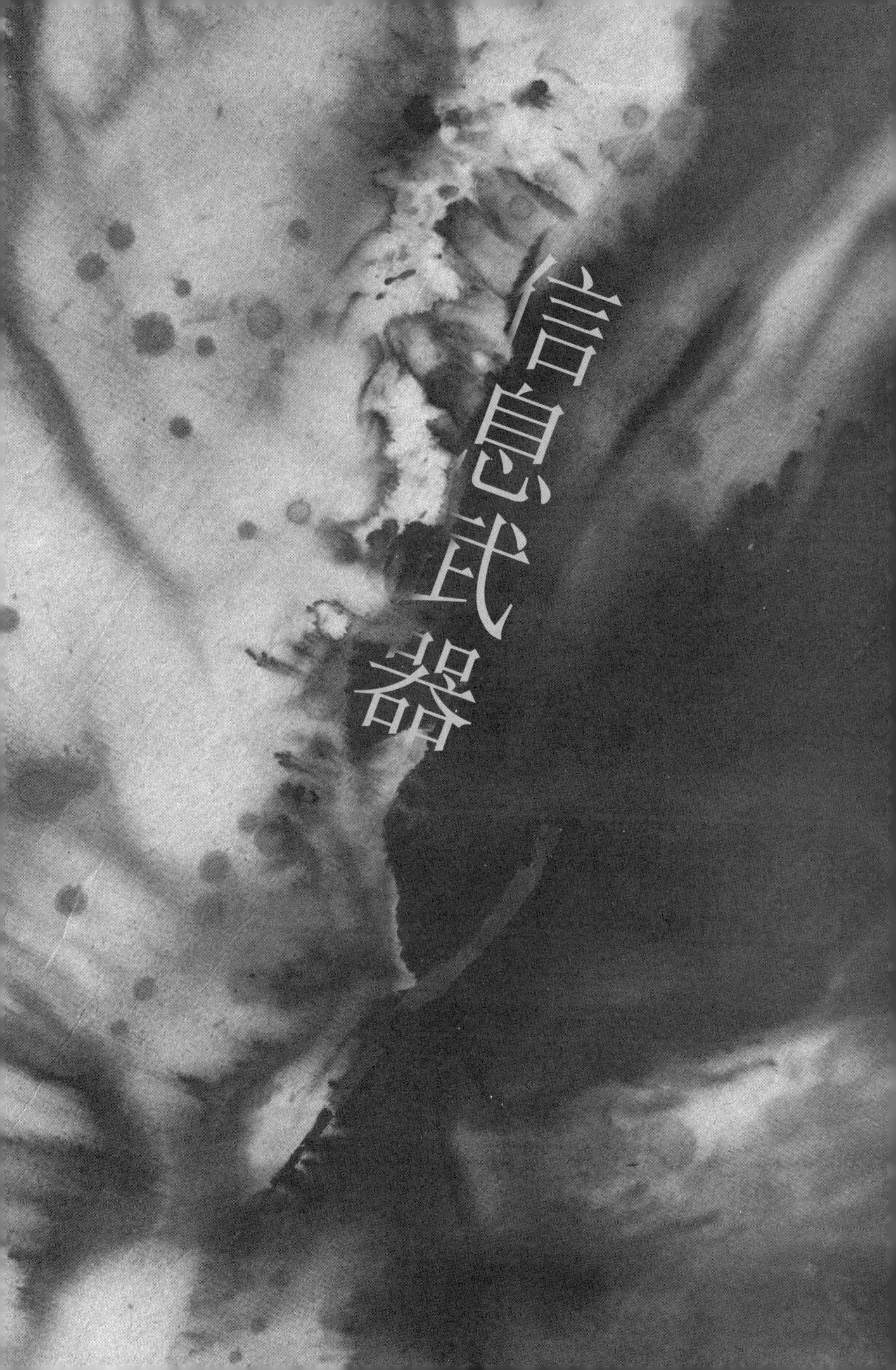
信息武器

信息武器

有关部门秘密研制的新型信息武器——木马病毒“玄武一号”竟意外泄漏，作为主要研制者的警校教授黄耀中以涉嫌从事间谍罪被逮捕。

一直作为黄教授助手的警校女生徐素年坚信老师被人诬陷，决心为老师寻找证据，洗脱嫌疑。然而，国际黑客与境内间谍相互勾结，孤身一人的她能够成功破局吗？

扫一扫
听听发生了什么

1. 课堂上的间谍

苏省警官学院的阶梯教室里，落针可闻，一个个身着警服的学员聚精会神地听着讲台上一名老者的讲授，不时提笔在笔记本上记录着什么。

虽然那名教授胡须都白了，年龄至少在六十岁以上，但口中说出来的一个个专业词汇却丝毫没有“落伍”，反而很时髦。

“移动支付给我们的生活带来了巨大的便利，但是也给个人信息泄露带来了更大的风险。”

“如果对个人信息不加以保护，我们的隐私将被黑客们一览无余……”

“我们是谁，住哪，一个月挣多少钱，甚至喜欢什么口味的比萨，暗恋过谁，他们都会知道!”

就在这时，一名身穿警服，戴着银框眼镜，面容清丽的女生抬手问道：“请问黄老师，黑客能够利用大数据获取普通人的信息，他们会用这些信息来做什么呢?”

“徐素年同学的提问非常好。”老者扶了扶老花眼镜，笑道。

“大数据算法如果用在购物和娱乐 APP 上，APP 可以根据我们的偏好给我们精准推荐商品和节目，节省我们的时间、精力……”

“但如果被犯罪分子利用，他们就可以根据我们的生活轨迹信息，量身定做一套骗局……”

“或者利用我们在大数据里暴露出来的缺点，对我们发动精准的网络攻击。比如……”

他顿了顿，问道：“在宿舍常年不关路由器的同学请举手!”

听到黄老师的话，十几个男生木讷地举起手来。

黄老师笑道：“这习惯你们赶紧改了吧，否则哪一天，你们的游戏账户、支付宝被黑客通过 Wi-Fi 黑进去，家底被搬空了你们都不知道呐!”

全场顿时报以哄笑和掌声。

黄老师抬起手来，示意大家安静，又正色道："所以信息泄露，哪怕是一丝一毫的信息泄露，都不可小视!"

"可以预见，在不远的将来，虚拟货币与虚拟账户安全将会是我们与不法分子斗智斗勇的主战场。"

"这也是我们警校设立网络安全工程课程的初衷!"

"在未来的互联网时代，就需要你们来保护人民的财产和安全。"

他握住手里的信号笔，话音铿锵有力。

"绝不容许黑客们将我们人民的虚拟财产当作'肉鸡'予取予求!"

"因为互联网即便没有国界，也绝对不是法外之地!"

正说话间，忽的，阶梯教室外，皮靴踩在走廊上"哒哒哒"的脚步声接连不断传来，在原本安静的课堂之外显得无比扎耳。

一脸得瑟的教务主任与两名神情严肃的西装革履的高大男子并排走进教室。

"黄耀中，有人找你，你摊上大事了!"

听到年纪比黄老小了二十来岁的教务主任居然对德高望重的黄老师直呼其名，很多学员都皱起了眉头。

然而，未等教务主任的话音落地，其中一名高大男子已经掏出一张盖着红戳的文件，对着讲台上的老者开口道："我是苏省国安十一处工作人员，黄耀中，你涉嫌从事间谍活动，我们根据《中华人民共和国国家安全法》对你执行羁押!"

话音落下，安静的课堂顿时炸开了锅。

"黄老师怎么可能会是间谍?"

"怎么可能？是不是哪里搞错了?!"

甚至有警校学员自发站了起来，大声说道："领导，肯定是什么地方弄错了，黄老师德高望重，还是享受国务院津贴的网络安全专家，怎么可能……"

话音刚落，教务主任转过身来，冷声道："你们想干什么?"

"妨碍人民警察执行公务是什么罪?"

他厉声道："你们的法律规章课，看来都得重修啊？"

被他这样一呵斥，站起身来的好几名警校学员只得握紧拳头，低下头来，不再说话。

反倒是身处风口浪尖的黄老面不改色，镇定自若，仿佛是早就料到这一天的到来一般。

他收起散落的讲义，看着手持文件的男子道："我就知道，你们会怀疑到我的！"

黑衣男子一副公事公办的态度，低声说道："黄老，我们也是奉命行事，请吧！"

眼见着黄耀中被带走，教导主任心理不禁冷笑了起来："黄耀中，你也有今天啊！"

他的目光从全班学员脸上掠过，宣布道："今天的网络安全课现在下课，本学期的课程以后都由我来给你们上……"

"对了……"

他得意地指着好几个站起身来为黄老出头的学生："刚才站起来顶撞老师的几位同学……"

"由于你们不尊敬师长，我宣布，你们的平时分都是零分！"

刹那之间，全场哗然，教务主任却是冷冷道："看来这学期想拿零分的人不少啊？"

看到重新恢复死寂的课堂，教务主任终是得意扬扬地离开了。

没有人注意到，之前在课堂上提问的女生早已收拾好书本，低下头，直接从教室后门走了出去。

徐素年的脑海中，不断回荡着刚才国安局带走黄老时所说的话。

"间谍？"

"我跟着黄老师做了那么多的研究，他怎么可能会是外国间谍？"

她的脸上虽然还带着稚气，目光之中却闪烁着不属于这个年龄的坚毅。

"他一定是被人诬陷了！"

"我一定要查个水落石出！"

2. 信息武器 X－1

徐素年从阶梯教室出来，并没有回学生宿舍，而是径直朝着教工宿舍走去。

到达教工宿舍，她熟练地上了三楼，从口袋里取出一串钥匙，伴随“咔咔”两声锁芯转动的脆响，老式防盗门“吱嘎”一声缓缓被推开。

门内的世界，简直像是科幻片里的场景。

被深色窗帘彻底遮光的狭窄两居室内，满满当当地堆积着显示器、主机，以及各式各样连业内人士怕都叫不出名字的电子仪器。

一圈一圈的电线更是像传说里盘丝洞的蛛丝，密密麻麻牵来扯去，简直叫人头皮发麻。

徐素年抬起手，手指按在进门右手边的触屏上。

“咔”的一声轻响，随后整间房子响起老式日光灯跳闸时的电流声，刹那之间，一串串绿光在堆放在房间里的主机上亮起，所有的显示器也一齐亮了起来。

房间里摆放的唯一一张工作桌兼餐桌上，电子相册也通上电亮了起来。

相册里正是头发尚未雪白的黄耀中教授与一名少女的合影。

照片上的少女梳着羊角辫，个头刚及黄教授的腰部，笑容无邪天真，模样竟与走进房间里的徐素年，十分相像。

徐素年在看到这张照片时，不禁咬了咬嘴唇，径直坐在了电脑面前。

她看向屏幕，清了清嗓子：“打开界面。”

话音落下，原本千篇一律的 windows XP 界面骤然如水波荡漾，化为一幅充满科技感的界面。

“欢迎您，sir！”

甜美的机器合成音从老式电脑的音箱里传出来。

“搜索近一周内被隐藏的文件。”

徐素年清声命令道。

几秒后，机器合成音的回答却是："sir，没有隐藏文件！"

徐素年眉头微蹙，命令道："时间范围调整为一个月之内。"

很快，机器合成音又回答道："sir，没有发现隐藏文件。"

徐素年不禁自言自语起来："老师以前有事，都会留隐藏文件给我的……这一次出这么大的事，怎么反而……"

就在这时，她的目光骤然一撇，一下就看到了桌上的电子相框。

那是一张冲洗过、有一些年代的照片，照片底下清晰可见，冲洗时间是2008/8/18。

徐素年的瞳孔骤然一缩，蓦地想起了什么，低声却干练地命令道："搜索指令080818。"

屏幕画面顿时向内凹陷，柔和的电子合成音响起："sir，发现文件，是否打开。"

"打开！"

徐素年特有的声线经过扫描进入系统，很快文件就被打开了。

留下的居然是一个视频文件。

昏暗的灯光之下，是黄教授坐在椅子上的身影，他平静地看向镜头，沙哑的嗓音通过喇叭传了出来。

"素年，如果有一天我被带走了，那一定是因为信息武器X－1泄露的事情。"

没等徐素年反应，视频上的黄老继续说道："信息武器X－1又称为'玄武一号'，原本是六年之前我与你父亲受相关部门委托联合研制的一种特殊木马病毒，但是你父亲在计划开始没多久就意外失踪，就由我独立研制完成。"

"X－1不同于普通的木马病毒，其作用是远程锁定服务器，截获信息。"

"研制完成之后，昨天是第一次实战应用，有关部门在对境外恐怖分子的主机植入木马病毒之后却被反制，导致整个指挥中心电脑全部感染蠕虫病毒，丢失了大量珍贵资料。"

不知是电脑屏幕反光的缘故，还是这些天的事情对他的打击实在太大，黄老的脸色苍白了许多："我得到消息时就知道肯定是X-1泄露的缘故。"

"因为在交付之前，有一次疑似机密泄露事故，可能是有关部门的失误，也有可能是间谍的破坏。"

老人凝视着镜头，徐素年感觉自己像被老人的目光盯住，寄托着重担一般。

"能够证明我清白的，只有你了。"

"素年，我与你父亲的研究成果，不能落在恐怖分子的手里，至少你也要销毁泄露的信息武器X-1!"

徐素年听到黄老的话，轻咬嘴唇，秀眉却不由自主地皱了起来。

毕竟她还只是一个普通的警校学生，真的能够与国际黑客，与恐怖分子，甚至与有关部门对抗吗?

似乎是预感到了徐素年的疑惑与不自信，黄老目光坚定地看着镜头说道："不必担心，我会为你安排帮手的!"

他看着镜头，慈祥的眼眸满是坚毅，沉声说道："记住我对你说过的话，再深沉的黑暗中，也不要放弃，拥有希望，就一定会看见——曙光!"

说完，他抬起手，在面前的键盘上利落地敲下好几个键。

画面登时变得雪花点点，就像是信号不佳的彩色电视一样。

"为了防止黑客顺着X-1的源代码追踪到这里，也为了防止研究成果落入别有用心的人手中……"

"我已经全部设计好了。"

"在你看完这一个视频文件后，除了一个加密文件包，所有的电脑文件都会自毁。"

"素年，所有的秘密都在……"

话音未落，画面刹那黑屏，徐素年猝然如幻梦惊醒，下意识地敲击键盘，想要听完那一段视频。

映入眼帘的却是系统重启的画面，大约过了五分钟，计算机才重启完成。

桌面上空空如也，只剩一个加密的文件包。

徐素年赶紧点开文件包……

“整整有10个TB？这么大的文件包？”

“不对……”

她敏锐地察觉到了，这个文件包本身并不大，大部分文件居然来自于它的加密文件。

就好像是将一块方糖放进了缠着层层铁索的盒子里一般。

这整整10个TB的文件，只不过是保护它的铠甲而已。

究竟是多么重要的文件，才会用这么多道加密程序去保护它？

如此巨大的文件包，且不说解开要花多少时间，其中又到底隐藏了多少秘密？

“之前老师说起，这信息武器X-1是他跟我爸爸的心血，难道说，六年前我爸爸失踪的事情也与这个有关吗……”

徐素年的秀眉拧得更紧，目光却变得更加坚毅起来。

自从六年前，父亲离奇失踪之后，她就被托付给黄老师照顾。

在这期间，她受到黄耀中老师的启蒙，对信息技术产生了极大的兴趣，继而报考了苏省警官学院的信息工程专业。

黄耀中老师对于徐素年来说，亦师亦友，亦师亦父。

她又怎么可能坐视黄老蒙受不白之冤，一身清名晚节不保？

“为了老师，为了父亲，多么困难，我也会做到！”

就在这时，寂静到落针可闻的工作室里，手机震动的声音突兀刺耳如黑夜里的渡鸦。

一条短信突兀地直接打开，出现在徐素年的手机屏幕上。

短信号码居然是警校教务平台的群发短信。

“徐素年同学，我是黄耀中老师派来协助你的人。网桥已转发至你的MSN邮箱，迅速收取，时间不等人！”

她皱了皱眉头，手机登录上自己的MSN账号，果然看到了一连串如乱码般的数据通过邮件发进了自己的邮箱里。

如果是一个互联网“小白”，一定会以为这是一封垃圾邮件，直接就删掉了。

徐素年却一眼就看出，这是一个登录暗网中特定网站的“网桥”，相当于进入一处网站的通行密钥。

没有“网桥”，即便有天大的本事，也没法黑进这间网站里。

徐素年想了想，关掉邮箱，打开了自己的 QQ 账号，将聊天的界面点开。

徐素年找到一个叫瑛子的好友，将网桥的代码复制进了聊天框里发了出去。

很快，“瑛子”的头像就亮了起来。

两人的聊天记录简洁到令人咋舌。

“网桥？”

“对！”

“要帮忙？”

“老地方见！”

3. 可见的网络仅有 4%

“暗网”是不能被互联网标准引擎搜索到的网站总称，根据统计，可以被搜索到的明网只有 4%，暗网却高达 96%。

就好像是海面上的冰山，能够被领航员看到的只有极小的露出水面的部分，更大的部分则隐藏在海面下。

暗网最初的设计者是美国中情局，设计初衷是为了让间谍可以在完全隐藏身份的前提下不被察觉地交换情报。

但是后来中情局向社会公开了暗网的登录入口，这才让这个无法无天的黑暗世界进入了所有人的视野。

理论上暗网里面的任何资料和数据都无法被追踪，所以任何合法的、不合法的交易都可以在这里进行，暗网也是全世界黑客的巢穴所在。

可是谁也不曾想到，在苏省警官学院后街的网吧里，居然有一个黑客小团体的窝点。

不过，就算被告诉，这是黑客的窝点，恐怕也没有人会相信就是了。

只见“极速网吧”的招牌有气无力地挂在缠满了劣质电线的墙上。

大红底色掉得差不多的店招跟一堆包子铺、小旅社的店招混杂在一起，不仔细看真的很难发现。

徐素年拎着包上了楼，过了转角，狭小的网吧里，只有稀稀落落几个染着五颜六色头发的小青年，正在里面打着“穿越火线”。

与大型网咖一机难求的盛况相比，极速网吧里的人气简直是惨不忍睹。

要知道这年头老实本分管自己叫“网吧”的店已近乎绝迹，倒是各色“网咖”“电竞馆”“电竞会所”遍地开花，叫“网吧”的几乎都是零几年老掉牙的机器，连大型一点的游戏都玩不了。

若不是与电竞会所动辄十元一小时的高昂价格相比，两块钱一小时的价钱实在亲民，否则怕是连穷得叮当响的学生党都懒得来这里。

恐怕正是因为生意太过惨淡，连网管都“佛系”得很，居然不在吧台坐班，任由外面几个小青年一边抽烟一边打游戏。

看到徐素年掩着琼鼻，皱着眉头，穿过香烟的云雾，好几个小青年甚至还自得地朝着她的方向喷了几口烟圈，对看一眼，猥琐地笑了起来。

她走到最里面的一间铁门前，抬起手来敲了三下，沉声喊道：“瑛子，是我，徐素年！”

片刻之后，脚步声传来，几道老式锁芯转动的声音之后，一张敷着面膜的年轻面孔出现在了门的后面。

她一看到徐素年就笑了起来：“我说素素小姐姐，您这脸都冷得可以刮下霜来了，脸色这么不好，出什么事情啦？”

徐素年听了瑛子的调笑，也没有多做解释，低声说道：“进去说吧，外面人多口杂。”

瑛子让开门，徐素年赶紧跟了进去。

铁门缓缓关闭，眼前的一幕与屋外破败的网吧截然不同。

一台台交换机串联着上百台电脑，绿色的指示灯光芒连缀成片，让人眼花缭乱。

仔细去看，就会发现，这些电脑都不是成品，而是放在一个个卡槽里的半成品。

徐素年还没有说话，敷着面膜的瑛子身边一个染着一小撮黄毛的小伙子已从房间里唯一有显示器的电脑前站了起来，也不知道是紧张还是口吃，结结巴巴地对徐素年说道：

“素……素素姐好！”

徐素年知道，这是瑛子的男朋友，也是这网吧的主人，徐杰。

比徐素年小两个月，因为长了一张娃娃脸，又跟徐素年一个姓，徐杰就一直张口闭口地喊她“姐”。

没等瑛子开口，徐杰就像是大孩子炫耀自己的新玩具一般，站起身来，指着身后一排排的“半成品”电脑炫耀道：“姐……你看、看我、我、我新改装的、的矿、矿机！”

别看这徐杰看起来是一个阳光帅气的大男孩，说起话来却是磕磕绊绊，让人听得耳根子发疼，都要为他着急了。

“得了得了别说了！”

瑛子抬起手来，重重地在他肩膀上一拍，将他按了下来，嫌弃道：“你这还是少说几句话吧！还不如你打字来得顺溜……”

“逢人就夸自己组装的那些个挖比特币的矿机，我都烦死了！”

她接着又白了徐杰一眼，吐槽道：“老娘当初怎么就在网上谈了你这么个男朋友，要知道你现实里是个结巴，谁跟你谈恋爱啊！”

徐素年听了瑛子的话，之前因为老师的事情而绷着的脸，终于一下子没忍住，“扑哧”笑出声来。

偏偏这时候，徐杰又磕巴道：“素、素素姐笑起来，好……好看！”

瑛子当即狠狠剐了这不知死活的小子一眼，侧过脸来对徐素年关切道：“素素，你说说看，到底出什么事情了？”

徐素年便将黄耀中老师如何被抓、为何被抓，以及自己需要上暗网的事情，简略地告诉了这两人。

虽然看瑛子和徐杰的样子都不是技术小白，但是当他们听说黄耀中老师居然在研究可以劫持、锁定服务器的信息武器 X-1 的时候，还是忍不住吃了一惊。

“这东西要是落到心术不正的人手里，可就坏了啊！”瑛子皱眉说道。

“尤其是办公局域网里的电脑，只要有一台意外染上，全局域网的电脑都会中招，除非找到那个病毒投放者，否则这些电脑的数据就都要完蛋了。”

徐杰也说道：“尤……尤其是挖比特币的……矿场，那损失，还、还要大啊！”

瑛子的本职工作可不是黑客，而是一家互联网企业的从业者，和徐素年几年前在技术论坛认识，又都在省城里，“面基”之后惺惺相惜成为好闺蜜好朋友，她对于局域网被病毒入侵这种事情，敏感至极。

徐杰看起来本职工作是个网吧老板，实则是一名电脑改装发烧友，最近又做上了挖比特币的买卖，成了一名“矿工”。

可以说，他们能想到的最大问题不过是局域网被感染。

而这些境外的黑客明显野心比这大得多，从他们反制之后立刻用蠕虫病毒袭击了指挥中心来看，对方的进攻目标极有可能会是政府机关的内网，甚至是机要部门的数据库。

现在的情况下，如果 X-1 成功袭击了这些机构，黄老的间谍罪绝对就坐实了。

间谍罪，最高是可以判处死刑的！

徐素年怎么可能会让自己敬爱的老师面对这样的指控？

一定要找出真凶，尽快将泄露的 X-1 木马病毒销毁才行！

想到这里，她掏出手机对瑛子说道：“我要找个安全的地方上暗网。”

“在学校里上暗网太危险了，万一染上了木马，全校的机器都要遭殃。”

听完徐素年的话，瑛子还没表态，徐杰就忙不迭地点头道：“没问题，我……我电、电脑都装防、防火墙的!”

瑛子白了他一眼，徐素年却笑了起来：“防火墙也没什么用，不过你还是把电脑借我用一下，我替你再改装一下。”

原本徐杰以为技术大牛的“素素姐”会给自己的台式机来个单车变摩托的大改造，哪里知道徐素年不过是把摄像头与麦克风都彻底拆除，又将所有连接的矿机给断开了而已。

做好所有准备工作之后，徐素年下载了专门浏览暗网的洋葱路由，改好了 IP 地址，距离登录暗网只剩下输入网桥这最后一步了。

洋葱路由不是说这个路由器长得像洋葱，而是说这个路由器被软件层层加密，像洋葱一样保护着自己——这是进入暗网的入口。

输入复制来的网桥之后，浏览器里跳出来的界面却不是什么高端网站，而是一个类似于私人邮箱的网站。

邮箱里空空如也，仅有一个 EXE 的程序，以及一小段话。

“我叫大刘，这是文件包的解密程序，受黄老师之托转交给你。”

“黄老师的案件一个月之内就会定性，请尽快找出幕后主使，寻回或销毁信息武器 X-1。”

“时间紧迫，祝你好运!”

4. 需要好多钱啊!

看到这封邮件，已经敷完面膜，穿着居家长裙的瑛子托了托自己的黑框眼镜问道：

“这个人是谁啊?”

“居然把自己在暗网的私人邮箱都给你开放了?”

要知道，在暗网里架设一个网站极不容易，只有混得很好的黑客“大牛”才能阔气到用一个暗网的网站做私人邮箱来使用。

这样的网站，知道的人越少，就越安全，对方居然把自己私人邮箱的网桥都给了徐素年，绝对是怪事一桩。

徐素年抬起鼠标，指了指邮件下方的一个二维码签章说：“对方既然敢把二维码签章给我们留下，想来应该是希望我们足够信任他，避免不必要的猜忌。”

徐杰和瑛子顺着鼠标看去，果然见到邮件下方有一个二维码签章。

这是黑客们常用的方式，类似于普通人的签名，一般只有简单的加密保护，破解之后就可以知道对方在发送这封邮件时的 IP 地址以及所使用电脑的 MAC 地址。

通过 IP 地址可以知道对方处在何国的网络，但不一定真实；而 MAC 地址是硬件地址，每一台电脑都不一样，无法伪装。

在黑客当中，一旦某人暴露了自己的 MAC 地址，就好像在黑暗森林里暴露了自己的位置一样，十分危险。

所以二维码签章也是黑客之间要合作或交易时的“取信之物”，等于是各自将把柄放在了对方手里，才可以精诚合作。

此时此刻，徐素年看着这个二维码签章，心内无数的问题狂涌而出。

“他真的是老师叫来帮我的人吗？”

“他为什么要帮助我？”

“他真的值得我信任吗？”

“他既然这么厉害，为什么不直接出手帮老师收集证据，证明清白？”

“他究竟是谁？是不是跟我父亲也有关系？”

一连串的问题，浮现在徐素年的脑海里，让她有迫不及待去破解这个二维码签章的冲动。

但是她的鼠标点到二维码签章上顿了顿，还是挪开了。

“素、素素姐，你要是不放心，就看看他的签章好了嘛！”

一边的徐杰开了一罐可乐，边喝边说道。

“毕、毕竟他、他要你下他的程序呢！”

瑛子也是紧张道：“暗网上的程序，谁敢下载啊……说不定就下了个见都没见过的病毒。”

徐素年却是面色稍稍平静了下来，说道：“二维码签章是机器自动生成的，做不得假，对方既然敢发过来，就是希望我们信任他……”

“我们就不应该再怀疑他了。”

她说到这里，抬起鼠标，双击，直接将那个应用程序下载了下来。

安装包装好之后，她又取出随身携带的移动硬盘，毫不犹豫地插在了机箱上。

再从移动硬盘里打开那个10个T的文件包，果然……

文件自动运行了起来，在弹出的一个黑底色的屏幕里，不断有代表二进制的数字0与1跃出，仿佛在解算数谜题一般飞快地解密起来。

“这个文件是什么?”瑛子推了推眼镜，诧异道：“这么大?”

徐素年淡淡说道：“这是黄老师留给我的文件包，里面有可以为他脱罪的关键证据。”

如果说之前他对于这个“大刘”还有疑惑不解的地方的话，现在基本上已经是完全信任了。

“将文件包存在自己的私人工作室，只有用我的声线密码才可以得到。”

“再将解密程序托付给别人，当电脑销毁数据时就给那人发信息，让他联系我……”

徐素年琢磨道：“我仅仅有文件包，没有解密程序，即便被相关部门搜走或者黑客劫走了文件包也不会泄密。”

“而那人手里只有解密程序，没有文件包，这个应用程序也就是个没有用的程序，就算被人查到也没有问题，也不怕别人会窃取老师的宝贵资料……”

她沉吟道：“这还真的是老师严谨的做事风格啊!”

徐素年正思索时，忽然徐杰惊叫了起来，也不知道是不是过于惊讶，竟是说话都不结巴了：“素素姐，这界面不是挖比特币的界面吗?”

“你给骗了！咱们的电脑中病毒变矿机啦!”

徐素年被徐杰一提醒，目光一变，仔细看了一会儿，不禁笑了起来：“瞧把你给害怕的。”

“啊?”

徐素年指了指界面说道：“只是界面相似而已，不必紧张。”

她解释道：“挖比特币是在解高难度的数学题，这个程序全是二进制算法，怎么解数学题?”

“可能是老师为了保险起见，才把这个界面做得像挖比特币的矿机程序而已。”

听了徐素年的解释，徐杰总算是如释重负，摸了摸心口说道：“那就好，那就好，吓、吓死我了!”

“我配这些矿、矿机，花了二十多万块了，要、要是给别人挖矿去了……”

“我……我得心、心疼死!”

一边的瑛子说道：“可是这解密程序得解到猴年马月啊……”

她指了指程序上显示的时间道：“三十多万个小时，一万多天，得三十来年啊!”

“解完了，黄花菜都凉了!”

徐素年皱了皱眉头，蓦地说道：“徐杰，我想把挖比特币的矿机连上来，行不行?”

徐杰正要拍胸口表态，但一下子想起了什么，看了看身边的女朋友瑛子，见对方没有表示反对，终于点了点头。

随着矿机一台台亮了起来，程序上显示的时间飞速减少。

待到所有矿机连接上之后，时间立刻减少到三万多小时，虽然减少到了十分之一，但还是要三四年!

三年多说起来不长，但对于还有一个月可能就要被提起公诉的黄老师来说，长得有点过分了。

“还可以运算得更快一点吗?”

徐杰挠了挠头，为难道：“运转一阵子后，只要不掉线，算力会达到顶峰，但……但也只能稍、稍微快一点点。”

“算力”是挖比特币的矿机术语，意思是运算能力，算力越强，解题能力越强，挖到比特币的概率就越大，跟其他电脑合作挖矿，能够分到的份额也越大。

同样的，在这个程序里，算力越强，解密需要的时间也就越短。

听到徐素年发问，徐杰眨巴眨巴眼睛道：“要想增加算力，就得买显卡。”

“多少钱?”

瑛子在一旁说道：“一台矿机得要好多钱的啊，几万?”

徐杰说道：“组装我会，就是显……显卡贵，一部矿机至少六个显卡，一条就要两千多。”

虽然徐素年对矿机的价格有心理准备，但是听到光显卡就要一万二，还不算主板和主机，一台矿机至少也要两三万元，她还是微微吃了一惊。

关键是，一台矿机哪里够?

徐杰这网吧里都有十几台矿机，尚且要三年才能完全解密。

也就是说，想要一个月内解完，在最理想的状态下，至少也得再要四五台矿机。

也就是十万块钱!

她毕竟只是一个警校没毕业的学生，上哪里去弄这么多的钱来?

瑛子看了看徐素年，无奈地说：“好姐妹，这几天我买了一个 LV 的包包，我一下子也拿不出这么多钱来啊……”

徐杰也搓着手心为难道：“姐，我这里刚配的矿机，也……”

就在众人都一筹莫展的时候，瑛子忽地打了一个响指，看向徐素年，笑道：“素素，我一下子想起来还有一笔肥单呢!”

“肥单?”

面对徐素年困惑的表情，瑛子笑道：“是啊，我做网络安全的嘛，有一个私募基金公司的电脑被袭击了，他们在黑客论坛上找到了我，要我去帮他们解决呢……”

瑛子青春洋溢的脸上流露出了淡淡的自诩之色：“你知道的啦，我在修补系统漏洞方面还是小有名气的，全国前三，亚洲前十哦!”

瑛子看了看徐素年笑道：“我正好推荐你去就是了，也不远，就在江城，离我们这开车一个小时，高铁半小时就到了。”

“虽然你跟黄老师学的是网络劫持和远程控制，不过触类旁通啦……”

“只要能帮他们保留下重要数据，再解决掉被袭击的漏洞问题，就可以得到六万块的酬金。”

徐素年听到只要解决问题就有六万元酬金，不禁诧异道：“出手这么大方吗？”

瑛子嬉皮笑脸地把胳膊搭在了男友徐杰的肩膀上，说道：“做私募基金的，就是P2P，我的好姐妹，P2P你懂吗？”

她展开双手，眼睛里像是有金钱的光芒一般，脸上的表情都夸张到扭曲地说道：“这些个土豪，每个毛孔里流淌的可都是钱啊！”

徐素年却说道：“P2P公司不都是‘庞氏骗局’圈老百姓的钱，再放高利贷给别人吗？这钱赚得干不干净啊？”

瑛子却道：“我的好姐妹啊，你又要十万块钱急用，又要管人家钱来得干净不干净，这是干什么呦……”

瑛子一双玉臂搭在身前，笑道：“做咱们这行，只要是合法的企业的合法行为，都为他们服务，说到底做的是拿人钱财为人消灾的善事嘛！”

“比起那些无论什么活，给钱都做的黑客，我们已经超有职业道德了好吗？”

瑛子见徐素年好像不为所动，又朝她挤了挤眉毛，有些不怀好意地笑道：“关键是，那个公司的总裁，又年轻，又多金，又帅气啊！”

“还是一个大集团的公子哦！”

她似有些埋怨地看了身边的徐杰：“要不是我跟这个家伙谈恋爱了，这么好的小鲜肉，贴钱我也干，才不让给你呢！”

5. 总裁和黑客哪个更冷？

翌日，徐素年拿着瑛子写的推荐信坐上了去往江城的火车，下了高铁就看到举着“益基金接爱丽丝老师”牌子的员工。

“爱丽丝”是徐素年在黑客论坛的昵称，她在网络世界的身份是黄耀中老师的助手，也算有一些名气了。

徐素年与那员工出了高铁站就上了车。

来接徐素年的车是今年新款 S 级奔驰，内饰是最豪华版，真皮座椅还带按摩功能，里里外外都透着土豪的味道。

身为一名准人民警察，徐素年心里隐隐有些排斥。

正如她之前所说，很多私募基金都以高利率为诱饵吸引老百姓储蓄，然后再放高利贷赚钱，做的是在法律灰色地带试探的勾当。

这样的企业说不定是被什么有正义感的黑客给“替天行道”了，所以才会遭到攻击，自己为了酬金去帮这样的公司，是不是有点“助纣为虐”的感觉？

正当坐在车后排的徐素年天人交战，甚至考虑要不要回省城的时候，奔驰车缓缓停了下来，司机恭声道：“爱丽丝老师，我们到了。”

车门缓缓打开，只见豪车停在街边一栋精致的三层小楼前。

徐素年在司机的陪同下推门进去。

只见大厅里面是简洁大方的服务台，目之所及，反倒没有了奢靡的装饰品，甚至连土豪标配，十几万一台的水晶大吊灯都没有。

就连供客户洽谈的水吧配的都是不锈钢桌椅，只不过做了几个别出心裁的造型，显得不那么廉价而已。居然也不是土豪标配的真皮沙发或实木桌椅。

尤其惹眼的是，这分明是一个做 P2P 的金融公司，总服务台后面幕墙上打的 Logo 却是四只相互握在一起的手掌，红色底色，乍看之下，还以为是社会福利机构的标志。

正当徐素年为这种反差感到吃惊的时候，旁边的员工已领着她上了电梯，到了三楼的总裁办公室。

推开门的一刻，虽然徐素年早就听瑛子说过，这家基金的总裁是一位多金的小帅哥，但当她看到侧着脸，倚在窗台边，眺望窗外的男子时，还是忍不住有被惊艳到的感觉。

倒不是说怦然心动，或是小鹿乱撞，而是惊艳的感觉。

就像是看到了一件精致到叫人眼前一亮的艺术品。

剪裁得体的定制西装，名贵的阿玛尼衬衫，在他轮廓分明的脸部，剔透如艺术品的立体五官，刷子般的修长睫毛，如星辰的明亮眼眸面前，都黯然失色。

更别提他在西装遮盖之下，依旧可以看得出来的硬朗线条。

这是在极有自制力的情况下，花大量时间长期健身的产物。

后者几乎是富家子弟与财富自由的成功人士才有的特权。

一个男人能够拥有这几者当中的一个或两个，都可以算得上抢手的优质男了。

更何况这个男人如独得上天宠爱的骄子，竟将这些优点都揽在自己一个人的身上。

那领路来的员工推开门，恭声道："苏总，爱丽丝老师请来了！"

闻言，那位年轻的总裁方才转过身，正面看向走进门来的徐素年，但他的眉头却是一下子皱了起来。

好像是对徐素年不太满意似的。

但他的眉毛很快又舒展了开来，脸上带上礼貌的微笑，坐回到自己的老板椅上，抬起手来，做了一个"请坐"的姿势。

他看向徐素年，指了指桌前装着名片的盒子道："爱丽丝小姐，这是我的名片，您可以自取。"

徐素年虽然是一个在校生，但哪里还能看不出对方的态度。

正常给名片应该是双手捧着送上去的，哪有叫人自己从桌子上拿的道理？

徐素年的脸色一下子就阴沉了下来，沉声说道："苏总，若是您怀疑我不能解决贵公司的问题，可以另请高明，反正我本来也不想给骗老百姓血汗钱的金融公司帮忙！"

听到徐素年这样尖锐的开场，苏锦文也是微微一愣。

之前他之所以会皱眉，是因为他在黑客论坛的介绍人朋友说过，这次来的是一位与亚洲排名前十的安全专家不相上下的技术大牛。

所以他才咬咬牙同意了六万元酬金的报价，还把自己的座驾，也是公司里最好的一辆车派去接人了。

若是来一个三十岁上下的青年专家，也还叫人信服一点。

可徐素年虽然也算天生丽质，却一副在校大学生的青葱打扮，不化妆也就算了，连职业装都没有穿。

大四的女生本来就只有二十二岁上下，被这样一衬托，更显得徐素年像是十六七岁高中生似的。

这样一来，就好像是花了请博士生导师的钱，来的却是博导手下的研究生，甚至是本科生一样。

若是苏锦文不觉得自己上当受骗，不皱眉头才奇怪呢！

他已经在考虑，要不要找个机会赶走这个所谓的专家“爱丽丝小姐”，重新请人来了。

正好徐素年出言不逊，简直是正中他的下怀。

苏锦文淡淡一笑说道：“爱丽丝小姐，我们公司不惜重金请您，是来帮忙解决问题的，当然是需要有真才实学才行！”

徐素年听到苏锦文这句明显是逐客令的话，依着她以前的性子，必是直接起身摔门走了。

大不了就当江城到省城往返的五十块车票钱喂狗了！

但是当苏锦文说徐素年没有“真才实学”的时候，就好像有人在鲁班面前叫嚣他不算一个手艺人似的。

徐素年虽然算不上黑客界的鲁班，但也是小有名气的。

是可忍，孰不可忍！

徐素年的嘴角扬起一丝淡淡的笑意说道：“苏总要解决什么问题？”

苏锦文没有想到徐素年居然这么“不识相”，不知道知难而退，还真的要展示一下“真才实学”，他想了想说道：“我们公司服务器被黑客攻击，感染了变种的蠕虫病毒，等我们发现的时候，大部分电脑都被传染了。”

他继续说道：“不定时地掉线，蓝屏和重启，害得我们公司投资的股票、证券等资产都无法正常操作，出于安全考虑，我们也不敢使用公司的网银……”

“如果重装系统，就意味着资料全部丢失，我们公司将承受巨大的损失。”

他咬了咬嘴唇，略带苦恼地说道：“金融市场很多投资机会都是稍纵即逝，这几天，我们已经错过好几次机会了……”

“而且由于我们无法正常更新用户的收益，外面已经有自媒体在造谣说我们卷款跑路了，虽然我们第一时间通过报纸和传统媒体进行了辟谣……”

苏锦文沉声继续说道：“但如果公司的问题得不到解决，时间拖得越久，舆论发酵就越厉害，一旦用户产生恐慌性取现兑付，那……”

他有些担忧地说道：“那事情就糟了，很可能真的会把我们击垮了。”

徐素年听完苏锦文的话，算是知道这位年轻的总裁为什么肯出六万元酬金这样的高价了。

因为问题如果不能得到解决，公司真的有可能会破产关门。

与公司存亡相比，六万块钱真的不算什么！

但徐素年并不是心肠特别软的人，她淡淡说道：“你带我去感染蠕虫病毒的机器上看一看。”

苏锦文听得徐素年这云淡风轻，似乎成竹在胸的语气，忍不住诧异道：“你……你当真有办法可以解决？”

徐素年也不把话说满，依旧淡淡道：“不试一试，怎么会知道。”

苏锦文看向徐素年那一张不服输的脸庞，皱了皱眉头问道：“你有多少把握？”徐素年说道：“如果我能抑制住蠕虫病毒，你就要先付三万元定金！”

苏锦文微微一愣：“什么叫抑制住蠕虫病毒？”

徐素年淡淡说道：“虽然蠕虫病毒还在，或者是还没有清除干净，但电脑可以正常办公，正常上网，不会蓝屏、死机，也不会有资料外泄。”

苏锦文听得徐素年的话，眉头不禁皱了起来：“还可以有这种操作？”

徐素年笑道："不一定适合每一种蠕虫病毒，但可以一试，不过你得答应先付定金！"

"不能全部做完了一起付吗？"苏锦文有些不悦道。

哪里知道徐素年针锋相对，冷笑道："没办法，这是对你刚才无理的回礼！"

6．谁看谁的好戏？

待徐素年随着苏锦文来到益基金公司的机房时，只见所有的工作人员都是一副焦头烂额的模样。

尤其是几个穿着蓝衣服的网络安全工程师，更是急得满头汗，衣服后背都被汗水湿透了。

他们一看到苏锦文下来了，赶紧像溺水的人抓住了救命稻草一般围了上来。

"苏总，苏总……"

"您之前说的帮公司请的技术大牛来了吗？"

"就是您说从黑客论坛请来的，网络安全全国前三、亚洲前十的大神什么时候来啊？"

"我们一点办法都没有了，再这样要把我们给急死了！"

看到这些工程师的模样，苏锦文只得无奈地耸了耸肩，指向身后的徐素年道："你们跟她说吧！"

"她？！"

七八个四十多岁的网络安全工程师看到立在苏锦文身边，似乎二十岁都不到的徐素年，一下子张口结舌，全都愣住了。

若不是苏总介绍，他们还以为这是苏锦文新结交的女朋友呢！

年纪这么小的技术大牛、黑客大神？

难不成他们这些四十多岁的老工程师，这些年工作都白干了？

似是看出了工程师们的难以置信，苏锦文又补充说道："真的是她，没有跟你们开玩笑……"

他抬起手来，又指了指徐素年说道："这一位是黑客论坛的爱丽丝老师。"

虽然这些工程师们不愿意相信，但还是硬着头皮跟徐素年解释了一番益基金公司被网络攻击以及染上蠕虫病毒的经过。

徐素年又仔细询问了蠕虫病毒发作时电脑的状态，以及间隔的时间，有没有规律。

工程师们都没有想到徐素年居然这样煞有介事地问得这么仔细。

很多工程师其实心里还是无法把黑客大牛的名号与眼前这个小女娃联系起来。

但此时，苏锦文就在旁边一边看着，一边抽着闷烟，他们也只得如实将记录的情况告诉了徐素年。

这时候，有一些工程师已是存了要看徐素年笑话的心态了。

等到这丫头说出的办法根本没有效果，或者是直接撂下一句"没有办法"，那打脸才叫有意思呢！

虽然他们一群四十多岁的大叔，不应该跟二十岁的小姑娘一般计较，但谁叫这丫头在他们面前"耍大牌"呢？

就在这时，徐素年放下手里记着资料的笔记本，成竹在胸道："我能够连上主服务器吗？"

听得徐素年要连主服务器，好几个网络安全工程师立刻就反对了。

"不行不行，现在不过是大半的电脑感染了蠕虫病毒，我们公司的网站还能正常进入，少数交易还可以正常进行……"

"要是主服务器也感染上病毒，我们连网站都打不开了，甚至可能打开的是被篡改掉的网站，或者被挂了病毒，要是传出去，用户群不炸锅才怪呢！"

听到这些网络安全工程师的质疑，徐素年淡淡一笑，语气之中带着少有的自负："我如果连一个变种的蠕虫病毒都对付不了，那我真的是白学了网络安全这个专业了！"

那几个网络安全工程师刚想反驳徐素年，说她"纸上谈兵"之类的，一旁的苏锦文看到了徐素年脸上挂着的略带挑衅的笑容，他一咬牙，大声命令道："把主服务器的密钥给她！"

听完这话，好几个上岁数的网络安全工程师都腹诽苏锦文这是鬼迷心窍了。

连主服务器密钥都给别人？

还是一个来历不明的少女黑客！

就因为人家长得好看，看起来人畜无害？

但腹诽归腹诽，苏锦文毕竟是他们的衣食父母，连老板都不着急，他们也就不干着急了。

徐素年很快拿到了主服务器的密钥，用自己随身带的笔记本电脑登录了进去。

她看了看屏幕，轻咬贝齿，思索了一会，直接写了好几个代码进去。

再看上几眼，再写上好几个代码。

就这样前前后后折腾了一个多小时，徐素年才终于抬起头来，看着烟头把烟灰缸都快填满了的苏锦文道：

"叫他们重新开机试试吧！"

听完这话，网络安全工程师们皆是冷笑了起来。

"要是变种蠕虫病毒能写几个代码就解决了，那这碗饭也太好吃了！"

"真以为是小女娃娃过家家呢……"

接下来的一幕，似乎也印证了他们的猜测。

虽然之前感染了蠕虫病毒的电脑经常性的重启、蓝屏，但开机速度至少还是很快的。

最慢的也都少于一分钟。

结果这一次倒好，最快的机器开机花了整整三分钟。

最慢的机器，开了十分钟都没有打开，进一个系统卡得跟蜗牛一样。

好几个等着看热闹的网络安全工程师差点没笑出声来。

"这女娃娃不会是把公司的电脑给弄坏了吧？"

更有人幸灾乐祸道：“开机这么慢，估计是主板哪里烧坏了吧！”

“这么多台电脑的主板，赔一下都要不少钱的啊！”

听了这些网络安全工程师的话，徐素年自是满不在乎的表情，甚至脸上还带着一丝淡淡的笑意，仿佛在说“你们对电脑一无所知”似的。

苏锦文却是不由得紧张了起来。

要知道，他本来对于徐素年就没有足够的信任，之所以同意她连上主服务器，也是因为她说得很有把握，抱着死马当成活马医的念头。

哪里知道如今居然真的弄巧成拙，电脑不但没有修好，反而可能把这么多电脑的主板都给烧了。

徐素年一个学生模样的女孩子必然是赔不起的……最后还不都是他苏锦文认损失？

他能不慌吗？

可就在苏锦文考虑要不要起来直接赶走徐素年这个“网络专家”的时候，令人难以置信的一幕出现了。

“能上网了！”

“居然又能上网了！”

“真的耶，网站能打开了！”

电脑前的办公室白领们皆惊喜地叫出声来。

“虽然电脑开机和运行慢了好多，但是处理文档、上网都没有问题！”

“连 QQ 都可以登了，杀毒软件居然也能正常开了，简直不可思议！”

更叫人觉得不可思议的是，之前感染了蠕虫病毒的电脑，往往开机后几分钟就会蓝屏，继而重启。

可是自从这些电脑重新开机之后，整整半个小时，虽然散热风扇“嗡嗡嗡”叫得好像外面刮的西北风似的，机箱盖子更是烫得可以煎荷包蛋了。但是，一台蓝屏、重启的机器都没有。

在所有网络安全工程师不可思议的目光之下，过了一小时，终于有面对面的两台机器异常关机了。

就在这些中年大叔以为抓到了徐素年的把柄时……

那台电脑前的一个白领赶紧站起身来朝对面的同事解释道："你别紧张啊……不是病毒发作，我刚才不小心踢到接线板了！"

顿时，整个办公室里响起一片轻松愉快的笑声。

与网络安全工程师们苦瓜似的脸相比，徐素年的脸上笑意淡淡，全无半点得胜的倨傲。

这样一来，反倒是苏锦文有些不好意思起来。

他掐灭掉手里的香烟，主动朝徐素年走了过去，用带着歉意的语气说道："爱丽丝小姐，对不起，之前都是我……"

哪里知道徐素年也不领情，从笔记本里撕下一张纸递给他，公事公办道："好了，苏总，男子汉大丈夫记得说话算话！"

苏锦文接了过来，不禁哑然失笑，纸上娟秀的字迹，赫然是一个银行卡号和开户行名称。

苏锦文看了看开户行上面的转账姓名，开口念道："徐素年？这是你的名字吗？"

"很好听的名字啊！"

哪里知道徐素年依旧是一副公事公办的语气："下午下班之前，记得汇三万块钱定金，我等着用呢！"

苏锦文被徐素年这样一呛，差点噎得说不出话来。

要知道，他苏锦文，苏大少以前在金陵大学的时候可是校草级别的人物，就因为他喜欢去图书馆旁边的星巴克办公，不知道多少漂亮女生去星巴克跟他"偶遇"，就为能与他搭上几句话。

若是能得到他一句夸奖，更是高兴得能在宿舍里炫耀上一个星期。

苏锦文自问自己的颜值和气质，对于女生有绝对的吸引力和杀伤力，攻城略地应该无往不利才是……

怎么到了徐素年这里，就好像是拳头打在沙袋上，一点反应都没有？

难不成这丫头看起来柔柔弱弱，其实不喜欢男人喜欢女人？不然解释不通啊！

就在苏锦文一边不自觉地盯着徐素年的侧脸看，一边在心里腹诽的时候。

徐素年先开口了。

“苏总，你工作不忙吗？”

“这边的事情交给我就好了，你可以忙别的事情去了！”

这是什么意思？

下逐客令啊！

苏锦文心里那叫一个郁闷。

他一个公司老总，想待在自己公司的什么部门，还不是他自己说了算？怎么还能被你一个才来公司半天都不到的丫头给赶走了？这是哪门子道理？

走是肯定不能走的……

“她叫我走，我就走，那我不是太没有面子了？”

苏锦文心里想到，他咳嗽了一声，看向徐素年说道：“爱……哦不，徐小姐，给定金是没有问题的，但至少您得告诉我一下，您是怎么抑制了这个变种的蠕虫病毒的吧？”

7. 休克疗法，听说过吗？

听到苏锦文发问，旁边面面相觑，已经快要怀疑人生的网络安全工程师们赶紧附和道。

“对啊，徐小姐，万一您一走，这病毒又发作了，我们怎么办？”

“快给我们说说吧！”

也不知道他们是真心求教，还是想要偷师，竟一个个都说着好话，央徐素年来说说了。

徐素年看了苏锦文一眼，淡淡说道：“好，那就给你解释一下好了。”

“正如我之前跟你说的，这种方法并不能彻底清除蠕虫病毒，只是将它们抑制住了，让你的电脑不需要删除软件重装系统，但暂时可以正常办公。”

苏锦文又问道：“那为什么这些电脑会变得特别卡顿?”

徐素年缓缓说道：“休克疗法，你听说过吗?”

别说苏锦文一副茫然的表情，就连那些上了岁数的网络安全工程师们都是不明所以的样子。

休克疗法，这是个什么东西?

徐素年也没有感到惊讶，继续说道：“这是根据蠕虫病毒的特性设计出来的应对方法。”

“蠕虫病毒的特征是不断繁殖、扩散，这是它们的程序设计使然。”

“所以它们会占用大量的电脑运行内存，不断复制自己，感染更多的文件。”

“但是……”

她的语气一转说道：“如果机器本身就有大量程序占用了几乎全部的电脑内存，那么蠕虫病毒强行加塞的话，会造成什么结果?”

苏锦文身边的网络安全工程师赶紧说道：“那主板肯定会烧掉!”

徐素年点了点头说道：“所以蠕虫病毒为了不让自己跟电脑‘同归于尽’，就会处在蛰伏的状态，不再发作，等到程序运行变少，才会再继续工作。”

“我写的代码就是在电脑开机的时候就自启动海量的程序，开机虽然变得很慢，但是蠕虫病毒就不会再发作了。”

“为了防止有员工为了提高电脑的办公效率，通过任务管理器关掉这些程序，导致病毒复苏，我又写了一个代码把这些程序在任务管理器中隐藏了。”

徐素年如久经沙场的老将，在谈论时显露出了远超自己年龄的成熟与老练，娓娓而谈：

“所以他们只会觉得电脑变慢了，但却找不到电脑如此卡顿的原因。”

“这样一来，病毒就好像被热得‘休克’了一样，这就是所谓的‘休克疗法’。”

面对一众网络安全工程师们恍然大悟，甚至拍着自己脑袋，后悔自己怎么没有想到的神态表情，徐素年正色说道：“但是这样的方法治标不治本，贵公司的电脑最近都不能关机，我需要在主服务器里慢慢搜索蠕虫病毒的母文件。”

“只要这个变种蠕虫病毒的母文件不被删除，就会复发，我先清除母文件，才可以清除其他电脑里的蠕虫病毒，否则的话，不过是白费力气而已。”

虽然网络安全工程师都很想证明，徐素年这个少女大牛的理论是错误的……

但是事实胜于雄辩啊！

这些大叔们心心念念地等到所有人下班了，依然没有等来蠕虫病毒的反扑，只得怏怏地下班了。

今天的事情给了这些有点技术就以为可以混吃等死的中年大叔们一个惨痛的教训。

估计很快他们就要陷入中年危机的焦虑中了。

苏锦文倒也老实，下午还没有下班的时候就乖乖把三万块钱打到徐素年的卡上了。

徐素年也没有跟苏锦文这个赚昧心钱的资本家客气，直接给徐杰打了电话，让他把钱全部用来买显卡组装矿机。

徐杰自是照办，当天晚上十点，他就兴奋地给徐素年打电话“报喜”，说遇到一个矿场处理矿机，几乎是全新的才一万小几千一台，三万块钱变成了两台矿机，明天就朝着省城的极速网吧“飞”过来了。

这样一来，距离徐素年需要的至少五台矿机的缺口，就只剩下三台了。

“再有四台矿机就可以在一个月之内解开老师的文件包了。”

还亮着灯的机房里，徐素年的脸上终于露出了久违的笑容。

可以提前拿到三万元的定金，这些钱还可以买到两台矿机，对于现在的徐素年来说，实在是生活中不可多得的“小幸运”了。

她吃完买来做晚餐的汉堡，擦了擦嘴，给自己打气道：“赶快把这

 里的问题解决掉，拿到尾款就可以再买两三台，再接一个活……”

她举起粉拳给自己打气道：“加油哦，素素，你可以的!”

紧接着她深吸了一口气，就全神贯注地投入到在主服务器里找“母虫”的搜索中。

可是令自己都感到不可思议的是，她越看越吃惊。

用现在流行的一句话来说，就是——心态崩了。

“农村失学女童复学计划，2015 年救助名单 206 人，分布 8 个省份，每人一万元……”

“为每名女童的信托账户打入一万元，其中款项全部用于缴纳女童的学费、杂费与餐费，十八岁成年后才可以将剩余款项取现。”

徐素年看着主服务器里的一张张报表，不由地读出声来。

“大凉山艾滋病患儿救助计划，2013 年救助 80 人，2014 年救助 200 人，2015 年救助 314 人。”

“每人每年三万元，实报实销，直接由医院抵扣，患儿去世则款项收回。”

也就是说，仅仅这两个文件夹里的报表，益基金在 2015 年一年，也就是今年，就拿出了一千二百多万元。

这还不算下面一个个文件夹里的报表。

包括“城市失能低保老人救助计划”“中部地区失独老人救助计划”等十几个救助项目。

每一个救助项目虽然没有摆拍的照片，没有光鲜靓丽的大合照，但都有详细的过程照片和录像。照片和录像中有崭新的教学楼和医务室，还有受救助者毫不做作的阳光笑脸。

至于详细的经费报表以及开支预算，更是逢用钱必有。

甚至连送慰问品时买的矿泉水都有发票留档。

徐素年不知不觉，居然看了整整三个钟头，鬼使神差般将报表全都看完了，她才揉了揉酸痛的肩膀，自言自语道：

“真没有想到，这个苏锦文，居然真做的是公益基金啊……”

“我还以为益基金就是个普通的私募基金，原来是帮助人的公益基金。”

“他也是真不容易，用捐献的钱做收益，赚到钱不仅能救助更多的人，还能养活整个公司。”

她动了动肩膀，脸上带着歉意，叹了一口气说道：“我本来还以为他是一个纨绔大少，骗了老头老太太的血汗钱去放高利贷赚钱，还把他骂得那么惨……”

“对他态度也很不好……”

“哎，明天见面还是跟他道个歉吧！”

但她打开最后几个文档，眉头却一下子皱了起来。

“这里怎么会有2008年展开活动的数据？还有汶川地震灾区救助计划……”

“苏锦文那个时候就搞基金了？”

她顺着表格一直往下拉，发现表格的最下方写着经办人是唐天行。

徐素年只觉得这个名字有些熟悉，但一下子又想不起来在哪里见过。

正当她努力回忆的时候，陡然之间，主服务器下方的防火墙弹了出来，大红颜色的叉号伴随着刺眼的“入侵警报”四个字，瞬间映入徐素年的眼帘。

徐素年抬起头看了一眼电脑的右下角。

晚上十点整，正是大部分公司人员彻底下班，留守人员也因为换班而非常懈怠的时间段。

原来入侵苏锦文的公司，植入蠕虫病毒的黑客，竟选在这个时间再次来袭！

8. 本小姐属猫的！

且不说徐素年之前与苏锦文的误会已经解除了，就算是徐素年还以为苏锦文开的是一个对普通老百姓敲骨吸髓的公司，她也不可能容许有黑客在自己保护的公司得手。

尤其还是在自己的眼皮子底下得手。

这是在挑战一个黑客的尊严，若是公平决斗也就算了，对方居然还是偷袭!

更何况她现在知道了苏锦文这个公司的真正性质，他肯定是被其他私募基金公司当作异类和竞争对手，才雇用了无良黑客来袭击他的公司，准备将这个“不赚钱”纯公益的私募基金彻底打垮。

想到这里，徐素年看着屏幕，跃跃欲试。

“鬼鬼祟祟像老鼠一样的黑客吗?”

“对不起，本小姐是属猫的!”

要知道，徐素年说这话并不是自我膨胀，而是因为她确实有这方面的本事。

好闺蜜瑛子擅长的是网络安全防护和漏洞修补，在国内排名前三，亚洲也能排进前十。

这是因为她的特长是放得上台面的，也就是业界所谓的“白帽子”，她还是很多网络公司的座上宾。

徐素年的特长却是网络劫持与远程控制，相当于是最标准的黑客，虽然见不得光，但是技术比起瑛子只高不低，只是见不得光，也就不会有人到处说罢了。

对方黑客，可能以为苏锦文的公司电脑已经感染了蠕虫病毒，防火墙等安保设施里里外外肯定废掉了，所以根本没有准备，大摇大摆就“进”来了。

只可惜等待这只大老鼠的，是一只猫，而且还是一只年纪不大，但经验丰富的猫!

眼见着主服务器里的进度条越来越快，徐素年有些期待地咬了咬嘴唇。

“上钩了!”

果然，就在对方层层解密，几乎不费吹灰之力就攻入到主服务器之内，准备展开破坏的时候……

徐素年抬起手来，迅速敲下了一连串的代码。

瞬间，主服务器里的红色警报的弹窗狂弹，“入侵警告”更是闪烁不停。

可就在所有警报拼命弹了几十次之后，整个服务器又恢复了正常。

这就是徐素年的战术，先在主服务器里植入一个自己的木马，随后她故意诱使对方层层破解防火墙进入主服务器，待放出木马之后，徐素年再将主服务器所有防护强行重新编码加密。

因为徐素年用的是木马劫持自己的主服务器强行加密，主服务器自己也不知道被加密了什么，劫持主服务器的黑客当然就更不知道了。

这样一来，就好像是“瓮中捉鳖”，对方的数据根本走不出去，只能乖乖被徐素年捕获。

至于入侵警告之类的疯狂弹窗，不过是欺骗小白的小伎俩，只是对方通过劫持主服务器的系统给徐素年发的伪报，一旦徐素年回应，对方就可以趁机逃离主服务器。

做完这一切，徐素年淡淡一笑，点开主服务器上的杀毒软件，果然清楚地看到里面躺着一个未知软件。

虽然不能鉴定是什么病毒，但从后缀上来看，这是一个木马病毒。

“先通过系统漏洞植入蠕虫病毒来瘫痪防火墙，再利用木马病毒夺取资料和销毁资料，还真是标准的黑客攻击模式啊！”

对方使用的套路，基本上网络公司十有八九都会中招，招架不住，只可惜这个黑客栽到徐素年的手里了。

用江湖行话来说，就是踢到钢板了！

虽然徐素年不是第一次做黑客攻防了，但是这样在自己眼皮子底下拍死一名黑客，还缴获了对方的木马病毒的感觉，还是让她觉得很爽快。

徐素年看着自己截获到的木马程序，顺手放进一个软件里分析了起来，但是刚刚分析了一段，她就愣住了。

年轻的警校女生看着屏幕上一大段一大段熟悉的编码，几乎难以相信自己的眼睛。

“难道这个木马是——玄武一号！”

“玄武一号”就是黄耀中老师研发的信息武器 X-1 的全称。

对方黑客使用的极有可能是“玄武一号”!

徐素年的脑袋飞转，眉头却皱了起来：“不对，这是修改过的‘玄武一号’，很多程序被重新编程了……”

“锁定的能力变得更强了，但是穿透性和隐蔽性变弱了，更容易被查杀，但是一旦得手，几乎就无解了……”

她分析着里面大段大段的编程，皱眉：“这是对方改出来准备针对普通网站和公司的木马变种？这是准备实施大规模网络攻击吗？所以才先拿苏锦文的公司试试手?”

想到这里，徐素年心里不禁“咯噔”了一下。

原本她以为对方不过是个三脚猫的黑客，受雇于其他金融公司来捣乱的，结果现在看来，对方手里头不仅有 X-1，还有能力将 X-1 重新编程进行改造，那么对方极有可能是一个不逊于黄耀中老师的信息工程专家。

至少也是黑客领域排得进前十的大牛!

若不是对方轻敌，以为苏锦文这样的小公司不可能有专家坐镇，麻痹大意了，现在可能就是措手不及的苏锦文看着被劫持和锁定的电脑欲哭无泪了。

想到这里，徐素年思索了一下，切换到了自己电脑中的第二套系统，随后下载了洋葱路由，输入网桥，再次登录到那个暗网的个人邮箱当中。

她一进去，果然就看到里面多了一封邮件。

与第一封邮件的间隔时间，正好是整整 72 个小时，也就是三天时间。

邮件内容更是叫徐素年瞠目结舌。

因为邮件中的内容赫然是“黄耀中涉嫌间谍罪第一次审讯笔录”。

里面清楚地记录了黄老师与审讯人员的对话。

徐素年的目光落在了一处关键段落上。

审讯人员询问黄老师：“既然你认为 X-1 是意外泄露，不是你故意出卖给国际黑客的，那你认为问题出在哪里?”

黄老师回答道：“指挥中心曾经外包请一个公司制作了一套内部聊天通信系统，该公司的实际负责人有美国加利福尼亚大学伯克利分校留学背景，该校的电子信息工程专业全世界前三。”

“加州是美国民主党传统票仓，民粹主义、自由主义盛行，不排除该公司负责人被策反成为间谍的可能。”

审讯人员的回答则带着揶揄：“我国大部分高尖端科技人才都有留学背景，包括您自己都曾经在加利福尼亚大学伯克利分校作为交流学者待了一年，是不是您自己也有嫌疑呢?”

接下来的话都是没有营养的“打太极”了。

审讯人员不断诱导黄老师主动认罪，争取宽大处理。

黄老师自然是不可能上当。

全部看完记录之后，徐素年对于这个神秘帮助者“大刘”的身份愈发好奇起来。

他究竟是何方神圣，居然连国安局审讯黄老师的笔录都可以拿到?

难道说，他是国安系统内老师的学生?或是同情老师遭遇的国安人员?只是碍于身份不好出面?

但是以徐素年在课堂上学习的法律知识来判断，按照工作纪律来说，这样的行为已经涉嫌泄露国家机密，要受到处分了啊!

想到这里，她不禁给大刘回复了一封邮件。

信中她将自己意外获取到黄老师的信息武器“玄武一号”变种的消息讲了一下，又询问接下来有什么行动建议。

发完邮件，徐素年正要离开暗网，陡然，邮箱里居然有回复了。

对方居然秒回了：“用解密软件解密，分析他的 IP 地址，这也许是你老师脱罪的关键。”

徐素年哪里想到对方居然会秒回，更是对大刘的身份好奇起来。

她忍不住又回复道：“大刘，你到底是谁?你与我老师是什么关系?”

不用说，这次等了足足二十分钟，对方也没有再回复。

对方应该是在电脑旁边，但是直接无视了徐素年的这个问题。

虽然徐素年内心有些失落，但也觉得这在情理之中。

想到这里，徐素年立刻打开自己的笔记本电脑，将之前解密老师软件包的解密软件拷贝到了主服务器上，开始解密 X－1 变种木马病毒的程序包。

顿时，整个公司的电脑屏幕一齐亮了一下，一个个垃圾软件瞬间被结束进程，随后类似于挖掘比特币矿机的界面出现在屏幕正中央。

虽然这个木马软件比起老师留下的文件包小了很多，但是加密起来却是一点都不含糊。

“好在苏总土豪，舍得花钱，公司的电脑配置都还不错。”

做完这一切，徐素年懒洋洋地伸了一个懒腰，看着电脑屏幕上的进度条。

这么多的加密指令，利用苏锦文公司的所有电脑一起解密，八个小时就能解好。

“现在是晚上十一点，算算时间，明天早上八点前解密完成，我设置一个程序自动关闭就可以了，等他们上班肯定看不到了。”

徐素年不禁想给自己的机智点个赞。

她收起笔记本电脑，下了楼回宾馆房间去了。

不得不说，苏锦文还是很有素质的，给徐素年安排的宾馆就在公司对面，走过去也就五分钟的时间，路边还有二十四小时营业的便利店和营业到十二点半的奶茶店，基本可以满足一个少女的夜宵需求。

可就在徐素年回到宾馆，洗漱之后进入梦乡没有多久，一道身穿蓝色西装的人影，拎着公文包打开了公司的玻璃门，急匆匆地开门进了总裁室。

“转账 U 盾被我放哪里去了？”

苏锦文一边翻箱倒柜一边小声嘟哝。

然而就在这时，他无意中碰到的鼠标一晃，办公室的显示器顿时都亮了起来。

屏幕之上，解密软件那酷似挖比特币软件的界面跃然于显示器正中央。

苏锦文好歹也是做P2P金融的，一下子就蒙住了。

他似乎是不敢相信自己的眼睛，走出总裁办公室，走到办公大厅里，打开了大厅里的日光灯。

眼前的一幕简直如恐怖鬼片，在日光灯管还在不断跳闪的灯光下，所有电脑的屏幕之上，都是一模一样的界面。

酷似比特币挖掘软件的界面，以及上方不断减少的进度条。

苏锦文双手一拍桌子，语气之中带着愤怒："居然拿我公司的机器当矿机!"

"徐素年……你过分了!"

9. 我带你去一个地方

就在苏锦文发现徐素年"秘密"的同时，暗网之中，一封从苏省的省城发出，直通美国加利福尼亚州伯克利市的加密邮件被接收了。

邮件完全由莫尔斯电码撰写，翻译出来的大概意思就是："老师，您给我的信息武器在我试手时因为大意被截获了，我需要您的帮助。"

中国大陆的凌晨零点，正是美国时间的早上十点。

别墅里，电脑前，一名喝着咖啡的白人青年猛地将手里的咖啡杯扔在地上摔得粉碎。

"这个废物!"

"给了他这么好的木马，偷袭一个民营公司都可以失手!"

"他是吃什么长的？猪食吗?"

他抬起手打开电脑的界面，正要去修改自己的IP地址，忽然一抹狡黠的笑意浮现在老外的脸上。

"不对，让那个小家伙来找我就是了。"

"我要让他把我的X-1变种木马自己送回来给我!"

……

早晨八点三十分，这是江城少有的上班早高峰。

江城虽然地处苏省南，经济也比较繁荣，但因为规划合理，常住人口并不密集，故只有早上和晚上有可能会堵车。

而且还仅仅只堵主干道。

这样的通勤待遇，放眼整个经济发达地区简直是绝无仅有。

可是当益基金的白领们叼着早餐的牛奶，拎着公文包进入公司的时候，却听到了平日里对谁都客客气气、温文尔雅的苏总，从办公室里传来如野兽般咆哮的声音。

“你知不知道挖比特币多伤机器的显卡？多容易烧掉电脑的主板？”

“你知不知道我们一台电脑都是花多少钱配的？”

苏锦文吼道：“你要我给你定金，我给了！”

“你要是觉得价格低，你可以跟我说！”

“你这样偷偷摸摸拿别人办公的电脑挖比特币，这是什么行径！”

“你自己说，这跟偷别人东西有什么区别，你缺那点钱吗？”

昨天还气势汹汹、咄咄逼人的美少女黑客，今天就像是转了性子一样，一言不发，甚至连一句顶嘴都没有。

这反而叫苏锦文非常不习惯了。

难不成是知道自己做错了，理亏了？

苏锦文咆哮了这么久，自己嗓子也哑了，坐下来“咕咚咕咚”喝了一大口水，放下保温杯看向徐素年道：

“徐素年，你自己说，我对你怎么样？”

“你犯得着这样坑我吗？”

一直沉默的徐素年此时终于开口了：

“我不是在用你的电脑挖比特币，我只是在解密一个木马病毒而已。”

没等苏锦文反应过来，徐素年又说道：“昨天晚上十点，你们公司的主服务器遭到黑客入侵，我帮你们拦截了，并且截获了对方的木马。”

“那是一个特殊的木马，怎么跟你解释呢……就是新型木马病毒，非常的厉害！”

“我害怕木马扩散或者在传送中丢失，所以只能用你公司的电脑来帮我解密。”

“我的那个解密软件，只是看上去像挖比特币的矿机软件，其实只是掩人耳目罢了！”

徐素年的这个解释，听起来真的很诡异。

就像是在说，我看起来在偷你家东西，其实我做的是保护你家东西的事情，只是被你误解了。

里里外外都透着诡辩的味道。

就在苏锦文将信将疑的时候，徐素年又说道：“你可以叫软件安全工程师上主服务器去看，访问记录里面可以清楚地看到昨晚十点钟有两次服务器入侵，一次是我主动做局，一次是黑客入侵。”

看到苏锦文似乎还是不太相信的样子，她也知道苏锦文并非是什么坏人，叹了一口气说道：“如果你还不愿意相信我，那你跟我去一个地方吧！”

“去了那，你就知道事情的来龙去脉了！”

苏锦文剑眉微蹙：“去哪里？”

徐素年沉声说道：“可能稍微有点远，你要跟我回一趟省城。”

苏锦文一听就笑了：“你这个远，可真够近的，我还以为你要我跟你去首都呢！”

“也别坐什么高铁了，我开车去吧！”

徐素年没有反对，点了点头。

于是在十几个嗑着瓜子，喝着枸杞茶，等着看苏总花式怒怼美女黑客好戏的互联网安全工程师“大叔”们惊愕到怀疑人生的目光里，苏总在前，小美女徐素年在后，两人平静地下了楼。

下了楼也就算了，两人还一起上了苏总那辆奔驰 S 级座驾，还是苏总给她做司机，一起上车就走了！

一群大老爷们差点没被口水给呛死。

这是个……什么个情况！

10. 至少你还有机会救他

江城到省城不算远，走高速的话，只要四十分钟。

就算是走国道，一个半小时也肯定能到。

苏锦文居然没有舍得花 30 块的过路费走高速，而是走的国道。

这叫坐在副驾驶上的徐素年差点没笑出声来。

“你这新车开国道，全是灰尘，去洗个车都不止过路费了！”

哪里知道苏锦文一边开车一边理直气壮地说：“高速公路就没有灰了吗？”

“而且我看过了……”

“明后天，都下暴雨！”

话音未落，徐素年忍不住“扑哧”笑出声来。

“你这么省钱干什么？”

苏锦文却说道：“投资人的钱不能随便乱花，再说了，这个钱又不是请你的劳务费，非花不可……”

“国道又不是到不了省城。”

徐素年也只是又揶揄了将崭新的 S 级奔驰开在尘土飞扬的国道上的大总裁几句，便没有再嘲笑他了。

一个半小时之后，灰头土脸的奔驰 S 级轿车终于停到了极速网吧的楼下。

在同一栋楼的包子店胖头厨师、小旅馆猥琐老板、杂货铺无聊大妈惊愕的目光下，一名少女带着一名身穿名牌西装、蹬着铮亮皮鞋的青年上了楼，进了网吧。

别说是这些闲杂人等了，就连开门的瑛子都吓了一跳。

“哇，素素，你怎么带了个小帅哥一起来啊……”

“你什么时候交男朋友了，怎么都不告诉我一声。”

瑛子话没说完，目光一下子就直了，拉开防盗门，盯着苏大少看了几秒，不禁双手掩口像女粉丝看到了偶像一般惊叫了起来：“你，你是苏锦文啊？”

也不管身边的正牌男朋友怎么想，瑛子忍不住挽起面前苏大少的胳膊，笑道："你真人可比网上的照片帅多了。"

言罢，她不由分说，拿起手机，四十五度角摆好，"咔嚓"一声跟苏锦文在一起拍了张自拍。

放下手机，她方才美滋滋地笑了起来，眯着眼睛对徐素年说道："素素，你这才去了益基金几天哦，就得手啦……好厉害哦！"

这一下不仅是苏锦文尴尬，连徐素年也尴尬极了。

苏锦文扯了扯衬衫领口的纽扣，尴尬地轻咳了几声："我们……我们不是男女朋友关系！"

这一下，瑛子笑得更开心了："不好意思直说嘛，你们觉得太快了点，这是很正常的事情嘛！"

她又说道："我是素素的闺密——陈瑛子，你在黑客论坛找的安全专家就是我啦！"

"是我把素素介绍去你公司的，我算是你们的红娘啦！"

"你可不许欺负她哦！"

面对瑛子这般胡搅蛮缠，苏锦文竟说不出话来，反倒是徐素年开口说道："瑛子，是这样的，他怀疑我拿他的电脑挖比特币，我带他来看看这里……"

"顺便告诉他一些事情，澄清一下误会。"

这样一来，事情就解释得很清楚了。

反倒是瑛子给噎得说不出话来。

"哎，你们不是……哎，空欢喜一场呢！"

旁边的徐杰少有地爽声笑了起来，十分地解气。

只是他还没有笑上几声，腰上就被瑛子狠狠抓了一把，剐了他一眼道："还杵着干什么？出去吃饭了！"

"啊?！你不是才吃过吗?"

徐杰还没有反应过来，已经被瑛子拉着出了门。

随着防盗门的重重关上，小房间里，只剩下了徐素年和苏锦文两人。

徐素年径直坐到主机的显示器之前，反倒是苏锦文像进了大观园的刘姥姥，不停地左右看着，似乎是不相信还不如自己家厕所大的房间里，可以装进这么多台机器的样子。

徐素年语气淡淡地说道："这些都是专业的矿机，有六个显卡，算力不知道比你公司的电脑高到哪里去了！"

没等苏锦文回过神来，徐素年指了指自己旁边的椅子说道："坐吧，苏总。"

苏锦文一时尴尬，说道："素素，你叫我苏锦文或者阿文就好……苏总这称呼，实在是太尴尬了！"

徐素年愣了一下，没有反驳，转而将显示器朝苏锦文的方向推了一推说道："好，苏锦文，我来告诉你事情的来龙去脉吧！"

在苏锦文震惊的目光中，徐素年将自己的故事有详有略地说了出来。

从父亲出事后，自己跟随黄耀中老师学习，随后信息武器"玄武一号"泄露导致黄老师被捕，并面临间谍罪指控，以及自己为了筹钱买矿机"解密"老师的文件包，接了苏锦文公司的活儿，继而发现昨晚的黑客使用了"玄武一号"变种的事情，都说了出来。

一开始苏锦文听得还是半信半疑，到了最后竟像是在听科幻故事一样了。

"真……真的有这么神奇的木马病毒？"

面对苏锦文的困惑，徐素年点头道："我老师经常说，在不远的未来，国家与国家之间的热战，可能很少了，毕竟稍不留神就有可能殃及本土，所以接下来的主战场就在两处——太空与网络。"

"网络世界更是没有硝烟的暗战，现在几乎所有人都使用手机，如果黑掉全国人民的手机，黑客可以得到所有他想得到的资料……"

"他也可以拥有所有人的财富。"

"打仗要掠夺的无非是资源和财富，现在兵不血刃就可以得到了，谁还会去打会死人、会流血的战争呢？"

她看到苏锦文的脸色有些忧郁，笑着宽慰道："当然了，这些只是理论上的最坏假设，毕竟网络世界也有国界，我们黑客也有自己的国籍，有想要保护国土、守护人民的操守。”

她笑着说道：“比如我与我的老师，都是苏省警官学院的，我老师研究的方向、我学习的方向，都是为了保护我国的网络疆土不被外国黑客攻破，人民的网络财产不被别人掠夺。”

“我们与黑客虽然都隐藏在黑暗的网络世界之中，但他们是托生于黑暗的蒙面人，我们就是叫他们露出影子，原形毕露的阳光!”

听了徐素年的话，苏锦文面色复杂地咬了咬嘴唇，终于还是说出了自己一直以来的困惑。

“你只要跟我解释，你是为了救你老师就好了，我……我也不会怪你啊!”

“你……你为什么要跟我说这么多这么机密……?”

面对苏锦文的困惑，甚至是忐忑不安，徐素年展颜笑道：“因为那个黑客被我截获了‘玄武一号’，必然不会善罢甘休，极有可能会再黑进你公司的电脑。”

“至少也要毁灭掉我截获下来的证据。”

苏锦文听完徐素年的话，不禁一愣道：“所以你要用我公司的电脑去……去对付那个可能偷了你老师的‘玄武一号’的黑客?”

徐素年郑重地点头道：“如能销毁对方手里的 X-1，至少可以证明老师不是叛国者，是对方窃取的。”

“如果能人赃并获，甚至可以帮老师立功。”

苏锦文不禁沉吟道：“如果反击失败，会怎么样?”

徐素年想了想说道：“我也不太清楚，但应该不会比遭遇黑客攻击更糟。”

苏锦文又忍不住问道：“这事情是国家机密吧? 你昨天不是还说我是无良资本家吗? 怎么今天就这么信任我了?”

徐素年咬了咬嘴唇说道：“因为我昨天查病毒母本的时候，无意中看到了你公司的年报……”

“一个每年花一千多万去做公益的人，应该是一个值得信任的人吧！”

苏锦文看向徐素年，后者推了推银框眼镜，露出一个和煦的笑容。苏锦文沉默了几分钟，忽地意外开口道：“好，我同意你使用我公司的电脑进行反击。”

他紧接着又说道：“而且我会把后面三万元尾款先打给你，如果你还需要购置矿机用于解密，我可以帮你买！”

徐素年微微一愣，眼神之中竟少有地露出了感激之色。

“如果还需要买矿机，我请你帮忙，但是这钱算我跟你借的……”

“我多做几个项目就回来了！”

苏锦文见徐素年说话时，脸颊微微发红，如若桃花一般，十分好看，不觉得沉醉其中，笑了起来。

“好了，不用这么见外。”

他语气深沉道：“我愿意让你用我的公司去冒险，那是因为你至少还有机会救你敬爱的老师……”

“而我……”苏锦文沉思半晌，说道：“我也有一位如同人生灯塔一般的老师，只是……”他叹息道：“我除了继承他的遗志，已经什么都做不了了！”

11．黑客，金融战争的邪恶掮客

苏锦文的话让徐素年微微一愣，正困惑不解，苏锦文接着说道：“我是金陵大学经管学院毕业的，唐天行是我最敬爱的老师，如果不是他激发了我对金融的兴趣，我可能都挂科到没办法从大学毕业……”

听到“唐天行”这名字，徐素年蓦地就想起那一张2008年《汶川地震救助计划》的报表来。

里面的经手人就是“唐天行”。

“益基金一开始不叫益基金，而是叫‘爱心基金’，创始人就是我的老师，唐天行！”

苏锦文的话音未落，徐素年已是惊叫了起来：“爱心基金？就是那个因为黑客攻击导致公司网络瘫痪，随后因为网络谣言引发恐慌性兑付，直接导致基金破产，负责人跳楼自杀的那个公益基金?”

“那在我们网络安全课程的教科书里，是非常经典的反面案例!”

“难怪……我说这名字为什么会这样熟悉!”

苏锦文听到徐素年旧事重提，他英俊的脸上现出了痛苦之色，咬着牙说道：“当时的情况与这次十分相似，与老师争抢资金和用户的私募平台雇佣了黑客，瘫痪了公司的网络……”

“在各大论坛和门户网站发布‘爱心基金’负责人卷款外逃的假新闻，引发恐慌性兑付，大批用户甚至去围堵我老师的公司。”

他痛苦地说道：“借给企业的钱还没到期，收不回来，投在股票、债券、楼市里的钱一下子也根本无法变现，用户又纷纷要求兑付撤资……”

“任何一个金融公司，遇到这样的情况，都根本没有办法解决。”

“其实他原本真的可以卷款外逃的，毕竟2013年的时候，出入境管制还没有现在这么严格，他也可以选择去公安机关自首……”

“最多是一个非法集资的罪名，也判不了多少年，而且他的公司是公益目的的，极有可能缓刑甚至免于起诉……”

苏锦文抓了抓自己的头发，苦恼地说道：“他至少、至少也可以给在英国游学的我打一个电话，我知道他的人品，知道他的苦处，我可以帮他跟我爸爸开口，哪怕借几千万先帮他度过难关都没有问题……”

“可是他偏偏，他偏偏……”

苏锦文说到这里，似乎是心烦意乱，抽出了香烟盒子，蓦地抬眼看了徐素年一眼。

后者十分善解人意地默许了。

苏锦文点上一支烟，吐出了长长的烟圈，似是缓释回忆中的痛苦：“可是老师他偏偏不堪忍受致力于公益的自己被曾经信任他的用户，被不知事件真相的网友骂成‘骗子’‘伪君子’‘打着慈善旗号骗钱的人渣’，他最终选择从国际大厦的二十层楼上跳了下去!”

“当我得到消息从英国赶回来的时候，看到的只有太平间里老师冰冷的尸体，脑袋都……”

他左手夹烟，抬起右手不由自主地捂住了自己的脸，似是怕眼泪流下来。

“脑袋都摔烂了！”

似乎是感受到了面前这个阳光大男孩的绝望与无助，徐素年犹豫再三，还是坚定地拉了拉他的手，轻声说道：

“所以你在你老师自杀后，就改组‘爱心基金’，变成了益基金？”

苏锦文叹了一口气说道：“对，资产改组，合并债务，抛售不良资产，然后我又把在大学期间炒股和炒期货的钱都投了进去，才有了现在的益基金。”

“一开始业绩也不好，基本每年都要亏一百多万元，直到我去年毕业，正式到公司坐班，才慢慢地扭亏为盈，但是公司刚有一点起色，就遇到了跟我老师一样的事情。”

他揉了揉发红的眼睛，像怕在女孩子面前掉下眼泪，暴露自己的脆弱：“在公司电脑遭遇蠕虫病毒的时候，我就在想，如果我遇到了老师那样的事情，我会怎么样……”

“现在我们的信贷规模比老师那个时候大多了，如果要垫钱就不是几千万可以解决问题的了，至少要上亿元。”

“外逃，以现在的资本管制力度和国际追逃能力，天网恢恢疏而不漏，跑到天涯海角，都逃不掉的。”

他面带着愁容道：“如果真的有这一天，我是选择投案自首，是选择让家里帮我还这足以拖累整个家族产业，甚至拖垮我们苏家的巨额债务，还是……”

“我会像我的老师一样，找一处摩天大楼直接就跳下去。”

听到苏锦文的话，徐素年咬了咬嘴唇，轻声却坚定地说道：“不会的，我绝对不会让你有事的！”

“你是……你是，一个好人！”

苏锦文听了这话，终于忍不住笑了起来：“你这么急着给我发‘好人卡’，居心何在啊，素素同学？”

被苏锦文这样一逗，徐素年也“扑哧”笑出声来，但她很快正色道："对了，你说你老师当时的情况，跟你现在很像？都是公司电脑先中了蠕虫病毒，再中了木马，瘫痪了服务器？"

苏锦文点了点头。

徐素年轻咬嘴唇说道："这是标准的黑客战术，先通过漏洞，绕开防火墙，入侵网络，植入蠕虫病毒，然后等蠕虫病毒使防火墙瘫痪，再送出木马病毒，窃取机密，销毁文件。"

"你回忆一下，你跟你老师有什么仇家没有？尤其是你们金融业的竞争对手！"

被徐素年这样一问，苏锦文不禁皱起了眉头，想了许久，方才说道："如果说真的有，那就是'宏盛基金'了。他们主要是做中低端平价理财，跟我们的用户群有重叠的情况，但他们公司利率给得不高，只比银行的定期存款高一点点。"

"其实，我们都知道，做 P2P 的话，利润根本不可能这么少，实在是他们的老板太黑心。"

苏锦文又说道："我老师那时就经常有客户拿我们的利率跟宏盛基金比较，'爱心基金'倒闭之后，宏盛基金现在已经控股了很多家基金公司，这些公司基本都是中低端平价理财的用户群定位，几乎已经形成行业垄断了。"

徐素年听了苏锦文的话，不禁皱眉道："那你们把利率调整到跟他们一样就是了，还可以多赚钱，何必要这样闹得你死我活呢？"

苏锦文却抽了一口烟，笑了笑说道："唐老师要是想做一个普通的私募基金，根本不费吹灰之力，不知道多少亿万富翁巴不得出高价请他帮忙理财，运作资产。"

"但他想做的是一个公益基金，他希望通过大家的捐献，或者吸收大家的资金，去赚取更多的利润，用利润来进行公益项目。"

"这样才是一个合理的、可以持续的行为，而不是今天有富豪捐出来一百万，就用掉一百万，之后两年没有人捐，就坐吃山空，这是不可持续的。而且……"

"老师认为，这样的慈善，不是真正的慈善，而是富人的施舍。"

他解释说道：“有句话说‘人要生钱很难，但钱要生钱则容易得多’，只有集聚到足够多的资本，我们才可以获得更大的收益。所以我要尽可能多地吸收社会资金，获取更多的收益，做更多的公益。”

“如何获取更多的资金，就是要给出更高，但合理的利率。”

苏锦文笑了笑说道：“隔行如隔山，就好像你跟我解释信息工程、网络安全我不太懂一样，你不懂也是很正常的。”

“不过，宏盛基金有美国加州的红杉资本的融资，他们有钱，他们不怕！”

听到“美国加州”以及“红杉资本”，徐素年陡然一个激灵：“宏盛基金的实际控制人，是不是从美国加利福尼亚大学伯克利分校毕业的？”

徐素年的语气有些激动，苏锦文诧异道：“怎么连你这个圈外人也会知道？”

“宏盛基金的张启年，他那么有名吗？”

在徐素年的脑海之中，仿佛是推理链条被补上最关键的一个环节，推理终于形成一个闭环。

12．抓住这条大鱼了！

看徐素年激动到两眼放光，苏锦文不禁问道。

“素素，你……你怎么了？”

徐素年激动地大声说道：“我明白了，我全部都明白了！”

没等苏锦文回过神来，徐素年已经开始“秀”自己的逻辑推理了。

“所有的关键，都在于宏盛基金的实际控制人。”

“他在美国加利福尼亚大学伯克利分校留学时，应该已经被策反，成了间谍。”

“回国之后，因为美国加利福尼亚大学伯克利分校是信息工程排名全球前三的名校，身负名校海归光环的他，组建了为政府服务的软件开发公司，并为指挥中心制作了内部聊天与文件传输系统。”

“因为他在美国时就已经被策反，所以这套聊天系统必然保留了后门，知道了我老师研发 X－1 的消息，即成功拷贝了 X－1，或者是得知了 X－1 的部分工作原理和特性。”

“所以才会出现信息武器 X－1 第一次实战就被对方破解缴获，并导致指挥中心被反制感染蠕虫病毒，丢失大量数据的事故。”

徐素年娓娓而谈，推理道：“张启年的聪明之处在于，他并没有让黑客利用聊天系统中的漏洞，而是直接利用‘玄武一号’进行反制，这样一来，所有的疑点都会指向信息武器 X－1 的制造者——我的老师黄耀中。”

“美国黑客界对我的老师十分忌惮，他在美国做交流学者期间甚至还被刺杀过一次，我老师的助理中弹身亡，他则捡回了一条命，如果能够栽赃嫁祸给老师，等于是借刀杀人，做成了他们想做又做不了的事情!”

苏锦文听了徐素年的分析，目瞪口呆道：“这么大的牵扯吗?”

“可是他为什么要袭击我的公司？就因为我们是竞争对手?”

徐素年继续解释道：“我之前分析过袭击你公司的病毒，也就是变种的 X－1，发现它的穿透能力和解密能力变弱了，但是感染能力以及远程锁定能力变得更强了。”

苏锦文皱眉道：“这意味着什么？这跟袭击我的公司又有什么关系?”

徐素年淡淡笑道：“军用和民用的差别!”

“你的公司应该是他的试验品，试验这个变种的 X－1 木马的效果，并做出调整……”

“既然横竖要有公司倒霉，他当然是优先解决你这样跟他有竞争关系的对手了。”

“尤其是你因为你老师的事情，还跟他有深仇大恨!”

听到徐素年的分析，苏锦文的眉头皱得更紧了：“你的意思是，他们试验成熟之后，会对普通的民营公司下手?”

徐素年担忧地点了点头。

“所以我们必须要阻止他们，销毁泄露的X-1!”

听了徐素年的话，苏锦文也觉得忧心忡忡：“但是，光靠我们可以吗?”

“我们要不要……报警啊!”

徐素年不禁笑了起来：“我们手里暂时还没有宏盛基金的张启年勾结境外黑客的证据，报警也是不可能被受理的，而且这件事情应该也不归公安管，而是归国安局管……”

听徐素年说“这事公安不管”，苏锦文更是有些慌了。

“那怎么办?”

徐素年淡淡一笑，胸有成竹道：“我来联络一个人看看吧，他应该会有办法。”

苏锦文好奇道：“谁，谁啊?”

徐素年笑道：“这个嘛，保密!”

在苏锦文崇拜的眼神中，徐素年再次登上暗网，进入了大刘给她的私人邮箱。

徐素年将自己的推理情况简明扼要地写在邮件里告诉了大刘。

但是这一次，大刘却没有秒回。

徐素年原本还想要将自己要发动反击的计划告诉“大刘”，但是她打好了字，又慢慢删除，最后离开了暗网，确认没有感染上暗网的病毒后，关掉了机器。

苏锦文本来提议要请徐素年和瑛子、徐杰吃一顿大餐，结果被徐素年不由分说拉去吃了一顿苏省警官学院的食堂。

徐素年知道这位苏大少对别人大方，对自己很节俭，甚至是有些抠门，本来打的是帮他省钱的主意。

谁知道她才带着苏锦文进食堂，就后悔了。

虽然警官学院的女生并不多，但她大大低估了苏锦文受欢迎的程度。

食堂里的女生们对与苏锦文坐在一起的她品头论足，叽叽喳喳的声音像是麻雀一般，搅得她心烦意乱。

她吃得慢，苏锦文却是狼吞虎咽，吃得极快，擦了擦嘴就笑着说："我们是不是该回公司去了！"

这一句"我们"说得极其自然，更是让食堂里的姑娘们嫉妒得眼睛要喷出火来。

出了食堂，走出校门，回到了苏锦文的车上，徐素年才如蒙大赦，长长地舒了一口气。

要知道，她平素都是很低调的，虽然以前吃食堂也被男生盯着看过，但这样被一群女生"同仇敌忾"地盯着，还当真是头一次。

关键是，饿到这个时候，她根本没有吃几口饭啊！

饿啊！

就在这时，坐在驾驶座的苏锦文变戏法般从储物盒里拿出一盒饼干和一瓶矿泉水来，邀功请赏似的在徐素年的面前晃了晃。

苏锦文看到这饼干和矿泉水，简直像是看到了救星，赶紧伸手抢了过来，也不管淑女不淑女了，撕开包装袋就狼吞虎咽了起来。

苏锦文一边开车，一边揶揄道："你饿这么惨啊！"

"慢点吃行吗？又没人跟你抢，噎到自己多不划算啊！"

苏锦文的话居然一语成谶，黑客大牛的美少女徐素年，因为吃得太快，太着急了，噎到了！

她连着喝了好几口矿泉水，才缓过气来。

这样的窘样，被握着方向盘的苏锦文尽收眼底。

汽车迎着夕阳，淡红色的光芒撒在这个有些笨拙又坚韧的女孩子身上，长发都染上了淡淡的碎金颜色。

不是妩媚的美，而是青春、清纯、干净的美。

与苏锦文之前所见的女孩子都不同，仿若高中时的初恋的单纯。

但又不似高中女生的不谙世事，在她身上，她对于救回老师的执念，为了信念、理想不顾一切的勇气，又对他有着近似魔法般的吸引。

他的目光停留在吃着饼干的徐素年脸上，舍不得再挪开一寸。

这样带有侵略性的目光，竟也让徐素年的俏脸一红，白了苏锦文一眼道："你老盯着我看干嘛？"

“你开车不看路的啊!”

“想害死我们啊!”

眼看着徐素年手里的矿泉水瓶砸了过来，苏锦文才赶紧把头一偏，躲了过去，惊魂未定道:“警察同志，君子动口不动手啊!”

“你乱丢东西，真的有可能一车两命的啊!”

“我还不想英年早逝啊!”

听得苏锦文有些不正经的讨饶，徐素年也“扑哧”笑了起来。

“少贫嘴了，安心开车啦!”

晚上八点半，汽车终于开回到了江城。

好在江城不堵车，从下国道，到益基金公司门口，也就花了十五分钟而已。

车上，苏锦文摇下车窗问道:“你现在是回单位坐坐，还是我请你吃个夜宵再回去?”

他看到徐素年有些想去又不好意思的模样，故意说道:“公司旁边那条街上的锅盖面很好吃，你要不要去尝尝?”

徐素年想了想，却还是摇头了。

“时间不早了，九点钟开始，黑客随时都有可能来袭，要是因为吃了一碗面而耽误了大事，那就不好了!”

她想了想说道:“而且我也要看一看，解密后的 X-1 变种病毒的 IP 地址究竟是哪里的，说不定能找到宏盛基金对你们公司进行黑客攻击的证据呢!”

九点。

徐素年看了看已经解密完成的 X-1 变种病毒文件，将之拖进程序分析 IP 地址信息。

入侵警报没有响。

一切平静得好像是风暴来临的前夜。

九点半。

依旧没有任何主服务器被袭击的迹象。

十点。

一切正常。

“会不会是黑客今天不想来了?”

苏锦文困惑不解道。

徐素年却摇了摇头：“如果是普通的‘杂鱼’，真有可能失手了就算了。”

“对方必然是黑客界的大牛，而且我们还截获了他的木马病毒，他不可能善罢甘休。”

“如果他不第一时间反攻，那反而奇怪了!”

看到徐素年一边说话，一边不停喝水的模样，苏锦文笑了笑，便出门买夜宵。

很快拎了香喷喷的江城特产锅盖面回来，红汤浇头，还加了一个煎鸡蛋。

仅看着就叫人食欲大振，何况是一个晚饭几乎相当于只吃了一包饼干，饿到前心贴后背的少女?

这完全没有抵抗能力好吗?

可就在少女端起面碗准备大快朵颐的时候，“滴”的一声，程序分析完成了。

看到电脑屏幕上的数据分析完成，苏锦文也是忍不住好奇，凑到电脑旁边问道：

“找到宏盛基金袭击我们的证据了吗?”

徐素年放下筷子，皱起眉头，点了几下鼠标后解释说：

“IP 地址的表层地址是省城的，可能被编辑过了，不能相信。”

徐素年托了托自己的下巴，又敲了一系列的代码后说道：“MAC 地址也是省城的……”

“但是硬件应该已经被弃置了，对于我们恐怕没有什么价值。”

苏锦文不解道：“你的意思是，他们把那台电脑丢了?”

“MAC 地址不能换吗?”

徐素年点了点头说道：“MAC 地址，就好像是电脑的硬件地址一样，由网卡决定，是修改不了的，只能弃置。”

苏锦文听得这话，有些丧气道："那岂不是说，我们只能守株待兔，被动等对方上钩了?"

徐素年略微皱眉道："还有一个办法，就是分析它的深层IP，也就是看被编辑过的部分有没有留下痕迹。"

"如果再找不到，我们就只有等对方攻过来了。"

似乎是命运女神眷顾了徐素年，又或者是对方确实麻痹大意留下了漏洞。

电脑屏幕之上，分析出来的深层IP地址赫然是美国加利福尼亚州的伯克利市!

"抓住这条大鱼了!"

13. 徐素年的反击

最叫徐素年吃惊的是，对方居然没有修改或者隐藏自己的IP地址。

这在黑客界来看，简直就跟开门揖盗、引狼入室没有任何区别。

这心得有多大?

"对方为什么没修改IP地址?"

不只是徐素年，连苏锦文这个外行都觉得有问题了。

"这个不难的吧?"

徐素年皱眉道："这是深层IP，没有普通的IP地址那么容易修改，但对于黑客大牛来说，简单得很。"

"有可能会是个陷阱，但是……"

"也有可能是对方觉得自己用X-1变种病毒来袭击一家民营公司，简直就跟拿原子弹打蚊子一样，绝对不可能失败，所以也就懒得烦这个神了。"

"你的意思是，这是对方疏忽大意的结果?"

这一下，苏锦文都不解道："当真会……这么巧吗?"

徐素年眼神凝重道："很难说。"

看到徐素年举棋不定的表情，苏锦文反倒为她打气道："素素，我们做金融的都知道，任何事情都会有风险。”

“有些风险，甚至可以直接吞掉一家中等规模的金融公司。”

“但是只要感觉值得，都可以放手一搏！”

徐素年抬起头来，她的目光与苏锦文温柔但又充满勇气的目光相遇。

仿佛一下子拥有了足以挑战整个世界的力量。

苏锦文笑道：“我支持你！”

他说着将电脑前的面碗朝徐素年推了推，笑道：“先吃面条吧，凉了就不好吃了！”

“吃完了再动手不迟。”

就在徐素年就着面汤，吃着锅盖面的时候，苏锦文在一旁不禁问道：“素素，你打算怎么样反击？”

徐素年将荷包蛋咬破，一边吃面条，一边说道：“我会在这个 X－1 变种病毒的基础上，再修改一下，将渗透性降低，把远程控制能力再加强。”

徐素年给自己打气道：“哪怕只能控制他的电脑几分钟，删除泄露的‘玄武一号’也足够了！”

面条很快就吃完了。

时间是十一点十五分，就在徐素年锁定了对方的具体 IP 地址，准备发动反击的时候，意想不到的事情发生了。

“入侵警报？”

徐素年和苏锦文看到主服务器弹出的警报，目光都是一变。

他们从九点钟一直在电脑面前等到了十一点，对方都没有来，居然在他们准备主动出击的时候，对方也出手了！

“是张启年那个混蛋吗？”

提到害死自己老师的张启年，苏锦文咬牙切齿道。

徐素年却是一边编写代码，封锁对方入侵的路径，一边面色凝重地说：“不是来自省城的网络入侵……”

“应该是加州的黑客高手，这次是他对我们动手了！”

苏锦文听到徐素年的话，不禁一愣：“加州？难道是张启年在美国的老板动手了！”

徐素年此时一双玉手在键盘上按的速度越来越快，几乎顾不上与苏锦文说话了。

“不知道是不是他！但是，来者不善！”

虽然苏锦文看不懂徐素年打出来的一串又一串的代码是什么意思，但他可以明显感觉到徐素年的压力。

她的呼吸变得越来越沉重，甚至有冷汗从额头渗出，从后背渗出。

唯一不变的是她敲击键盘的速度和频率越来越快，越来越快……

简直就像是在与狂风赛跑！

可就在这时……

“滴！”

包括操纵主服务器的电脑在内，在一声电音之后，所有电脑居然同时黑屏！

苏锦文还没有意识到发生了什么，徐素年已经惊呼出声。

“糟了！”

只见黑屏之后，所有电脑同时重启。

重新启动之后的系统界面，不是干净整洁的 Windows 界面，而是……

一个狰狞的、叼着烟斗的骷髅头形象！旁边则是一大段鲜红色的文字。

是英文。

屏幕的正下方则是一个精确到秒的数字计时器。

右侧，则是一个流畅的手写体签名。

“爱德华……”

徐素年看着那手写体，拼读出来的瞬间，目光陡然一惊。

“是他！”

“爱德华是谁？”

苏锦文不禁问道。

徐素年咬着嘴唇说道："刺杀我老师的事件发生后，美国警方丢了几个持枪的小混混出来顶包，但我们都认为这个 NSA 特工爱德华才是幕后黑手。"

苏锦文吃惊道："NSA？那不就是美国的国家安全局吗？这个黑客来头这么大吗?"

徐素年点了点头说道："因为他开发的黑客武器'永恒深蓝'与老师的'玄武一号'十分相似，老师技高一筹，他几次想与老师合作，都被拒绝，干脆就动了歪脑筋。"

"这件事情后，据说他因为擅自行动被 NSA 开除了。"

徐素年面色忧虑道："但是这个界面，的确是他'永恒深蓝'的界面，而且应该还吸收了一些 X-1 的特长。"

她指了指下方的这个时钟说道："这个计时系统，就是老师的 X-1 上的，只要时间一到，系统数据就会批量删除，用来给对方造成心理压力，胁迫对方就范。"

"这还只是我们看得到的设计，其中应该还有许多我们看不到的设计。"

"我们锁定他的 IP 地址的时候，他也知道了我们的确切的 IP 地址……"

苏锦文听到徐素年的话，不禁说道："就像《蝙蝠侠》里说的，阁下凝视深渊的时候，深渊也在凝视阁下?"

徐素年叹一口气说道："我也没有想到，他居然这么快就融合了老师的 X-1，打了我一个措手不及。"

徐素年面色凝重，苏锦文也是眉头紧锁道："那公司的电脑，现在是怎么了?"

徐素年咬了咬嘴唇，羞愧地说道："爱德华的'永恒深蓝'是一个勒索病毒，一台电脑交三百美金才可以解除锁定。"

"如果不给呢?"

苏锦文皱眉。

徐素年指了指屏幕下方的时钟："这就是我老师的设计，原来爱德华的病毒，只能让你的机器不能使用或者部分功能不能使用，比如关闭你的杀毒软件进程等等……”

“但我老师的设计可以让病毒在限定时间耗尽之后开始清除电脑里的数据，直到彻底清除完成。”

“等于是让对方没有了丝毫的侥幸心理，只能乖乖就范。”

她羞愧地对苏锦文说道：“苏锦文，这一次是我连累你了！”

三百美金一台电脑，看起来并不贵，但是苏锦文的公司里有一百多台电脑，就算去掉一些无关紧要的个人电脑，至少也有一百台电脑需要解锁，加起来就是三万美金。折算成人民币的话，就是十几万接近二十万人民币。

而且赎金需要用比特币来支付，如果在暗网上购买比特币，仅仅手续费都需要好几万块钱。

这些林林总总的钱加起来，就算是把全公司的电脑都换了，也用不了这么多。

但是真正宝贵的，从来都不是电脑，而是电脑里面的数据。

如果整个益基金的数据都丢失了，网站重新架设服务器需要时间，更换公司对公账户需要时间，宏盛基金必然会请大量的水军散布益基金已经卷款跑路的谣言。

这样一来，距离苏锦文重蹈老师唐天行的覆辙，也就不远了。

说徐素年把苏锦文给坑惨了，也不为过。

“苏锦文……对不起，都是我不好！”

但是徐素年等来的却不是苏锦文的苛责，而是轻轻地一句：“没关系！”

他看向徐素年说：“我之前就说过，做任何事情都会有风险……”

“只要认为值得，就应该全力以赴！”

说到这里，他的眼神之中带着柔和的笑意，如煦日春风：“我爸也告诫过我，胜败乃兵家常事，胜不骄，败不馁，终能成大器。”

他看向徐素年鼓励道：“我们先报警吧！”

“这一下子勒索十几二十万的，够报案了吧！”

徐素年脸上的忐忑之色，终是缓解了许多，但她依旧为难道：“可是一旦警方备案，舆论传播出去，知道益基金遭遇了黑客攻击，中了勒索病毒，那岂不是更麻烦了？”

“这公司不是你一个人的公司吧？其他股东会不会提出异议……”

苏锦文却笑道：“这种天灾人祸，能有什么办法？”

下一秒，苏锦文如霸道总裁附体一般，双手插兜，邪魅一笑。

“如果他们对我的决定有异议，那就退股吧！”

“反正我也不在乎他们那点儿股份！”

听了这话，徐素年终于“扑哧”笑出声来。

“谢谢你，阿文！”

苏锦文却没有半点自满，笑了笑说道：“素素，我也是在帮我自己呀……”

他转而咬牙说道：“张启年那个混蛋，我一定要让他受到法律的严惩，告慰老师的在天之灵！”

14. 大刘

第二天，早上八点半。

当益基金的员工们像往常一样啃着饭团、三明治、汉堡，踩着点进单位的时候，陡然发现整个公司里的气氛十分异常。

穿着警服的公安民警一台一台电脑地检查着，更有警察拿着录音笔和笔记本在给苏总做着笔录。

这架势就像是……

就像《新闻联播》里那些骗子公司被查抄的时候一样。

“该不会是我们公司出事了吧？”

“苏总偷税漏税？”

旁边有员工低声嘀咕道：“不可能啊……苏总连社保都给我们是按照实际工资标准交的，能省的都不省，还会去偷税漏税吗？”

“难道是……”

有些稍微懂法律知识的员工一拍大腿，低声惊叫道：“该不会是有人举报我们公司非法集资吧？”

“集资五十万元以上就属于数额巨大，二百五十万元以上就是数额特别巨大了，最高可以判死刑！”

“你们想想，我们公司一天的流水也不止二百五十万元啊！”

“这可是重罪，公司骨干都是要坐牢的！”

听到这话，刚刚要进来上班的公司员工们顿时人人自危。

甚至有人准备拔腿就跑，就在这时，那名给苏锦文做笔录的中年警官抬起头来，看向众人说道：“大家不要惊慌，事情不是你们想象的那样！”

这一下，员工们都惊住了。

事情不是他们想象的那样，那是哪样？

中年警官拿出自己的警官证，朝众人亮了亮说道：“我叫刘仁伟，江城市公安局刑警支队大队长兼反通讯诈骗中心主任。”

这一下，其他员工们更慌了。

怎么管电信诈骗的警官都来了？

难不成苏总涉嫌的不是非法集资，而是电信诈骗？

这好像更严重，更恶劣啊！

好像是看穿了众人的恐慌，刘大队长正色说道：“苏总是遵纪守法的公民，贵公司在昨天晚上遭遇黑客攻击，电脑被植入勒索病毒，这件事情我们刑警支队已经正式立案，会一查到底的！”

这一下，众人的表情可谓是喜忧参半了。

喜的是，苏总被江城市公安局盖了个遵纪守法的好公民的章。

忧的是，公司被黑客攻击，电脑被植入了勒索病毒，那岂不是没有办法上班了？

这是要失业了吗？

苏锦文当即说道：“今天给大家放假一天，如果有客户打电话询问，你们如实告诉客户即可……”

他看了看身边的徐素年，狠了狠心说道：“我们将在五个工作日内恢复服务，利率按照黑客攻击之前的最后一个工作日结算时的利率计算，请大家保持手机开机，社交账户在线。”

“如果在网络上发现谣言的舆论苗头及时报告给我，我会去协调。”

听到苏锦文的话，大家原本惊慌的神色才稍稍平复了下来。

就在这时，刘大队长又说道：“如果有任何谣言传播，苏总可以第一时间与我联系，如果转发和点击量超过一定数量，我不介意请他们来江城市公安局谈谈心。”

苏锦文得到了刘大队长意外的相助，也是喜出望外，赶紧说道：“谢谢您，刘大队长！”

刘大队长却是笑道：“我只是依法办事，岂能让谣言伤害到正常的企业，让已经遭受黑客攻击的企业雪上加霜？”

他看向苏锦文问道：“苏总，请您到办公室里来与我详细讲一讲具体遭遇黑客攻击的具体情况。”

谁知苏锦文抬起手来，朝着徐素年指了指说道：“具体情况，让徐素年与您讲一讲吧！”

“她是我请来的网络安全专员，这一块都是她在负责！”

刘大队长微微一愣，目光落在了苏锦文身边那身穿白色短裙、格子衬衫，打扮得似花季少女模样的女孩身上。

“你就是……徐素年？”

刘大队长目光有些吃惊地看着面前的徐素年，徐素年却是一点都不记得自己有见过这位江城公安局的警官。

“您……您认识我？”

刘大队长似乎察觉到自己有一些失态，不禁笑了起来：“你一直在黄耀中教授身边学习，我也是久闻你的大名了！”

听到刘大队长提起自己的老师“黄耀中教授”，徐素年一下子觉得更加奇怪了。

“您……您认识我老师？”

刘大队长被徐素年追问，便笑了起来：“在信息安全领域，不知道黄耀中教授的人，恐怕还没有出生呢！”

“说起来，我与徐素年同学还是校友，我也是苏省警官学院毕业的！”

刘大队长说的话模棱两可，既没有说自己与黄耀中的关系，也没有否认自己与黄耀中的关系。

他既然也是苏省警官学院毕业的，又是江城市反通讯诈骗中心主任，那么若说他与黄耀中老师完全没有关系，也不太可能啊！

没等徐素年再发问，刘大队长朝着她摆了摆手。

“徐素年同学，那么就请您讲一讲当时的情况吧！”

徐素年进了总裁室之后，与刘大队长在办公桌前坐下，早有秘书为两人泡好了茶。

待到秘书退了出去，刘大队长正要打开录音笔，徐素年突然抬起手，一把按住了刘大队长手里的录音笔。

“徐素年同学，您这是……”

徐素年将录音笔轻轻拨到自己面前，在刘大队长疑惑的目光中，沉声问道：“刘大队长，请您暂时先不要录音，我有一个问题想要询问您，可以吗？”

刘大队长听了徐素年的话，微微一愣，旋即笑道：“你是要跟我这个老校友叙叙旧吗？”

他说完，抬起手来，将警服上衣口袋里钢笔模样的录音笔关掉了。

他将那一支隐藏的录音笔取出来，放在了台子上，笑道：“好了，这样就可以安心说话了。”

“虽然我们出勤期间要一直开机，全程记录，但是与老校友聊聊天的私人时间还是有的。”

刘大队长看向面前的徐素年，淡淡说道：“但是，时间不能长，我最多只能给你三分钟时间，徐素年同学！”

听到只有三分钟时间，徐素年干脆开门见山道：“刘大队长，请问您就是‘大刘’吗？”

刘大队长似乎没有想到徐素年会问的这样直接，微微一愣，正要否认，徐素年又说道：“您之前在苏省警察学院就读，所以您知道学员登录教务平台的端口。”

“教务平台本身就是加密平台，如果不知道端口，根本不可能无声无息地被‘黑’掉。”

没等刘大队长反驳，徐素年又说道：“您在邮箱里给我发了我老师的审讯笔录，证明您应该还有一重国安的身份。”

“在很多地级市，公安是与国安合署办公的，您又是刑警支队的信息安全专家，您应该也在国安系统有任职对不对?”

“您有公职在身，所以不能直接出面帮助已经是犯罪嫌疑人的黄老师，才会用暗网跟我联络，我说的对吗?”

面对徐素年迫切想要得到答案的眼神，刘大队长却没有直接给出明确的回答，而是笑着说道：“徐素年同学，你的想象力非常的丰富。”

“你也非常的聪明。”

前一句话的意思是，徐素年的推理都是臆想出来的。

第二句话的意思则是，徐素年看清了事情的真相。

接下来，他没有等徐素年再追问什么，直接按下了面前伪装成钢笔的录音笔，随后又点开了做笔录用的录音笔。

“好了，徐素年同学，请您将当时的情况，简单地说一说吧!”

徐素年也知道自己所说的话都会被录下来，便没有再提“大刘”的事情，在接下来的介绍中，绕开了黄耀中老师，以及 X－1 木马病毒的问题。

在呈现给刘大队长的笔录中，情况就是她做校外兼职来到苏锦文的公司，正好公司主服务器被黑客入侵，被她阻挡之后，对方弄来了勒索病毒。

“好了，请你把苏锦文也叫进来，我们一起聊聊案子的事情吧。”刘大队长说道。

在问及公司有没有得罪过什么人的时候，进了办公室刚坐定的苏锦文几乎是抢着说道：

“宏盛基金，宏盛基金的实际控制人张启年，他的嫌疑最大!”

没等刘大队长反应过来，苏锦文继续说道：“先是黑客入侵，再用蠕虫病毒瘫痪公司的网络……”

“当初我的大学导师唐天行，开创了爱心基金，就是被宏盛基金用这种方法搞垮的！”

“两次黑客进攻的方式方法，如出一辙！”

听到苏锦文激动的语气，刘大队长笑道：“好了，苏总，你激动的心情我完全可以理解。”

“但是，我们是人民公安，如果没有证据我们是不能随便抓人的！”

听到刘大队长的话，苏锦文才意识到自己有一些失态了，只得怏怏地坐了回去。

刘大队长宽慰他：“天网恢恢，疏而不漏，只要他们真的有请黑客攻击你们公司，必然会露出马脚。”

“凡事讲证据，是法治的前提，也是对于公民的保护。”刘大队长正色说道：“只有讲证据，才可以不放过任何一个坏人，也不会冤枉任何一个好人！”

说到这里，他站起身来说道：“你们公司的情况我们江城市公安局已经立案了，接下来我们会进行立案调查，请等我们的好消息吧！”

他关掉了手里的录音笔，看向旁边的徐素年说道：“徐同学，你不妨好好回忆一下，整理一下手头现有的资料……”

“必要的时候换一个思维方式，说不定会有意想不到的收获。”

听了刘大队长的话，徐素年微微一愣，正要发问，却听他又说道：“魔高一尺道高一丈，黑客就是再厉害，也必然会有对付他的方法。”

说完，他不再与徐素年和苏锦文说话，起身走了出去。

很快，搜集证据的其他民警跟着刘大队长离开了益基金的办公大楼。

原本热热闹闹的公司里，蓦地一下只剩徐素年和苏锦文两个人了。

徐素年刚要与苏锦文说些什么，苏锦文的手机响了起来。

他接到电话后，脸色一变，只说了一句：“我出去接个电话。”

苏锦文急匆匆地离开，隔着办公室都可以听到他在说“股权”“收益”“退股”之类的话。

徐素年虽然很想把注意力集中到琢磨大刘留下的几句话上，但心思却不由自主地被牵到了苏锦文的电话那端。

冷静的话音，伴随着决绝的语气。

甚至电话那头都传来了带粗话的谩骂，苏锦文的回答依旧不卑不亢，且彬彬有礼。

差不多一个小时之后，苏锦文回来了，脸上带着笑意道：“家里一个电话，打得有点长。”

徐素年却没有给他留面子，一语道破：“阿文，你为了这件事情得罪了基金的股东，真的值得吗?”

也许诧异于徐素年对自己的称呼改变，苏锦文稍愣了一秒，展颜笑道：“这件事情要真说起来，我也有一半的责任!”

“我也希望抓住张启年与黑客勾结的证据。”

他笑着对徐素年伸出手道：“素素，既然遭到了挫折，那就一起来面对吧!”

“刘队不是说了吗？魔高一尺，道高一丈!”

听苏锦文将责任揽去了一半，徐素年也是面带歉意地说道：“阿文，我一定会有办法把你公司的电脑复原的，我保证!”

苏锦文笑了。

“一起找找线索吧……”

“你中午还想吃锅盖面吗？我帮你叫个外卖?”

正说话的时候，徐素年的手机响了起来。

居然是徐杰打来的。

徐素年刚刚接起来，徐杰就迫不及待地邀功道：“素、素姐，解、解、解、解……”

徐素年听到这话，眉头就皱了起来：“徐杰，你别急，喝口水再说，出什么大事了，一直叫‘姐’?”

徐杰这时才好不容易磕巴出一整句来:“文件包解开了!”

似乎觉得徐杰说话太急人，旁边的瑛子一把将电话抢了过去说道:“本来我们还有一大半没有解完呢，结果暗网上有人发了一个超大的文件包给我们，里面居然是后面我们没解完的数据!”

“两边拼了一下，数据还有重合的地方，已经被我们删掉了。”

“你说怪不怪?”

徐素年听得有人在暗网上给瑛子他们发了后面的解密文件，顿时就愣住了。

“什么时候的事情?”

瑛子在电话那头说道:“大概十点钟左右吧!”

徐素年看了看自己的手表，心中顿时了然。

十点钟，差不多就是刘大队长离开益基金公司后不久。

再结合之前刘大队长说的“不妨好好回忆一下，整理一下资料”，基本可以断定他就是“大刘”!

只是大刘那里怎么会有黄耀中老师的文件包?

徐素年正觉得疑惑不解，只听电话那边的瑛子说道:“素素，你快回来一趟看看吧!”

“这些文件，连我都看不懂到底是个什么东西……”

徐素年听到瑛子的话，赶紧应允:“我这就赶回来，你们等我!”

听到徐素年的话，苏锦文晃了晃手里的车钥匙，笑着说道:“素素，我送你过去!”

徐素年放下电话，掩口笑道:“又开国道吗?”

“那我还是坐高铁吧!”

像是觉得被徐素年看扁了一般，苏锦文狠狠心道:“不，咱今天走高速!”

……

十二点半，苏锦文的奔驰又一次停在了极速网吧破破烂烂的招牌下面。

又一次在商贩、路人们惊呆的目光下俩人进入破败不堪的网吧。

楼梯才走了一半，苏锦文忽然想起来什么似的："我们是不是还没有吃午饭？"

"要不再去你们苏省警官学院的食堂吃一次？我觉得你们食堂的菜，味道还不错……"

话还没说完，他便被徐素年不由分说地拽进了极速网吧。在苏锦文诧异的目光下，徐素年丢了一桶泡面在他手里。

"一桶够吃吗？不够再给你一桶，加一根火腿肠！"

"别给我添乱了，行吗？"

想起上次在食堂里被一群女生盯着的事情，徐素年就觉得只有两个字"麻烦"！

于是，在瑛子都觉得不忍的目光中，徐素年坐在电脑前查看长长的代码，苏大少则捧着泡面，像乞丐似地蹲在电脑旁边，眼睛一动不动地盯着屏幕。

徐杰忍不住给苏锦文搬来了一个马扎，这才叫这位身价千万的大少爷不至于蹲着吃泡面了。

徐素年盯着屏幕，长长的睫毛，除了间或眨一下，几乎一动不动，全神贯注。

就这样整整盯着屏幕看了两个小时，直到握住鼠标下拉进度条的右手都酸痛了，也没有任何头绪。

"这都是些什么东西啊……"

原本，她一直都很期待黄耀中老师留下的文件包里的东西。

可能是父亲失踪的线索。

可能是黑客爱德华的致命弱点。

可能是信息武器 X-1 的后门程序。

她觉得也有可能会是老师与什么关键人物的对话或者视频。

可结果却是，整个文件包里，都是一个个的乱码，甚至连程序都算不上，看起来杂乱无章。

若不是徐素年确信自己手里的文件没有被人调过包，她可能都要怀

 疑自己解开的是一个假的文件包了。

“这都是些什么啊?!”

不只是徐素年看得一头雾水，旁边的瑛子也看得迷迷糊糊，如堕五里雾中。

“这是程序？算法？乱码?”

“到底是些什么东西啊!”

她皱眉道：“会不会是那个暗网传来的文件包有问题啊?”

徐杰却在一旁说道：“没有问题的啊，我、我查过毒的!”

就在徐素年感到一筹莫展的时候，旁边的苏锦文一边吸着泡面的面条，一边说道：“你们有没有想过，这可能会是一个完整的程序啊?”

“整体上，是一个完整的程序?”

听苏锦文这样一说，瑛子便毫不留情地嘲笑起苏大少这个网络“小白”来了。

“程序有程序的运行规则，无非是用计算机语言告诉计算机的命令序列合集……”

瑛子双手搭在胳膊上，说道：“就好像我说，第一步开门，第二步坐下，第三步开电脑一样……”

“唯一的差别不过是我在用人类的自然语言给你下命令，你如果是一台计算机，会比较蠢，我只能用计算机语言给你下命令，你才听得懂而已。”

“但给你下命令，里面总要有一个最基本的逻辑关系吧……要是连这个都没有，那怎么可能会是程序呢?”

苏锦文被瑛子这样一说，不禁脸上红一阵，白一阵，完全是一副小白被大神“教做人”的窘态。

瑛子则掐着腰，尽情享受“调戏”男神的快感。

可就在这时，徐素年却蓦地抬起头来，眼睛盯着屏幕，冷冷地说道：

“不！所有的程序并不一定都要有内在逻辑!”

下一秒，她的目光似乎找到了焦点，环顾其他几人说道：“最典型的例子——病毒！它们就不需要有内在逻辑！”

这一下，瑛子、徐杰和苏锦文一齐惊叫了起来。

“你的意思是，这么大一个文件包是电脑病毒?!”

瑛子更是直接打断：“这怎么可能？哪里有这样安安静静躺在电脑里，让我们分析资料数据的病毒?”

“什么病毒不是一进电脑就兴风作浪，让人不得安宁?”

作为网络安全方面全国前三、亚洲前十的业内大神，瑛子拼命地摇头。

因为徐素年的观点对于现有网络安全方面的认知来说，实在是太具有颠覆性了。

就好像众所周知，火是烫的，偏偏有人提出火也可以是冷的一样。

原来坚信火是热的那一批人，能不跟你辩个你死我活吗?

徐素年却冷静地说道：“因为这个病毒还没有被激活！”

“可以理解为，它还在休眠状态。”

面对瑛子等人“我读书少，你别骗我们”的表情，徐素年淡淡笑道：

“这就是大刘所说的‘必要的时候换一个思维方式，说不定就会有意想不到的收获’。”

她面带笑意，看向苏锦文说道：“阿文，我准备再借你公司的电脑一用！”

16. 半成品信息武器 X-2

苏锦文被徐素年这样一说，眉头皱着说道：“我公司的电脑全都中了勒索病毒，用都用不了，我想给你帮忙也爱莫能助啊！”

徐素年却说道：“就是因为你公司的电脑全部都中了勒索病毒，所以才更需要它们！”

她看向苏锦文，她说的话，如同经过精密推演的计算机程序。

“你向对方支付赎金，对方必然要给你电脑里的勒索病毒下达‘松绑’的指令。”

“这样才有可能暴露他真实主机的IP地址，我将这个病毒投放过去，就可以让他的主机硬件过载，直接烧掉。”

徐素年冷静地说道：“这样一来，就可以将‘玄武一号’彻底销毁，同时我会使用他的社交账号在全互联网进行视频直播，还我老师的清白！”

“这样……真的没问题吗？”

苏锦文诧异地看着徐素年面前电脑屏幕上的一排排编码，像是在躲炸弹一样。

“这个病毒这么厉害吗？”

“可以直接毁掉对方电脑的硬件？”

徐素年点了点头说道：“只要硬件温度快速攀升，超过硬件可以承载的温度，就会将硬件直接烧毁，甚至引发爆炸和火灾！”

“理论上，只要同时运行海量的程序，或者接入超过计算机硬件负荷的电流，都会造成这样的结果！”

“理论上，那都是在理论上啊！”

这一下连瑛子都禁不住惊愕道：“黄、黄耀中老头子给你留了这么一个‘大杀器’？”

“怎么从来没有人听过，也从来没有人知道有这种病毒？”

只有徐素年目光坚毅，语气淡淡地说道：“这些是我在这个病毒的内部编码里发现的线索。”

“它应该是老师研制出来的，还没有投入过实战的信息武器X-2，也就是‘玄武二号’！”

“当初，它设计出来，在远程控制、数据劫持的同时，加入了远程遥控和定点破坏功能，就是为了应对X-1泄露或者被窃，可以使用X-2来销毁X-1。”

徐素年看向屏幕，淡淡地说道：“老师应该猜到了爱德华会对X-1动手，恐怕也知道我会在爱德华手里吃亏……”

“这个文件包，就是老师留给我的后手，让我对付X-1的最后武器。”

瑛子在一旁嘟哝：“那他直接把完整的病毒留给你好了，顺便再交代你一下怎么使用，岂不是皆大欢喜？”

“干吗要我们这样累死累活地来解密，电费都浪费好多了！”

反倒是旁边的徐杰说道：“应该是黄老师害怕这么厉害的病毒落在别人手里吧！”

“虽、虽然，这个东西是、是出于正、正义的目的……”

徐杰说到这里，心里着急，语气居然一下子流畅了起来。

“毕竟这东西这么厉害，要是拿来搞恐怖袭击，可能会出天大的事情啊！”

徐素年也说道：“所以，这些加密的文件，应该是这个病毒的保护壳。”

“这样一来，即便它落在居心叵测的人手中，解开也需要很长的时间。”

“而大刘可能就是老师安排的，负责保护 X－2 安全，不让它落入坏人手中的守护者。”

瑛子听到徐素年提起“大刘”，一下子就想起了黑网第一封邮件里的二维码签章来。

她好奇道：“素素，这大刘到底是谁啊？是男的吗？你见过吗？长得帅不帅？”

面对瑛子好奇心之下的这么多追问，徐素年有些无奈地淡淡一笑说道：“应该算是见过了，他跟我是校友，是苏省警官学院毕业的，现在是江城市公安局刑警支队的大队长，反通讯诈骗中心的主任。”

“如果我没有猜错，他应该在国安局也有任职。”

听到徐素年的回答，瑛子一下子就惊叫了起来：“怎么是个警察啊！”

“还是个警察头子，怎么警察也上暗网啊？”

徐素年看到瑛子有些夸张的表情，不禁笑道：“瑛子，你不是说你超有黑客的职业道德吗？你又没有做什么违法乱纪的事情，这么害怕警察干什么?”

她又看向瑛子，面目含笑道：“而且你不要忘记了啊，我也是一名准警察啊!”

瑛子被徐素年这样一说，只得苦笑了起来：“我……我这不是……职业本能反应吗?”

徐素年侧过脸来看向苏锦文说道:“阿文，请你再帮我一次好不好?”

苏锦文听得佳人如此请求，淡淡一笑说道：“我们现在是一个战壕里的战友，我哪有不帮你的道理?”

“我去准备赎金用的比特币吧!”

他正要去下载比特币交易的软件，徐素年忍不住关切道：“不要一次性买入足够全公司电脑解封的赎金，你准备一台就可以了。”

仿佛觉得一台有些不妥，她又补充道：“准备十台就好了。”

一台电脑的赎金是三百美金，十台就已经是三千美金了。

三千美金就是一万九千多人民币。

对于苏锦文这样一个连高速公路过路费都舍不得的“葛朗台”来说，简直就是一笔足以叫他“肝肠寸断”的天文数字了。

但是苏锦文却笑了笑，一口答应道：“好，我去准备!”

徐素年又看向瑛子道：“瑛子，你负责销毁剩下的数据，千万不能让这些数据落在别人的手里。”

瑛子诧异道:“为什么要销毁掉?”

徐素年沉吟道：“如果救出了老师，我们自然可以把 X－2 再造出来，如果我们失败了，为了防止 X－2 泄露的事故发生，直接销毁就是最好的办法。”

她看向瑛子说道：“我也很舍不得老师的心血，但是如果老师还身陷囹圄，又传出 X－2 泄露，导致大规模网络安全事故的话……”

“你觉得老师他还能有命吗?”

听了徐素年的话，瑛子也无奈地摇了摇头:“素素，你放心吧!”

反倒是苏锦文有些紧张地看着徐素年说:“成功概率大吗?”

徐素年看了看面前的一排排代码，严谨地说道："理论上，这是专门克制 X－1 的升级版本，成功率应该很高，但是从来没有试验过，更没有应用于实战。"

"所以失败的风险还是会有的，可能是……50%，一半的概率吧！"

听了徐素年的话，苏锦文又皱眉问道："如果不成功，会怎么样？"

徐素年定了定神说："对方可能会恼羞成怒，直接提前删除所有电脑里的数据，至少也是永远都不会解锁，把公司的数据锁死在里面。"

苏锦文笑着打趣说："那没什么问题，只要别跟你手里这个 X－2 似的，给我弄个爆炸事故都好说！"

"我公司里可没有准备那么多的灭火器！"

听了这话，瑛子不禁在一旁打趣道："我说苏大少，你是不是喜欢上我们家素素了啊？"

"跟着素素，这么大风险的事都敢干？我要是你，根本笑不出来啊！"

苏锦文被瑛子这么一说，竟是脸色一窘，说不出话来。

反倒是旁边的徐杰嘟哝道："人家郎才女貌，天生一对，不、不是蛮好的嘛！"

话还没说完，徐杰就惨叫了起来，原来是瑛子在徐杰的胳膊上狠狠拧了一把，剐了他一眼道："好？好什么好？！"

"你给我说说，哪里好了？"

"你今天不给老娘说清楚了，老娘跟你没完！"

17. 最终一战！

当晚九点。

益基金的办公大楼里。

所有办公电脑的屏幕一齐亮着，界面上的红色骷髅狰狞又邪恶，红骷髅下方的电子时钟不断变化。

一排排的电脑就这样在没有开灯、空无一人的大厅里亮着，配上狰狞的红骷髅图案，简直就是恐怖鬼片的即视感。

唯一亮着灯的总裁室里，徐素年将自己的笔记本放在苏锦文的办公桌上，不断地输入代码。

与电脑相连的一个移动硬盘，足足有半个电脑键盘大，看起来无比扎眼。

“你……你怎么把病毒，不，怎么把 X－2 拷贝进你电脑了？”

苏锦文看到徐素年把病毒拷贝进自己的电脑，差点没惊叫出声来。

徐素年却冷静地说道：“你局域网里所有的电脑都被锁定了，如果再有新的电脑接入，立刻就会被传染上爱德华的‘永恒深蓝’病毒。”

“所以理论上，这个局域网里的电脑，不可能再有电脑侵入，即便有电脑进去也会被立刻感染，变成他的‘肉票’。”

说到这里，徐素年手指轻按，电脑屏幕上很快出现了主服务器的登录界面。

面对苏锦文不可思议的目光，徐素年笑着说道：“不是正常登录，是‘黑’进去的。”

“你记得不记得，我做局捉住 X－1 变种病毒的时候，曾经主动在系统里植了一个木马，用来入侵你的主服务器？”

苏锦文听到这话，诧异道：“那时候就打算好了？”

徐素年笑道：“哪里有那么神，只是正好罢了！”

“不过，如果没有这个木马的话，会稍微费一点事。”

她将屏幕朝苏锦文面前推了推说道：“我先给我自己电脑做了一个针对 X－1 和‘永恒深蓝’的防火墙，再通过病毒‘黑’进主系统，就不会被感染了。”

“估计爱德华做梦也不会想到，在他的肉鸡群里藏了一个带有X－2 的‘炸弹’。”

“因为理论上也确实不可能存在这样的情况，除非遇到正好熟悉 X－1 又熟悉爱德华手里‘永恒深蓝’的黑客。”

苏锦文听到徐素年的话，不禁问道：“这个概率很小吗？全国有几个？”

徐素年笑了笑，脸上露出了少有的得意神色道：“全世界不知道，不过全中国只有个位数的人……”

“我，还有我老师黄耀中是其中之一！”

仅仅只有不超过十个人，与全世界七十亿人口，或是跟全国十三亿多人口比起来……

那这个概率当真是小得不能再小了！

苏锦文也笑了起来：“那这个爱德华遇到你，真的算倒了大霉了。”

“我这就去给他比特币账户里打钱，送他一个定点爆破的 X－2，请他的主服务器上西天！”

听到苏锦文的话，徐素年差点又笑出声来。

“你别这么着急，现在他应该还没有起床吧……”

“啊？！”

面对苏锦文诧异的表情，徐素年笑着说：“现在加利福尼亚州伯克利市当地时间才凌晨五点，他应该还没有起床，给他打钱也是白打……”

徐素年掩口笑道：“你这人真是的，咱们好歹叫他安安稳稳吃个早餐吧！”

时间过去两个钟头。

信息武器 X－2 从徐素年的电脑里成功上传到主服务器。

北京时间 23 点整，美国加利福尼亚州时间 7 点。

万事俱备，只欠东风。

一直等着的苏锦文舔了舔嘴唇，按下了手机屏幕上的汇款键。

赎金很快就汇入了爱德华指定的比特币账户内。

在款汇出去的第一时间，坐在电脑前的徐素年就一刻不停地盯着电脑屏幕，看是否有任何可疑的访问记录。

因为爱德华需要为肉鸡“解绑”，一定会发过来指令，发出指令的必然会是他的主服务器。

这样的机会稍纵即逝，身为一名同样优秀的黑客，徐素年绝对不可能放过这样一击必杀的绝好机会。

可就在徐素年眼睛都不敢眨地盯着电脑屏幕时，时间却在一分一秒地流逝。

一刻钟过去了。

半个小时过去了。

整整一个小时过去了。

没有任何外部访问的记录，更不用说异常的记录了。

至于被支付了赎金的十台电脑，包括苏锦文自己的办公电脑都是毫无反应。

显示屏上，红色骷髅依旧狰狞，下方的秒表还在“滴滴答答”地走着。

好像什么都没有发生一样。

“这……这是怎么回事？”

苏锦文有些慌了。

“对方看破了我们的计划？”

徐素年此时也是目光凝重，语气也低沉下来：“不太可能！”

“如果他知道我在暗算他，他应该会直接撕票才对。”

苏锦文面色为难道：“万一，他这个病毒就不能提前删除信息呢？所以他准备一直给我们锁定，拿了钱也不解封了呢？”

徐素年盯着屏幕下方的电子计时器，咬了咬嘴唇道：“不太可能！”

“爱德华费尽心机想要得到 X－1，就是因为老师的 X－1 拥有删除数据的‘撕票’能力。”

“否则的话，他加这个计时器是什么意思，吓唬人吗？”

听到徐素年的分析，苏锦文反而更困惑不解起来：“那他这是什么意思？”

“既然收了钱，干吗不给我解封？”

徐素年秀眉微微蹙起，终于说出了一个自己都觉得荒诞的理由来。

“可能他知道你一下子被锁定了一百多台电脑，觉得你就给十台电脑的赎金，给少了！”

“他觉得你可能要丢卒保车，不重要的电脑直接就不要，他觉得比较吃亏。”

苏锦文听徐素年这样一说，哑然失笑："这老外的胃口还真大啊……"

"那我们给他打多少？"

徐素年皱了皱眉头道："再加上二十台吧，还够吗？"

"不够的话，我请瑛子借一点给我们……"

苏锦文却笑道："还没有穷到这个份上，你等我一下。"

大约过了半刻钟时间，徐素年的目光骤然一动，警觉如蛰伏的猎豹一般："来了！"

一个经过层层加密隐藏的 IP 地址开始断断续续地向主服务器发送文件包了！

徐素年十指飞跃，如在键盘上跳舞，迅速锁定了这个 IP 地址。

就在这个 IP 地址发送文件包的同时，先是苏锦文的电脑恢复了正常，重启之后，红色骷髅头与计时器都消失了，变成了干净整洁的 Windows 开机画面。

随后，一台一台的办公电脑像多米诺骨牌一样不断地黑屏，重启，再恢复正常。

就在这些文件包不断发送过来的同时，敲击着键盘的徐素年目光一动不动地盯着自己的屏幕。

在屏幕正中央，一条蓝色的加载条缓慢如蜗牛般移动着。

"快一点啊！"

徐素年在心里忍不住为它加油鼓劲，手指不停地按着空格键，似乎想要加快载入的速度一般。

要知道，苏锦文只付了三十台电脑的赎金，那么三十台电脑解封之后，对方应该就不会再发送文件包了。

再想要攻入黑客大牛爱德华的主服务器，难度比直接袭击 NSA 的官方网站低不到哪里去。

想要植入 X－2 更是难于登天。

这是徐素年绝对不能错失的机会。

"每发送一次文件包，从电脑解锁，重启开机后文件回传，总共是二十秒的时间……"

“一共三十台电脑，最多只有十分钟的时间!”

徐素年心急如焚道：“怎么办，怎么办？要来不及了!”

一旦文件传输结束，对方的端口会立刻关闭，传输了一半的 X－2 不但不能植入爱德华的服务器，还有极大的可能会被截获。

如果爱德华发现了异常，绝对会知道苏锦文公司的电脑有问题，直接把其他的电脑数据删除，“撕票”是必然的结果。

更要命的是，一旦爱德华识破了徐素年的计划，想要再如法炮制绝无可能了。

再想要抓住这么好的机会，几乎不可能。

之前为了防止泄露，徐素年已经让瑛子销毁了 X－2 的母本，也就是说，除了她手里的 X－2 复制品，再没有 X－2 这件撒手锏了。

进度条 50%，时间已过去了九分钟!

看着仅剩的最后一分钟时间一秒一秒地流逝，徐素年心里第一次泛起了绝望与无力的感觉。

“就这样……失败了吗?”

她死死地咬住嘴唇，眼睛一动不动地盯着电脑屏幕，似乎在期待奇迹的发生。

但她也知道，进度条的加载速度是恒定的，就算临时加快，也不可能快到一分钟加载 50% 这么夸张的地步。

传输被中断，几乎已成定局了。

徐素年抬起鼠标，甚至都已经挪到了取消键上。

现在她每多传输一个 KB 的文件，等于是在向爱德华暴露自己的行踪，以及自己父亲和老师的研究成果。

她想要放弃了。

可就在她的鼠标颤抖着挪到“取消”键上的时候……

奇迹发生了!

时间已经悄然超过了十分钟的死亡线。

屏幕之上，一切正常。

蓝色的进度条依旧狂奔得十分欢脱……

在徐素年难以置信的目光注视下，一分钟过去了。

两分钟过去了！

时间过得无比短暂，却漫长的像几个世纪一样。

第三分钟过去了！

文件传输还在继续，爱德华的IP还在不断地发送和接收信息。

不是网络延迟，也不是什么错觉或者幻觉。

奇迹真的发生了！

徐素年难以置信地看向身边一直坐着玩手机的苏锦文。

霸道总裁的脸上，带着一丝高深莫测、难以捉摸的笑容。

“难道你……”

徐素年用难以置信的口吻问：

“难道你给了一百台机器的赎金？”

苏锦文露齿一笑，淡淡说道：

“确切地说，是一百四十七台！”

一百四十七台电脑，每台三百美金，一共就是四万四千一百美金……如果再加上买比特币的手续费，这一笔赎金相当于三十万元人民币了！

这……这是，霸道总裁大出血啊！

“所有感染了勒索病毒的电脑，我都付了赎金！”

“包括咱们家前台负责开发票的电脑也是！”

他自嘲地说道：“估计他觉得我比较有诚意，所以在收到钱之后立刻就解绑了。”

“虽然三十多万元多了一点，但是……唔！”

苏锦文还没有反应过来，徐素年直接一口亲在了他的左边面颊之上。

明明是甜蜜至极的一吻，苏锦文却好似面门被人狠狠捶了一般，整个人脑袋都迷糊了起来。

再看向面前的徐素年，俏脸早已红得像熟透了的番茄，在昏暗的灯光之下，一贯清纯的她，竟染上了一丝娇媚。

“阿文……谢谢你!”

徐素年低下头，娇羞地说道。

灯光之下，笔记本的显示屏上，进度条最终加载完成。

公司里所有的电脑，仍旧在有条不紊地黑屏、关机、重启，恢复正常。

直到一个小时之后，三层小楼里的一切终于归为平静。

大洋彼岸，美国加利福尼亚州伯克利市的一栋别墅小楼里，突然传出了刺耳的爆炸声，夹杂着恶毒的诅咒与脏话!

“狡猾的中国人!”

“该死的中国人……我的主服务器，我的数据库，我的……啊!”

与此同时，在社交网络上，来自全世界的“吃瓜群众”目睹了他们可能真的生平罕见的一幕好戏。

在社交网络上经常自诩“能黑进我电脑里的黑客还没出生”，叫嚣“可以黑掉任何网站，包括中国政府官网”的黑客爱德华居然疑似账号被盗，主动发布了一段视频。

视频里爱德华的电脑不断地弹出各式各样的弹窗，大量资料在飞快地删除、粉碎，随后一声明显是硬件过载引发的尖利爆炸声响起，夹杂着爱德华对中国人的咒骂。

虽然之后爱德华的账号就没有再登录，但丝毫不影响全世界“吃瓜群众”的热情。

尤其是社交网络上很多早就看不惯爱德华嚣张做派的华裔华人网民，在社交网络上疯狂转发，奔走相告，纷纷在那一条推特下留言，揶揄“打脸”爱德华。甚至还有网友在评论区用五星红旗的图片自发排楼刷屏。

有媒体在报纸上报道了这件事情，并客观地评价说：“虽然不知道这是中国政府‘修理’境外黑客的官方行为，还是民间黑客之间的对决较量。但毫无疑问的是，这一场互联网上的对决，胜利者是中国人。”

就在大洋彼岸的爱德华被全球“吃瓜群众”看热闹的同时，省城，在凌晨的夜幕下，一场针对宏盛基金实际控股人张启年的抓捕行动如闪电撕开黑夜。

“嘭！”

破门锤砸开防盗门的瞬间，十几名荷枪实弹的武警冲进了张启年的别墅。

睡得迷迷糊糊的张启年面对指向自己的十几支漆黑枪管，顿时就惊住了。

稍稍迟疑之后，他如发狠的困兽般咆哮了起来。

“你……你们什么意思？”

“私闯民宅吗?!”

“我是守法公民，我还是苏省金融业的十佳企业家，你们抓错人了吧！”

武警没有回答，但也丝毫没有将枪支移开的意思。

径直冲进书房里的武警大声汇报：“报告刘大队长，书房里面有隔间，还有一台电脑！”

“已在电脑之中恢复出了已经被删除，但仍可以用于网络攻击的蠕虫病毒母本。”

听到武警的话，张启年嘶叫得更加疯狂起来：“你们这是栽赃陷害，栽赃陷害！”

“我手下的软件公司帮你们部门做过软件，你们这是卸磨杀驴，过河拆桥！”

“我要见省城公安局的局长，我要……”

话音未落，身披窗外投进来的雪亮月光，一名穿戴全套警服的中年警官，手里拿着警官证与逮捕令，声音冰冷如数九的寒风。

“我是江城市公安局刑警支队大队长，反通讯诈骗中心主任刘仁伟！”

“犯罪嫌疑人，根据《中华人民共和国刑法》，你现已被江城市公安局依法抓捕，请你积极配合……”

“坦白从宽，抗拒从严!”

刘仁伟似乎是要粉碎张启年最后的一丝希望，大声说道：“不要惦记你在美国加州的同伙爱德华了，他现在自身难保!”

听到刘仁伟嘴里说出“爱德华”的名字，张启年的目光顿时一黯。刘仁伟继续说道：“你可以请最好的律师，但是我也提醒你，你涉嫌危害国家安全罪，最高可以适用死刑!”

面对黑洞洞的枪口，张启年终于低下了头颅。

他好像失去了所有的力气，如行尸走肉一般被特警套上头套，扭上了警车。

距离黑客爱德华的社交账号被盗，疯狂被中国网民打脸；距离苏省最大的中低端 P2P 公司宏盛基金实际控制人张启年被逮捕，已经过去一个月了。

国内的群众乐此不疲地将爱德华推特账号上的截图在国内朋友圈上吐槽疯传，热衷于猜测那一位网络“大侠”的真实身份：他有没有官方背景，他又究竟是何方神圣。

省内的大爷大妈们则组成了一个又一个维权微信群，传的都是关于张启年非法集资的证据，决定凑钱起诉宏盛基金，讨回自己的养老金、血汗钱。

这两个事件的热度完全没有因为其他事件的出现而转移或锐减，反而愈演愈烈。

所有的一切看似与坐在苏省警官学院内的徐素年无关。

这一个月的时间里，她的校园生活在接到老师报平安的电话之后，已经恢复了平静。

黄老师跟徐素年通电话的时间不长，但是信息量却十分巨大。

张启年认罪，承认通过软件后门盗取信息武器 X－1 的犯罪事实，黄耀中老师被宣布不予起诉，无罪释放，很快就可以回到苏省警官学院的课堂。

至于之前对于黄老师被诬陷幸灾乐祸的教导主任，则因为张启年在狱中主动交代了曾向他行贿的事情，已经被纪委“双规”，证据确凿，只待检察院提起公诉了。

要说有什么变化，就只有每个周末的时候，徐素年的宿舍楼下就会停着一辆豪华的奔驰 S 级轿车，一位帅气优雅的男士，穿着笔挺的西装，有时候捧着红玫瑰，有时候捧着栀子花。

每一周，他的到来，都不知道要收割掉苏省警官学院多少迷妹的目光，甚至有隔壁学校的女生专程过来看他。

只可惜名草有主，除了徐素年，其他女生连跟他说一句话的机会都没有。

大四的最后一个学期很快就过去了。

当学校里的同学们都开始准备公务员考试、研究生考试，忙得不亦乐乎的时候，徐素年在一个周末接到了一封不一样的来信。

“国安十一处……”

徐素年看到信封上保密的火漆，不禁皱了皱眉。

拆开信封，里面是一张报到证和一张需要手写的资料表格。

就在这时，徐素年的手机震动了一下。

昵称是“锦文”的好友发来了微信消息，内容腻到掉牙。

“宝贝，下楼，有惊喜。”

徐素年看到这条信息，笑着咬了咬嘴唇，从宿舍窗户里看下去，正见到倚在奔驰车旁边手捧蓝色玫瑰的人影。

她笑着回复道：“等我一分钟，阿文。”

接着，她将手里盖着火漆的信封塞回了抽屉里，踩上高跟鞋，“哒哒哒”地下楼去了。

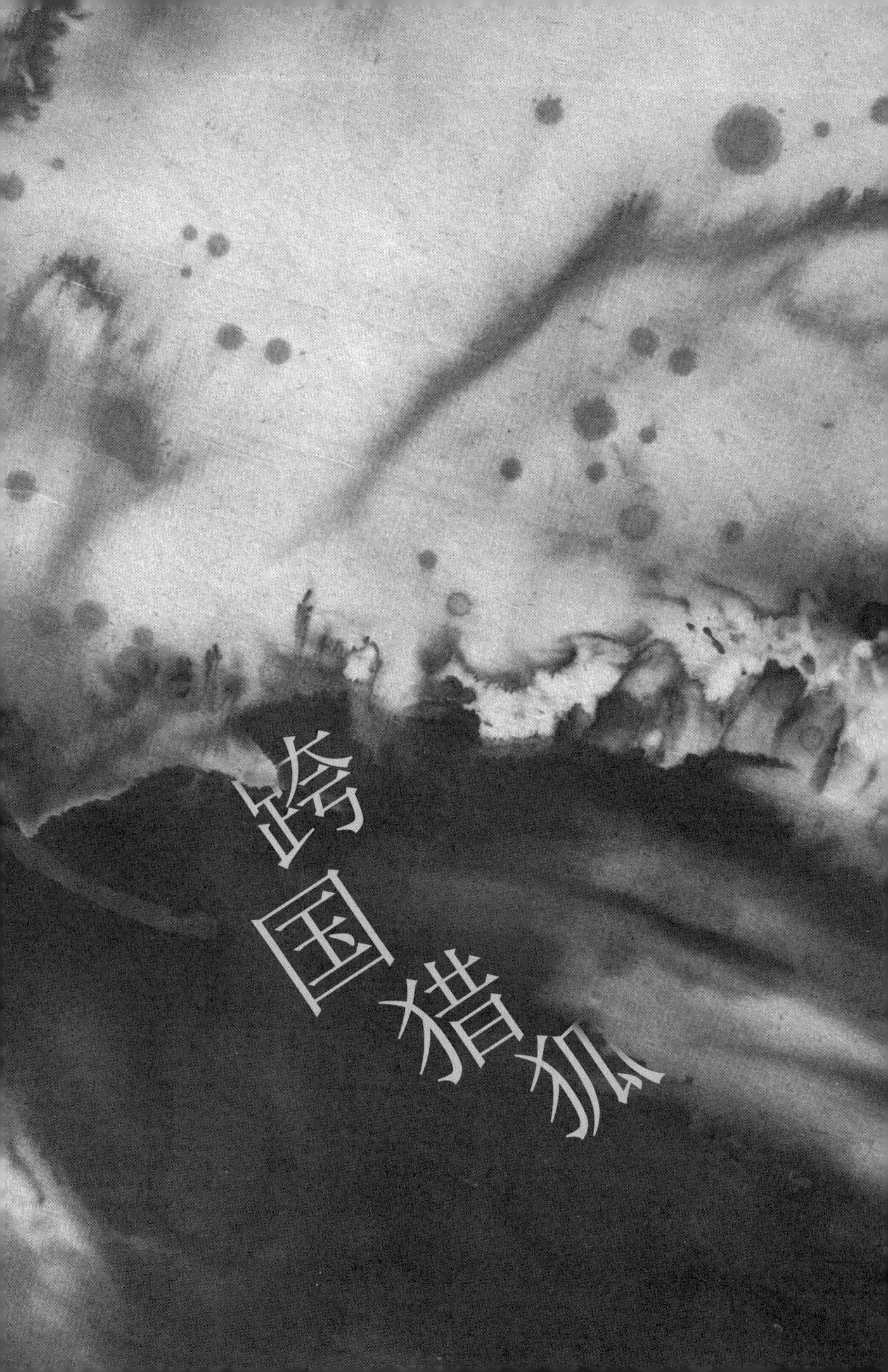
跨国猎狐

跨国猎狐

毕业后，徐素年来到了“大刘”的麾下，成为江城反通讯诈骗中心的普通民警。与此同时，她与苏锦文那一场因为反击国际黑客爱德华而结下的感情也走过了三年的时间。

作为江城“豪门”的苏家对这个小民警非常“不感冒”，甚至让苏锦文胁迫徐素年辞职或者离开反诈中心去清闲的部门才能嫁入苏家。两人之间积压的误会终于爆发，此时，一场针对苏锦文和苏家量身定做的电信诈骗案发生了。

徐素年会做出怎样的抉择？

扫一扫
听听发生了什么

1. 女福尔摩斯

晚上八点，江城华灯初上。

这座现代化的城市揭开了夜生活的一角，霓虹灯下，灯红酒绿、丰富多彩的生活才是年轻人梦寐以求的。

此时此刻，在一间狭窄的办公室格子间，黑暗里，发光的电脑屏幕照在徐素年那因为熬夜而冒油的脸上，泛起一片片白异的光。

因为高强度脑力劳动而淌下的汗珠，顺着她的脸颊一滴滴地落在她深蓝色的衣领上，但她的眼睛却是一刻不停地盯着眼前的屏幕。

架着玫瑰金边眼镜的她，像是最精密的机器，又像是不可能放过任何猎物的雌鹰，眼睛一刻不离地盯着电脑屏幕。

一道道算法，一条条分析的信息，在电脑屏幕上飞掠而过，这些就是她的猎物，或者说她的猎物就在其中。

终于，她握着鼠标的手指快速地点了两下。

“找到你了！”

她像是成功狩猎的猎手，有些激动地小声喊了出来。

一条信息瞬间定格在屏幕的最中央，这是一个电话号码。

归属地是“无”，因为这个号码是中国移动的客服电话，也就是大家都知道的10086。

徐素年抓住鼠标拉下了一个截图，熟练地打开电脑的QQ聊天页面，拉到最上角的位置。

那是她的同事群，她瞄了一眼，选中一个小浣熊头像的QQ好友。

是个离线好友。

“查一下这个号码，它伪装了号码，查它的号段，尝试定位一下……”

离线的灰色头像立刻就亮了起来。

小浣熊用诧异的语气说道：“姐，你们反诈中心的都是铁人，不眠不休的啊？”

徐素年笑着打字回答：“你不也是一样，加班怕被女朋友看到担心，居然还隐身。”

小浣熊发了一个“冷汗”的表情，打字道：“素素姐，我哪里有女朋友啊，你又拿我开玩笑。”

过来一会，小浣熊又“滴滴”地叫了起来：“素素姐，要不你给我介绍一个呗。”

配上憨态可掬的表情，像极了隔壁科小伙子褚健的笑脸。

提到帮忙介绍女朋友这件事情，徐素年的脑海里蓦地掠过一个青春靓丽的身影来，她咧开嘴角笑了笑，回复道：“你要是真没有女朋友，这个案子结了，给你介绍个大美女。”

褚健登时就乐了。

“真的呀？比素素姐还漂亮的大美女吗？太好啦！”

后面就是一连串笑容的表情。

隔着屏幕都可以感受到他的兴奋。

徐素年也不与褚健在网上贫嘴了，她盯着屏幕已经整整六个小时。

她揉了揉发疼的太阳穴，拿起了手机，才瞥了一眼，她的秀眉就皱了起来。

太阳穴好像针扎似的比刚才更疼了。

她习惯在工作时全神贯注，所以手机调成了静音状态。

十多条未读微信，外加三个未接来电。

十几条微信都是来自一个叫“锦文”的好友。

“素素，我到安娜西餐厅了，你下班就过来吧！”

“怎么不回话，你又加班了？”

“哎，不是说好了，今天一定要陪我吃个饭的吗？”

见她许久没有回答，最后一条微信是半小时之前的，“徐素年，你死定了！你又放我鸽子！”

后面跟了一排发怒的表情。

徐素年看着微信上精致的情侣头像，忽地笑了起来。

“谈了三年了，还这么爱生气，真是拿他没办法！”

就在她收起手机装进包里，准备赶去赴约的时候，冷不丁“嘭”

的一声，办公室的门被人推开了。

一个身材微胖的小伙子手里拿着一个文件夹，风风火火地闯到了她的办公桌前，语气难以掩饰兴奋地说道：“姐，找到了，我找到了！”

“这是一个用改号器改过的号码，归属地我们正在查……”

褚健兴奋地握了握自己的拳头。

“如果能查到归属地，这个案子就能破了！”

徐素年看到褚健兴奋得手舞足蹈的模样，会心一笑，正要拎包离开，却听褚健又问道：“姐，你也太厉害了吧！”

“我们红着眼睛找了好几天都没发现，你是怎么从他手机里这些天上千个电话中发现问题的啊？”

徐素年的脸上虽然带着疲惫，但还是不厌其烦地解释道：

“我们虽然通过系统探测到受害人的银行账户有异常转账，但因为被诈骗人还陷在骗局里，不愿意配合调查，也不肯提供线索，所以我们只能自己拉取他的通话记录进行调查。”

“一直以来你们的搜索方向都在与他有密切联系的手机联系人身上，对吧？”

褚健有些茫然地点了点头。

徐素年推了推自己鼻梁上的眼镜，如讲解心理学的教师一般说道：“但对方既然能够一举骗走受害人三百万元，必然是精心设计了骗局，怎么可能用不加伪装的手机号？”

“所以我的搜索方向就反其道而行，专门寻找有可能是伪装过的号码。”

“因为受害人的手机号码是中国移动的，所以大部分人都会直接把移动客服电话给排除掉……”

徐素年侧过身来，抓住鼠标在屏幕上点了点说道：“但是这‘10086’的服务热情也太高了。”

徐素年指着屏幕上的一连串号码说道：“在受害人转账前的三天时间内，频繁与受害人通话，每次时间都在十分钟以上，最长一次达一个小时。”

“但在我们的系统检测到受害人异常转账之后至今，也就是12小时之内，它没有再给受害人打过一次电话。”

“所以说……”

徐素年笑了笑说道：“必然是这个电话有问题无疑了。”

褚健听了徐素年的话，脸上的表情诧异得都有点夸张了。

“哇，素素姐，你简直是个女福尔摩斯啊！”

徐素年笑道：“你少贫嘴了，去查这号码的真实归属地吧！”

她一边拎起手包，一边关上电脑。

“我必须得下班了，有情况及时告诉我。”

2. 能骗我的人还没出生

当徐素年来到安娜西餐厅的时候，苏锦文面前的啤酒瓶已经可以排成一个密集方阵了。

一个二十多岁的小青年，梳着平头，正独自一人抽着烟。

烟头明灭不定的火光，映在他那白皙的叫女孩子都羡慕的脸庞上，在西餐厅里斑驳的光影的衬托下，他的脸庞精致如古希腊艺术家雕琢的玉石半身人像。

苏锦文给徐素年的感觉还是跟三年前一样，骄傲、张狂，甚至有一些霸道。

苏锦文眼角余光看到徐素年来了，却故意不正眼看她，埋头抽烟。

徐素年也知道自己迟到了理亏，只是安静地坐在了苏锦文对面，要在平日里，以她的泼辣性格，可不仅仅是把他的烟掐灭了这么简单，身上口袋里的香烟都得“没收充公”。

苏锦文抽完一支烟，看了看面前的徐素年，不咸不淡地说道：“这顿饭我们约多久了？”

徐素年像是犯了错的女学生般回答道：“约了一个月了。”

“你工作有这么忙吗？”

“你是警察不假，但你又不是抓杀人犯的警察，人命关天？”

苏锦文数落她:“一顿饭的时间都没有空吗?”

徐素年本来强压着的脾气,一下子就窜了上来:“警察不破命案,就不人命关天了吗?”

“你知不知道,每天有多少人被骗得家破人亡?”

“你能体会别人被一个电话、一个短信骗得倾家荡产的感觉吗?”

被徐素年这样训斥,苏锦文却是冷笑道:“那是他们自己没长脑子,正常人不贪小便宜,哪里会被骗?”

“他们被骗的钱,都是当初脑子里进的水,都是活该交的‘智商税’!”

“若不是老有这些脑袋差窍的蠢货,哪里会给你们加这么大的工作量?”

“我们一个月了,才约一次见面吃饭,都腾不出时间!”

徐素年听到苏锦文这样说,本来长期加班就已经很疲惫的她,登时就怒了:

“你胡说八道什么?”

“你是在埋怨我没有提前安排好工作吗?”

“还是说你认为我不重视跟你的约会?”

徐素年虽然生气,却还是压着怒火,沉声说道:

“我们是受害人追回赃款的唯一希望,他们被骗的可能是奋斗几十年的收入,是孩子的上学钱、自己的救命钱,而我们是他们的救命稻草!”

她不自觉地大声道:“如果有一天骗到你头上了,你还会说这样的话吗?”

苏锦文看向面前的徐素年,淡淡一笑,语气里带着毫不掩饰的优越感:“我好歹也是雅思 8 分,智商测试 131 分的金陵大学工商管理学专业的硕士高才生……”

“能骗到我的骗子,还没有出生呢!”

徐素年听了苏锦文得意又自负的话,不禁冷笑道:“你若是在我们反通讯诈骗中心上一天班,这些骗子们的手段,绝对会叫你怀疑自己的智商!”

眼看着两人针锋相对，谁也不愿意退让半步，就要吵起来了。

他们身后的餐桌上，坐着的一对头发略微发白，衣着得体的中老年夫妇，妇人抬手掩口，轻轻咳嗽了一声。

苏锦文的脸色稍稍一僵，旋即开口说道：“好了，素素，你这喜欢跟我抬杠的脾气，三年了还是没改……”

“也幸亏是我宠着你，要不然，早就跟你吵起来了!”

听了苏锦文这明显是给自己台阶下的话，徐素年却是犟劲上来，不依不饶道：“谁跟你抬杠了?”

“你这是不尊重我的工作，我的职业!”

苏锦文抬起手来，正要再抽一根烟放在嘴边，冷不丁被徐素年劈手夺了过去，直接扔进了垃圾桶。

没等苏锦文反应过来，徐素年已用迅雷不及掩耳之势将他西装口袋里大半包没抽完的香烟一把抢了过来，也丢进了垃圾桶!

“你……你干吗?!”

苏锦文正诧异，徐素年双手掐腰，面色冰冷道：“我什么时候允许你抽烟的?”

“刚才让你抽了一根，是因为我迟到了，你还想抽，得寸进尺啊!”

苏锦文气得咬牙，但还是跺了跺脚说道：“都怪我，把你给宠成这样!”

“我自作自受!”

听了苏锦文的话，徐素年不禁掩口笑了起来：“说得好像我虐待你似的……”

“抽烟对你身体有什么好处?”

徐素年好像故意一般黠笑道：“我跟你说呀，你是没有看到抽烟人的肺，那叫一个……”

苏锦文摆了摆手，无奈地摇了摇头：“好了好了，别说了，每次我抽烟，你都跟我讲这个……”

“我认栽了，还不行吗?”

他看了看面前的徐素年，指了指椅子说道：“好了，好了，我们别抬杠了。素素，你快坐下吧……”

他熟练地打开菜单，推给徐素年说道：“牛排帮你点好了，你最喜欢吃的澳洲和牛肉眼牛排，七分熟的，早就做好了，一直让他们放保温箱里等你下班……”

“毕竟这牛排不能加热，一加热味道就没有了。”

没等徐素年从苏锦文绅士般的优雅中反应过来，他已经抬起手示意西餐厅里的服务生，说道：“可以上菜了，先上一点餐前面包和沙拉，女士加班过来有点饿了。”

身穿黑色职业装的服务生躬身捧起菜谱，热情地问道：“苏先生，还需要什么吗？”

苏锦文轻轻打了一个响指说道：“好，那就再来一瓶轩尼诗XO。”

“不要拿你们兑水的那种，要你们老板酒柜里的！”

服务生一时尴尬不知该如何接话，徐素年却是摇头道：“喝什么洋酒啊，我一会儿可能还要回去加班呢！”

她压低声音对苏锦文说道：“人民公安在上班期间不允许喝酒的，加班期间也不行，这是公安部的‘八条禁令’，你想害死我啊！”

“而且这酒一瓶至少一千多吧，你钱多啊？”

苏锦文朝椅子上倚了一倚，嘴角挂着神秘的笑意：“我们今天要谈大事，不喝一点儿酒怎么行？”

徐素年微微一愣：“你，你要跟我谈什么？”

3. 她是我看中的女人！

苏锦文酝酿了一番，用尽可能温柔的语气说道：“素素，你别再这么辛苦地上班了。”

“你看你，天天5+2，白加黑的，你这工作三年多，都瘦成什么样子了。”

徐素年何等聪明，如何能听不出苏锦文的话外之音。

“你要我辞职?”

“这不可能!”

“我上了警校，出来不做警察做什么?”

苏锦文被徐素年一口拒绝，也没生气，淡淡说道：“上了警校，也不一定就要做警察吧?”

“清华毕业的博士，还有去养猪卖肉的呢!”

没等徐素年反应，他又说道：“反诈中心太辛苦了，要不咱们申请一下，把你调到办公室吧……”

“或者调去理化实验室?”

听到苏锦文的话，徐素年鼻子都气歪了：“苏锦文!”

“我一个学计算机的，去什么理化实验室啊?!”

“你今天抽什么风了?!”

苏锦文笑道：“你这么生气干什么?”

说话之间，服务生端上了热腾腾的牛排，开好了酒，倒进玻璃高脚杯里。

苏锦文将手里的酒杯朝徐素年那推了一推，慢慢悠悠地说道：

“那岗位比较轻松。至少不会让你出来约会没结束又赶回去加班，连这么好的酒都不敢喝……”

“你不是一直想去美国玩吗? 我们以后每个月都可以去!”

徐素年忍不住问道：“你到底想干吗?”

苏锦文理了理衬衫的领子，笑道：

“以后我们结婚了，你也可以多照顾家庭一些……”

徐素年乍听到“结婚”这两个字从苏锦文的口中说出来，微微一愣。

没等她反应过来，苏锦文又说道：“你自己说说，这三年来，尤其是你调到反诈中心之后，有几天能够睡满八个小时的?”

“即便你不愿意辞职在家做富太太，也不需要这么拼吧!”

他不自觉地流露出了超然之色：“换个轻松些的岗位吧，你想上班，就上班……”

“不想上班，我们苏家养你，不好吗？”

听到苏锦文这句“我们苏家养你”，徐素年完全没有少女时代听男孩子说“我养你”时候的小鹿乱撞了，反而更多的是感觉受到了一种歧视，甚至是物化和贬低。

寒窗苦读十数载，以专业第一的成绩考入警校。

在警校里熟练掌握各种知识，门门绩点都是优秀，还拿过校搏击散打的女子组冠军。

最后到头来，就是给你苏家生孩子，照顾孩子去了？

徐素年知道苏锦文家很有钱。

若真有人给江城的富豪们扒上一扒，做房地产生意的苏家，资产肯定是排在江城前三位的，这还不算上苏家那些不想曝光的财产。

然而，徐素年的回答却是：

“锦文，如果你想找的只是一个漂漂亮亮，上得厅堂，下得厨房，带的出去，又能为你生娃带娃，相夫教子的太太……”

“我只能说，很抱歉……”

徐素年咬了咬嘴唇，像是下了很大的决心。

“我们可能不太合适！”

苏锦文挺拔的剑眉蓦地皱了起来。

他在此之前，想象过无数种徐素年听到自己求婚后的反应。

独独没有想到，回答他的会是这样一句话。

“我们谈了三年……”他沉吟道：“我觉得该跟你有一个结果！”

徐素年深吸了一口气说道：“既然我们谈了整整三年，你就应该知道，我立志从警……”

她斩钉截铁道：“如果你不能尊重我，并尊重和理解我的职业……”

“我想我们是没有办法结婚的！”

就在这时，徐素年的手机铃声又响了起来。

徐素年一看，是褚健打来的。

接通电话，苏锦文听到电话里是男人的声音，脸色更加阴沉了。

“素素姐，那电话的归属地有问题啊！”

“可能不在国内，查不到啊！”

徐素年听到这话，赶紧说道：“这是案件唯一可以抓住的线索，千万不能断了……”

“只要是拨出去的电话，就一定会有蛛丝马迹！”

“你界面不要关，我立刻赶回来！”

徐素年接电话的时候，苏锦文黑着脸，憋了一肚子的气话要说，可刚等徐素年放下电话，她立即就说：

“好了，我得回去加班了！”

徐素年看了苏锦文一眼说道：“下次再聊吧，我们都需要冷静冷静！”

说完，她站起身来，也不管桌上还冒着热气的牛排，以及价值不菲的洋酒，拎着包，蹬着高跟鞋连走带跑地下楼了。

苏锦文就这样被徐素年晾在了一边，他的剑眉挑了挑，深邃的目光之中不知是困惑，犹豫，还是忧伤。

就在这时，后面桌子上的中年妇人开口了。

“小文，这媳妇我们苏家不能要！”

苏锦文看向身后桌子上衣着得体的一对中年夫妇，正要开口。

中年妇人喋喋不休道：“是你自己做主说要跟这个姑娘谈的，我跟你爸同意了吗？”

“你跟我们硬扛了三年，有什么好结果了吗？”

“你看看这个姑娘……”

苏妈妈指着楼梯的方向，像是在戳着徐素年的脊梁骨一般说道：“工作，工作忙得要死；脾气，脾气又坏得要命……”

“长的吧……也就一般！”

她似乎还不解气，愤愤不平道：“你就为这样的姑娘跟妈妈顶了三年？”

“你要娶她，她还不同意，真是瞎了她的眼！”

话音刚落，苏锦文冷声道：“妈，你少说几句吧！”

他看了看面前的父母，沉声说道：“我不是跟你们说过我跟素素的故事了吗？素素为人善良、正直，不然她也不会去做警察……”

“如果不是你们以什么结婚一年要抱孙子，女孩子最好做全职太太为条件要挟我，不然就不允许我跟她结婚……我也不会干涉她的职业选择……”

苏锦文苦笑道：“这下好了，闹出这么大的误会来！”

一边的苏父轻咳了一声，低声道：“小文，塞翁失马焉知非福也说不定啊……”

这意思很明显，苏父认为苏锦文若是真的与徐素年闹出误会分手了，反而是一件好事。

苏妈妈得了老公的“圣旨”，也柔声说道：“女人家最重要的就是本分，我们苏家这么大的家业，可不能便宜了外人……”

“像她这样顾不得家，还不尊重你，肯定不能嫁进我们苏家！”

“对不对，老苏？”

被中年妇人这一瞥，旁边看起来气质儒雅的中年男子也只得干咳了几声说道：

“这徐素年的工作，确实不适合嫁进我们苏家……”

哪知中年妇人直接打断说道：“没错，这么重要的事情肯定要妈妈作主！”

她说着就掏出手机，自顾自地翻出相册，塞到苏锦文的面前说道：

“你看看，这是刘总的千金，今年刚刚大三……”

“这模样，这气质，哪里不如这做民警的野丫头。”

“你再看这张，这是张局家的闺女，现在在美国常春藤名校上学，以后我们苏家后代的智商，肯定没有问题……”

“你再看这个，哦哦哦，我想起来了。”

“这个女孩她妈妈是我打麻将的牌友，正好跟我约了，今晚有空，一会儿妈就带你去见见！”

哪知为了跟徐素年交往的事情跟她拧了三年的儿子，抬起手来，直接将手机推了回去，淡淡笑道：“爸妈，虽然我们经常吵架，但我们有时候是吵着玩的，不代表我们感情不好！”

他看向两人笑道："我身边花花草草那么多，为什么跟她一谈就是三年，你们想过没有?"

没等父母开口，苏锦文抬起头来，自顾自地说道："她的心术很正，对待事情永远都积极阳光……"

"不浮夸，也不拜金……"

"我们经历过很多风雨才走到了今天。"

"她有时候还觉得我不如是个普通人家的孩子……"

"三年下来都不曾改变的女孩子太少了。"

面对还想要劝自己的母亲，苏锦文抬起手，打了一个响指招来服务生说道："全部打包带走吧……"

"我回去当加班餐了!"

"最近菲律宾比索的汇率有点跌了，我准备投点钱进去抄底一波。"

片刻之后，他拎起打包好的东西看了自己爸妈一眼，意味深长地笑道："爸妈，她是我认定的女人，我既然为了素素跟你们已经顶了三年……"

"自然不会在乎多顶上半年一年的。"

4. 被骗钱的都是傻子

折腾到夜里十二点，徐素年与褚健还是没能查出号码的具体归属地。

最后徐素年回家休息，技侦科的小伙子褚健心心念念着案情，坚持熬夜了。

"对方老奸巨猾啊，居然在真实的 IP 地址上还加了一个二进制的密码!"

第二天，喝着咖啡提神的褚健跟徐素年诉苦道。

徐素年端着自己的白色马克杯，安慰褚健道："二进制密码，你们技侦破解起来应该也不难的吧，你是不是熬了一晚上把它给破了。"

褚健苦笑道："我熬红了眼睛把密码破了，但也没有用啊，那号码不是国内的。”

徐素年之前听说搜不到号码归属地的时候就想到，可能会是境外的诈骗团伙。

“又是越南的？”

褚健摇了摇头说道：“应该是菲律宾的。”

他看着坐在电脑旁边一身警服的徐素年道：“素素姐，你说那些人心肠怎么就那么坏呢？”

“一群人在境外建窝点，在国内行骗，就逮着坑自己的同胞！”

“兔子还不吃窝边草呢！”

“骗自己同胞的血汗钱，良心不会痛的吗？”

褚健正与徐素年聊着，有技侦科的同事过来递了一张纸给他。

小伙子看了看同事递过来的案情报告，吐了一口浊气，无奈道：“又是一个被骗的，我们昨晚上那个三百万元的案子是冒充 10086 的，这个是冒充老板微信的……”

徐素年一边啜着茶饮一边问道：“冒充老板微信也能骗钱？骗了多少？四万元？”

褚健苦笑道：“比我们昨天那一桩还大，而且大得多。”

“四百四十四万元！”

徐素年也吃了一惊：“怎么能骗这么多？”

褚健把案情报告递给徐素年说道：“素素姐，你看看呗。”

徐素年拿过案情报告看了看，发现这个案件其实说不上复杂，但却十分巧妙。

首先，骗子在网络上找到这个公司的相关信息与法人代表信息。

随后，骗子又在天眼上查找到了一家本地的、可能与该公司有业务关联的公司，冒充企业法人给被骗公司的座机打电话，声称有一笔汇款业务要咨询该公司的会计。

对方单位受骗给了会计的联系方式后，骗子又摇身一变，用新申请的微信号加了会计的微信，装作这个单位老板的语气发微信给会计，声称自己马上要上飞机了，让会计立刻将公司账上的钱转到一个“合作伙伴”的账户上。

会计也没有怀疑，居然就真的转账了，一下子就转了四百四十四万。

立在旁边的褚健笑道：“素素姐，你看到没有……这会计的智商有点欠费啊！”

“这么大金额的转账，不知道打老板的电话问一下吗？”

“省下一个电话的钱，亏了四百多万……”

徐素年笑着摇了摇头：“对方显然是故意找财务管理制度不严谨的中小型企业下手，这些企业的会计对老板都是唯命是从的……”

“哪里敢违抗老板的意思，更不用说质疑老板了。对方是有心算无心，他们上当也是在所难免。”

听了徐素年的话，褚健不禁诧异道：“这里面还有这么多的门道啊……”

他摸了摸自己没什么胡须的下巴，琢磨道：“真感觉这些骗子一个个都他妈的是人才，不去演戏当导演，都是屈才了！”

徐素年笑了笑说道：“犯罪分子也是在跟我们斗智斗勇啊，要是没一点脑子，怎么诈骗？”

她啜饮了一口杯中散发着浓郁香气的铁观音，沉声说道：“不过这世上从来魔高一尺道高一丈，他们再狡猾，我们也会抓住他们的狐狸尾巴！”

几天时间内，江城连续出了两起金额达三百万元以上的电信诈骗大案，整个反通讯网络诈骗中心的气氛变得异常凝重。尤其是作为大队长统管反诈中心的刘大队长，更是神情严肃，在几个科室间跑来跑去，反反复复问却是同一句话：“有线索了没有？”

所有人都知道，电信诈骗案案发后的十二小时内是破案和追赃的“黄金时间”。

任何有用的线索只要抓住，锁定任何一张银行卡都可以为受害人挽回数万，乃至数十万的损失。

同样的，诈骗团伙中的另外一批人也在争分夺秒地转移赃款。

从汇入的主账户内，可能一瞬间就会有数百上千笔汇款转出，流入不同省份、毫无关联的无数张银行卡内，再由这些银行卡转账到更多的银行卡上。

有的狡猾的犯罪分子甚至会利用互联网上的第三方支付平台，将钱先汇入支付平台，再从平台分划到银行卡中，大大延长了公安机关查账取证的时间。

最终在十二个小时之内，化整为零，由专门取钱的骑手在全国，甚至全球的无数个 ATM 机前把赃款取出来。

专门取款的团队如果能够顺利将赃款全部取出，可以得到款项的四分之一，甚至更多。

但如果这些钱在转移过程中被警方冻结，甚至追回，取款团队根据行规也要如数交给上家原定金额的四分之三，甚至更多的款额。

这是一条黑色的利益链条，也是一场正义与邪恶、公义与贪婪的对决。

这十二个小时是没有硝烟的战争。

一天下来，反诈中心里负责给银行打电话查账的民警，已经连嗓子都哑了。

从上午九点接到报案，到现在晚上八点，除了上厕所以外，反诈中心的所有人，连喝水的时间都没有。

好在刘大队长也知道案情紧迫，早早就打电话为所有人订好了外卖。

因为他也知道，一旦超过十二小时，追回赃款的可能性将极小，被诈骗了四百四十四万元的那一家小企业，也将关门倒闭，这家企业必死无疑！

这是人命关天的大事！

终于，晚上八点，反诈中心将狡猾的诈骗团伙一张卡内即将转出去的十八万元堵住了。

就在这张卡被冻结的瞬间，徐素年与网安的同事们用技术手段控制了与这张卡有关联的所有银行卡，再从这些银行卡辐射出去。

刹那间，从这小小的一点突破口，让拼命转移赃款的邪恶机器的运转戛然而止。

“素素姐，你好厉害啊，一下子就找出来，冻结了这么多张银行卡！”

坐在徐素年身边啃着汉堡包的褚健脸上一下子就露出了“佩服到五体投地”的表情。

“这些卡肯定都是专门用来取赃的，所以里面必然没有正常的交易。”

徐素年喝了一口马克杯里的黑咖啡，淡淡地说道：“用大数据分析后先冻结所有跟这张卡有过流水的银行卡，再顺藤摸瓜，冻结这些银行卡的关联银行卡。”

褚健用近乎崇拜的眼神看向徐素年道：“素素姐，那这样一来，肯定能追回不少赃款了。”

徐素年却用平淡的语气说道：“未必。毕竟距离诈骗得手，已经过去了十个多小时，可能我们已经慢了很多拍了。”

“只能说尽我们所能吧！”

褚健听了徐素年说的话，如被一盆冷水泼下，心中一阵怏怏，但他八卦的兴趣却未减，闻到徐素年杯子里的浓郁黑咖啡的香味，忽然笑了起来：“姐，你平时都喝茶，今天怎么改喝咖啡了？”

“心情不好？有心事啊？跟姐夫吵架了？”

面对褚健连珠炮一般地发问，徐素年只是白了他一眼，低头继续分析数据去了。

褚健碰了一鼻子灰，知道平时开朗爱笑的素素姐一定是有什么心事。

褚健走后，徐素年放在电脑旁边的手机屏幕蓦地一亮。

与他用着情侣头像的“锦文”在微信上发来的信息出现在了锁屏的最上方。

“素素，我想我们有点误会，今晚上有空吗？”

徐素年只看了屏幕一眼，咬了咬嘴唇，拿起手机，又鬼使神差地放了下来。

她转而端起马克杯，饮了一大口浓郁的黑咖啡。

入口发苦，像中药的味道。

5. 他是个渣男!

两个小时后，几家银行才陆续传来消息，除了一开始堵住的十八万元以外，被冻结的大大小小上千个账号里，钱款也只有十万元左右。

而且其中还有一大部分因为证据不足，无法认定为非法所得或诈骗所得，只能暂时冻结，并不能收缴来为受害人挽回损失。

也就是说，反诈中心忙活了接近十二个小时，才找回了四百四十四万赃款中的十八万，虽然单看数额已经不少了，可是这追赃比例，实在是太低了!

就在所有人都感到气馁的时候，一直坐在指挥室里抽着闷烟的刘大队长开口宽慰大家："同志们，犯罪分子十分狡猾，能够截住十八万元已经很不容易了。"

"而且我们截住的不仅仅是这十八万元的资金，更是截获了将犯罪分子绳之以法的线索。"

刘大队长举起拳头，鼓舞道："只要抓住这一条线索，我们最终一定能够揪出他们!"

众人听了刘大队长的话，精神稍稍提振了一些，但之前满怀希望的奋战情绪，却再也回不来了。

刘大队长又给众人鼓劲说道："大家坚持到十二小时吧，不抛弃，不放弃，当务之急是截取线索和追赃……"

"晚上十点后，大家好好休息，明天再开案情通气会。"

他又转过身来，对隔着两个工位的徐素年道："徐素年同志。"

"到!"

虽然徐素年十分疲惫，但还是笔直地从电脑前站了起来。

"把这些银行账号的信息做数据比对。"

他将手里的烟按在了烟灰缸里，叹了一口气说道："能不能抓住这些狡猾的狐狸，就靠你了！"

徐素年闻言，稳稳地敬了一个礼道："刘队，请您放心，保证完成任务！"

就在她接下任务，坐回电脑前，思索着工作计划的时候，一直保持静音的手机屏幕亮了一下。

她拿起了手机，解开屏保，是备注为"好闺蜜瑛子"的微信好友发来的小视频。

徐素年皱起眉头，轻轻点了开来，但只看了一眼，她就愣住了。

半晌，在褚健等人诧异的目光中，她一言不发蓦然起身，拎起自己的包奔了出去。

江城市公安局灯光昏暗的走廊上，一道身穿警服的靓丽身影跌跌撞撞，失魂落魄般地倚在透明幕墙上。

手里握着手机，晶莹的泪水一滴滴地落在还亮着的屏幕上。

她终于关闭了静音，手机微信里还在播放视频，嘈杂而喧闹。

带着动感节拍的重金属摇滚乐一时间充斥在空寂的走廊里。

自动播放的视频上，迪厅舞池里光影纵横，人潮涌动，却依旧可以看到穿着花格子衬衫的男子在与一名身材火辣、衣着奔放的少女贴身热舞。

少女如水蛇般的腰肢，随着节拍扭动，一只手甚至还拽住了男子衬衫的领带，丰腴的身体几乎都要贴上去了。

画面上这个男子模样与苏锦文有八九成像，左手上的江诗丹顿名表却是映着彩光灯，十分显眼。

随后，画面转了回来，一名画着淡妆的年轻女孩出现在手机镜头中央，大着嗓子压过重金属音乐的爆轰："素素，我的好姐妹，你跟锦文是闹别扭了吗？"

"苏锦文怎么会在迪厅里啊……那女的你认识吗？"

自动播放的视频里，迪厅嘈杂的重金属音乐，乱舞的光影，刹那之间仿佛变成了对徐素年的嘲笑声，让她的心被一片片撕裂开来。

她将手机狠狠摔在了地上，压抑又愤怒的声音在空无一人的走廊上低吼着：

“苏锦文！”

“你这个渣男，渣男，渣——男！”

徐素年不知道自己是如何回到了家里。

她扔下包，躺在床上，平日里锋锐如利刃，坚强如寒冰的女子，竟像所有失恋的女生一样，抱着枕头低声抽泣起来。

在只有她一人的房间里，她才能够脱下那一身深蓝色的警服，可以卸下自己的盔甲，做回一个二十五岁的普通女孩。

后悔像野火一样啮噬着她的心。

如果她能够像其他女孩子一样对他小鸟依人一些，他是不是就不会出轨了？

如果在他给她发微信的时候，她欣然赴约，是不是苏锦文就不会去夜店了？

她第一次开始怀疑和动摇，自己这样执着于从警的梦想，是不是真的是一个女孩子的本分。

这样没日没夜的加班，是不是真的将苏锦文冷落得太厉害了。

所以他才会……

她捧着摔碎了屏幕一角的手机，鬼使神差地登录上她的微信小号反复翻看苏锦文的朋友圈，如她在工作时寻找犯罪分子的蛛丝马迹一般。

以前徐素年是从来没有时间，也没有兴趣去看苏大少的朋友圈的。

那都是江城所谓上层人士们的香车美人，纸醉金迷。

但此时此刻，徐素年却从来没有像现在这样迫切地想要看到苏锦文的朋友圈的状态。

哪怕他依旧是恶俗地晒他最喜欢的江诗丹顿腕表也好。

可偏偏，直到凌晨三点，苏锦文的朋友圈里依旧没有任何一条新发状态。

最后一条状态还是苏锦文撸猫的小视频。

那是一只血统纯正的布偶猫，眼睛像蓝宝石一样，这也是徐素年与苏锦文交往后回赠他的第一件礼物。

一晃已经三年过去了。

看着循环播放的撸猫小视频，似乎是因为这些天的事情叫她心力交瘁，她终于沉沉睡了过去。

当她醒过来的时候，已经是第二天早晨九点了。

手机早就自动关机了。

好不容易充上电，徐素年开了机，一下蹦出来一百多个未接来电的信息。

无一例外都是苏锦文打来的。

只可惜一个都没有接通，因为徐素年从单位出来就拉黑了苏锦文的电话，也删除了他的微信好友。

徐素年虽然在心里早就把苏锦文骂了无数遍，但此时看到苏锦文锲而不舍打来的一百多个电话，最早的一个是凌晨四点，最晚的一个是早晨八点，心里还是有点感动的。

也就是说，苏锦文连续给她打了四个小时的电话，还是在她拉黑了他的情况下。

至于他与那个火辣美女昨晚上会不会发生了什么故事，那更是杞人忧天了。

毕竟苏锦文不可能边给女友打电话，边去偷偷吃野食。

徐素年看到这些被屏蔽掉的未接电话，一丝窃喜从嘴角一晃而过，但她还是板起脸来，自言自语道：

“几个电话就想把我给打发了?”

“哼……”

她虽然嘴上这样说，但还是将他从黑名单里拖了出来。

“你这个臭渣男!”

看着被从黑名单里删掉的“苏锦文”的名字，徐素年撅起小嘴，略带得意地笑了起来。

“哼，等你一会儿再打电话过来，我就好好骂你一顿!”

“看你还敢不敢跟别的女人举止那么亲密了。”

想到这里，她将充了一点电的手机调成省电模式，揣进包里，下楼开车去单位。

然而当徐素年到达反诈中心时，陡然发现，今天单位的气氛异常凝重。

所有人都是一副如临大敌的表情，甚至比昨天出了那桩四百四十四万元的诈骗案件时更甚。

就连一向咋咋呼呼说个不停的褚健都是一路小跑地给各个科室送着文件，一句话都不敢多说。

至于整个反诈中心里氤氲的气味，则是一股烟草混杂着咖啡的奇异气味，就好像很多人一宿都没有休息了一样。

看到徐素年进来，褚健赶紧迎了上去，低声道："素素姐，你昨晚上手机没电了？怎么一直关机啊！"

"刘大队长找不到你，大发雷霆呢！"

徐素年听到褚健的话，丹凤眼不禁一瞥全场，低声问道："昨晚上发生什么事了吗？"

正说话间，一道中气十足的声音响了起来。

"反诈中心所有民警，五分钟后指挥室开重大案情通气会！"

"所有人不得迟到，不得代会！"

6. 我们家被骗了！

徐素年听到这话，一下子就愣住了。

这是刘队的声音，即便是昨天出了那么大的案子，也没有听他严肃成这样。

重大案情通气会，四百四十四万元都不算重大，那多少万才算是"重大案情"？

五分钟之后，所有反诈中心的民警悉数来到了指挥室里。

刘大队长居然连 PPT 都准备好了。

他面色凝重地说道："今天凌晨，我市发生一起数额极其巨大的网络电信诈骗案件，受害者是本市一位知名的企业家……”

听说受害者是本市一位知名企业家，众人也都不自觉地屏住了呼吸。

不仅是企业家，还是知名企业家，那得被诈骗多少金额？

一千万，还是两千万？

刘大队长沉声说道：“诈骗发生时间是今天凌晨一点十四分，但是受害者直到凌晨四点才发觉自己被骗……”

“虽然我们五点钟就尽可能地通知相关人员就位，但还是白白浪费了四个小时的黄金时间。”

他停顿了一下，目光落在了徐素年的身上：“有些同志还违反工作纪律，晚上手机关机，导致一直联系不上，严重影响了工作的开展！”

徐素年知道刘大队长虽然没点名，但说的就是自己，只能低下头来，一言不发。

刘大队长又说道：“现在是上午八点三十五分，也就是说，距离案发已过去了接近七个小时，依旧一无所获。”

他有些焦急地点击着手里的鼠标，身后投影仪上的PPT，一页一页飞速地向后翻着。

“现在人齐了，我就再把案情给大家通报一下吧！”

这些PPT将案情呈现在了所有民警的面前。

“该名企业家的儿子酷爱炒外汇和黄金期货，几天前，经网络好友推荐后，下载了一款理财APP，而APP中植入的木马病毒则神不知鬼不觉地盗取了他手机中的所有信息。”

“一般的诈骗团队得到受害者的手机信息之后，往往转走其所有银行账户中的钱款就作罢，贪心一些的，最多就群发诈骗短信，能骗一个是一个，但这一次情况完全不一样。”

刘大队长停下手，沉声说道：“诈骗团伙不但没有转走他银行账户里的钱，也没有打草惊蛇，而是以他的手机为媒介，在几天之内通过监听、监控收集到关于他父亲的许多相关信息，包括他父亲的一个只有极少数人知道的私密手机号码。”

刘大队长继续说道："就在昨天晚上，诈骗团伙通过监听电话得知该公司的一处大型高端精装修楼盘要集中办理土地证，账户上有大量流动资金到账，就选中这个时机着手实施诈骗。"

"该团伙先以某领导的名义给该企业家的私密手机发短信，声称自己家里有急事，需一笔一百万元的资金急用，三天后归还，且自己手机已经没电关机无法再与他联系，要他立刻将钱转到一个指定的账户内。"

"与此同时，犯罪团伙利用拨号软件一直拨打该领导的手机号码，令其不堪骚扰选择关机。"

"受害人虽然犹豫，但在拨打该领导手机一直处在关机状态之后选择'宁可信其有'。"

"受害人个人账户肯定没有一百万元现款，只能选择用公司账户转账一百万元到指定账户，诈骗团伙旋即通过技术手段破解了他转账账户的密钥。"

刘大队长说道："诈骗团伙更狡猾的地方在于，明明晚上就可以实施犯罪，他们却按兵不动，待受害人感觉账户没有异常，入睡休息后再于凌晨一点实施犯罪。"

"犯罪团伙将该公司账户上的所有资金，共计四千三百四十三万元全部转出，并迅速化整为零，转移到了数十万个虚拟账户中。"

"等到财务主管半夜被银行的电话吵醒，再向受害人汇报，再报警，已经是四点钟之后的事情了。"

刘大队长说完，坐在他身边，特种兵退伍的秦副队长沉声说道："诈骗团队是有预谋、有计划地实施了犯罪，而且反侦察意识极强，单笔金额极其巨大……"

"选在企业即将办理土地证，拥有大量流动资金的时候动手……"

"环环相扣，没有任何一个多余环节的动作，自始至终，这都是针对受害人的公司，量身定做的一个骗局。"

"我们这次遇到的绝非普通的对手……"

他严肃地说道："如果受害企业一周内无法追回这笔资金，就无法获得土地证，也就无法开具楼盘的预售批文。"

“该企业先期拿地和投资楼盘的数亿资金将被一齐套牢，资金链断裂是必然的，极有可能引发我市金融市场的剧烈震荡，甚至引起各行各业的多米诺骨牌效应！”

秦队长顿了顿说道：“这个案件已经惊动了省厅，市局连夜召开了办公会，我跟刘队都立了军令状……”

他揪了揪自己胸前制服上的警号说道：“如果不能成功追回赃款，我们愿意接受市局党委的一切处分！”

徐素年越听两位队长的话越觉得不对劲。

她虽然从不掺和苏家的事情，但她与苏锦文在一起三年，知道他从大学起就特别喜欢炒外汇和黄金期货，经营益基金期间也主要做的是外汇和黄金业务，后来回苏家继承家业，也一直将之当作兴趣爱好保留了下来。

无独有偶，苏家在本市南山板块投资开发的枫林湾高端别墅项目很快就要开盘，这些天报纸上和网络上的宣传铺天盖地，江城之内，已人尽皆知。

她再联想起苏锦文给自己从凌晨四点一直打到早晨八点，锲而不舍打了四个小时的一百多通未接电话。

冥冥之中，三条信息在徐素年的脑海之中与案情通报会的PPT上的线索慢慢重合。

PPT上的每一个字，都好像是被红笔加重，圈出的考试重点，仿佛有千钧之重，将她压得好像要喘不上气来。

就在一天前，苏锦文还不屑地说：“正常人不可能被骗，他们被骗的钱，都是脑子里进的水，都是交的智商税，都是活该”，难道命运真的可以巧合到这样的程度，这么快地就报应到了苏锦文的身上？

正当徐素年沉思的时候，“嗡嗡嗡”的手机振动声响起，在气氛凝重、落针可闻的指挥室里，就好像汽笛轰鸣一般刺耳。

刘大队长的目光蓦地朝徐素年扫了过来。

徐素年此时仿佛要窒息了。

来电显示的号码，正是——苏锦文！

徐素年经过短暂的心理挣扎之后，终于按下了接听键，她一边将手机凑在耳边，一边朝指挥室外走去。

可即便徐素年已经有了一定的心理准备，但是当她听到电话那头的苏锦文声音沙哑地说“素素，我们家完了！我们家被骗了四千万”的时候，徐素年还是愣住了。

这一次诈骗案的受害者，居然真的是苏家！

听到电话那头的徐素年的沉默，苏锦文已没有了平日的镇定和风趣，更没有一丝一毫的骄傲：“素素，你要帮帮我们家啊，你一定要帮帮我们家啊！”

“也不知道其他人从哪里得到了我们家被骗的消息……”

“现在枫林湾的供应商、包工头，以及我们苏氏集团的员工都在上门讨薪……”

“虽然几个银行还没有跟我们催款，但十几家金融机构已经找上门来了。”

“如果这四千万元追不回来，我们家在枫林湾的投资就全套牢了，光银行的利息就可以让我们苏家完了！”

他的语音颤抖着，像是溺水之人抓住了最后的救命稻草。

“素素，你一定要帮帮我，帮帮我们苏家。”

“我爸爸他之前就，之前就想要……跳楼自杀了！”

徐素年听了苏锦文的话，心里不禁“咯噔”了一下，一时间心里涌起许多的酸楚与失落。

苏家人一直都看不起她。

从谈了三年恋爱，苏锦文的父母都没有喊她去家里吃过一顿饭这件事上，傻子都能看得出来。

如今，昔日有点狗眼看人低的苏家遭此大难，正常人若说心头没有一丝暗爽，是绝对不可能的。

但是一想到苏锦文与自己三年的感情，以及顶住压力坚持与自己交往的种种，她又不由得心疼起苏锦文来。

“素素，你能帮我们家把这笔钱追回来吗？”

“素素，求你了，救救我爸，救救我们家吧！”

徐素年咬了咬嘴唇，克制着自己，用尽量不带情绪的冰冷声音说道：“苏锦文，我会尽我所能帮你和你们苏家挽回损失……”

“但并不因为我要刻意去讨好他们！”

“因为我是一名人民公安，保护公民合法财产不受侵犯，将犯罪分子绳之以法，是我的职责所在！”

电话那头的苏锦文听到这话，也是一下子愣住了。

“半个钟头之后，我与技侦的同事会登门了解案情，你在家等我们！”

“对了，不要再用你的手机了！”

“你的手机里被植入了木马，所有的通话都会被窃听，短信和微信消息都会被窃取！”

7. 尴尬的第一次登门

江城里几乎所有人都知道苏家大宅的所在地。

江城是长江与运河的交汇处，水系交错，在做生意的人看来，水就是财源，尤其是活水，更象征着源源不断的财富。

苏家大宅就坐落在长江与运河交错的位置上。

薰衣草环绕，最正中一方喷泉雕塑彰显着宅邸主人的财富与地位。

只不过当警车开进苏家大宅里的时候，这里的一切已经与财富和优雅无关了。

隔着车窗，徐素年就看到了密密麻麻拉着横幅讨薪的民工和建筑商，就连喷泉池的边上都坐满了人。

吃了一半的盒饭、劣等烟的烟壳、白色的塑料袋，一团一团地散落在草坪花圃里，十分扎眼。

负责开车的褚健不知道喊了多少声“让一让，我们是警察”，才拨开重重人群进入苏家的宅院。

原本各种服务人员就有十几名的苏宅里，此时寂静一片，只有一名年老又忠心的管家，领着褚健和徐素年踩着木质楼梯上了楼。

徐素年走在楼梯上，看着这三层楼，垂着金碧辉煌水晶吊灯的苏宅，忽然觉得讽刺又好笑。

她与苏锦文谈了三年的恋爱，今天终于第一次登门拜访，却是以这样的形式，这样的身份……

褚健也是第一次来苏家大宅，就像是刘姥姥进了大观园一样，四处张望，边看边惊叹得合不拢嘴。

但他像是突然意识到了什么，对面前的老管家问道："老先生，苏家不是雇了很多人吗？人都到哪里去了？"

老管家幽幽叹息了一声："食尽鸟投林，树倒猢狲散啊……"

褚健挠了挠脑袋，又拉了拉身边徐素年的袖子："苏家现在这么惨啊？连家政人员都辞退了？"

徐素年也不说话。

褚健讨了一个没趣，也不好再开口了。

上了楼梯，穿过挂着几十张欧式名画的长廊，终于来到了一间会客室。

一对衣着得体的中年夫妇坐在会客室的大理石圆桌前。

他们的右手边，坐着身穿黑色格子衬衣的苏锦文。

他双手合在身前，摆在圆桌之上。

他的面前，是一只关机黑屏的手机。

这部手机显然就是这起诈骗大案的关键物证和导火索了。

不过徐素年的目光却不由自主地从这关键物证上飘到了圆桌一侧的中年夫妇身上。

徐素年作为警察的专业素质之一就是认脸。

所以她只看了那对夫妇一眼，立刻就认出了他们就是前几天安娜西餐厅里坐在后面一桌的人。

唯一的差别是，当时的苏锦文父亲红光满面，西装笔挺，头发也梳得整整齐齐。

此时此刻，也不知道是不是没有染发的缘故，一头黑发已经白了大半，乱糟糟地盘踞在头顶，如一个无人照料的糟老头一般。

苏家父母看到来家里调查案情的警察居然是徐素年，一时也是尴尬无比。

苏父连续咳了好几声，旁边的苏母赶紧拍了拍他的后背，取过水杯递了上来。

苏父喝了一口水，又呛了老半天，方才缓过气来。

苏母看了一眼褚健和徐素年，尴尬笑道："两位……两位警官，请，请坐！"

她又抬起手，招了招，道："为两位警官泡茶！"

若是平时，这苏太太一声令下，早有保姆端着茶水递上来，可是这一回……

过了半晌，年老的管家才托着两只玻璃杯走了进来，端在了褚健和徐素年的面前。

苏母一看是白开水，登时脸就拉下来了。

"梁伯，你怎么能不用茶叶待客呢？"

"动作还这么慢吞吞的。"

老管家侍立在一旁苦笑道："其他人辞职走的时候，把茶叶都顺走了，咖啡豆也没有了……"

这一下不仅是苏家父母尴尬无比，就连苏锦文的脸上都微微发烧，挂不住了。

就在苏家父母以为徐素年这个三年来完全不被他们待见的"准儿媳"少不得要对他们冷嘲热讽一番的时候……

徐素年清了清嗓子，缓缓开口说道："苏先生，苏太太，我们完全理解你们受骗后的心情，市局对于苏氏集团被骗的案件也高度重视，要求我们反诈中心必须争分夺秒，不惜一切代价为苏氏集团挽回损失，所以……"

"请苏先生和苏太太一定要保持情绪的稳定，千万不要做出过激的举动，更不要放弃希望……"

徐素年看向面前的苏家父母，脸上带着善意的笑容说道："若是赃款追回来了，人却没有了，岂不是最大的憾事吗?”

“毕竟世界上是没有后悔药卖的，不是吗?”

听了徐素年的话，原本面如死灰，眼神枯槁的苏父竟若有所思地点了点头。

看到一心求死，原本近乎情绪崩溃的父亲被徐素年三言两语就稳住了情绪，苏锦文对她投去感激的眼神。

只不过，这感激的眼神却撞在了徐素年的白眼上，把他噎得够呛。

随后，徐素年又询问了一下案发时有无异常电话、异常情况，以及最近苏家的一些人际关系。

毕竟对方能给苏家量身定制一个骗局，不排除熟人作案的可能。

但是苏家的人际关系反倒比较简单，最近四五年也没有与什么企业和个人发生过纠纷。

笔录做了一个小时，细细碎碎的东西记录了不少，不过在徐素年看来，真正有用的信息少之又少。

她看了看褚健递过来的笔录，快速浏览了一遍，又将作为物证的两部手机收进了密封塑料袋里，便对苏锦文父母说道：“苏先生，苏太太，今天的笔录就做到这吧!”

“请您放心，我们会极尽所能为你们追回赃款。”

她似乎看出了苏锦文父母的隐忧，怕她说一套，做一套，对苏家公报私仇，便又补充道：

“保护公民合法财产的安全，这是我们人民公安的职责所在。”

“如果案情需要做补充笔录，我们会第一时间联系您，请您保持通信畅通。打扰了!”

说完，徐素年站起身来，彬彬有礼地朝着苏锦文父母敬了一个礼就要出门下楼。

苏锦文母亲却笑了起来：“小文，你送送素……哦不，你送送徐警官!”

苏锦文正愁没有机会与徐素年解释，赶紧站起身来，跟着徐素年出去了。

才出了会客厅的门，苏锦文快步追了上去，从后面一把拉住了徐素年的手。

“素素，我想我们之间有一点儿误会！”

8．渣男实锤

看到苏锦文跟了上来，知道两人关系的褚健也是识相，甩下一句“我先去开车”就屁颠屁颠下楼了。

哪知褚健才下楼，苏锦文的手就被“啪”的一声甩了开来。

苏锦文刚想再去牵她的手，徐素年已经连退两步，看着面前的他冷冷说道：“苏大少，你想干吗？袭警吗？”

苏锦文哭笑不得：“素素，你不要闹了好不好？”

“我们谈了三年恋爱，牵个手就袭警啊？！”

徐素年对苏父苏母客客气气，那是因为他们既是受害人，又是苏锦文的父母，她可以不喜欢他们，但必须要尊重他们。

但苏锦文不一样，前天要自己辞职的事情还没完，昨天又被闺蜜瑛子拍到混夜店还疑似出轨……

原本以为他晚上给自己锲而不舍地打了几个小时电话是求原谅的，谁知道极有可能是来求她这根“救命稻草”帮他们家破案的！

这么多事情堆在一起，她对苏锦文能有好脸色那才奇怪呢！

徐素年冷冰冰地说道：“谈了三年又怎么样？反正你拿辞职这件事情要挟我，我们基本上已经分手了！”

苏锦文见终于提到这一茬事上来了，赶紧解释说道：“素素，这就是我一直想跟你解释的事情……”

“我父母三年来一直不同意我们交往，我跟我爸妈顶了整整三年，前几天好不容易才做通他们的工作，他们说只要你肯辞职做全职太太，至少不再继续做一线民警，他们就同意我们结婚，我这才……”

苏锦文叹了一口气说道：“你知道的，我特别喜欢你穿警服的样子，因为要不是当初你上警校，我们也不会有缘分走到一起……”

“我也从不反对你追求梦想和实现自我价值，我这都是迫不得已啊……”

苏锦文压低声音说道：“其实完全可以我们结了婚之后，你再调回反诈中心。”

“谁都希望自己的婚姻得到父母的认可和祝福，若是我的父母不出席我们的婚礼，想来即便嫁到我们家，你也会很苦恼吧！”

听了苏锦文的话，徐素年只觉得心里一暖，终于不再是面罩霜雪，拒人于千里之外的模样：“你……你说的都是真的？”

苏锦文苦笑道：“我家现在都这样了，骗你干什么？”

“我哪里还敢骗你？”

说话之间，忽然走廊里一间房间的房门打开，一名身穿粉色吊带睡裙，身材火辣，睡眼惺忪的少女推门而出，一边打着哈欠，一边朝苏锦文和徐素年的方向走了过来。

看到这衣衫不整、头发蓬松的少女，徐素年虽然一愣，但还是很快就认了出来。

她是那一段苏锦文在夜店视频里的——女主角！

此时，她竟堂而皇之地出现在了苏锦文的家里，而且还在他家的房间里睡觉！

他还留夜店的女人在家里过夜！

这是什么意思?!

说一套做一套，骗死人不偿命的渣男啊！

“徐素年啊徐素年，要不是这女的突然走出来被你看到了……”

“你不知道要被这个渣男瞒多久啊！”

徐素年内心自言自语，她原本趋于平复的愤怒就像是被人在火上浇了满满的汽油，“腾”地一下窜得比原来更高了！

苏锦文正要开口解释，只听得“啪”的一声，响亮的耳光直接就呼在了自己的左脸颊上。

没等他反应过来，徐素年已经扭过身，头也不回，“蹬蹬蹬”地踩着楼梯冲下楼去了。

只留下苏锦文一脸茫然地站在原地，摸着白皙的脸上五道鲜红的手掌印子，疼得不停地揉搓着左边面颊。

“一言不合就动手，什么鬼啊……”

走廊上走过来的吊带裙少女也是一脸茫然地看了看苏锦文和楼下徐素年气鼓鼓离开的背影，困惑不解道：“小文表哥，嫂子干吗好好地抽你一巴掌啊？”

“你看看，这一巴掌抽得好狠啊，都见血了！”

苏锦文努了努嘴道：“你问我，我问谁啊……”

他正要掏出手机给徐素年打电话，习惯性地摸了好几次口袋都没有摸到手机，这才想起来自己的手机已经作为关键物证被徐素年收走了……

吊带裙少女看了看苏锦文的囧样，忽然掩口吃吃地笑了起来：“该不会是……我拉你去夜店玩的事情被她知道了吧？”

苏锦文翻了一个白眼说道：“她上大四的时候，你来找我们玩，还是个小胖妞，现在你又是减肥，又是健身的……女大十八变，她肯定是认不出你来，把你当成我的小三了！”

少女拉了拉他的胳膊，笑道：“小文表哥，我这不是帮你吗？不然舅妈、外婆就拉着你去相亲了啊！这口黑锅我可不背啊！”

苏锦文白了她一眼说道：“你还笑，你还笑得出来啊！”

“把你手机给我，我赶紧给你嫂子打电话……”

苏锦文好不容易拿到手机，拨通了徐素年的电话……

刚接通，苏锦文才说了一个“喂”字，徐素年那边听到是他的声音，立马就挂了电话，再打，已是：

“对不起，您拨打的用户暂时无法接听，请稍后再拨。”

苏锦文意识到不妙，赶紧登录了自己的微信，迫不及待地给徐素年发了一个表情过去。

顿时，一个红色的感叹号出现在了表情的前端。

下面则是一行提示“你还不是他（她）朋友，请先发送朋友验证请求……”，苏锦文赶紧点开添加好友的页面，一口气打了一大段话上去。

大概意思就是，你看到的是我表妹，就你大四那会儿见过的那个胖妞娜娜，她减肥了。

结果……

“消息已发出，但被对方拒收了。”

苏锦文连续试了好几次，还不死心又把手机QQ给拉了出来，居然也被删除拉黑了！

他这才无奈地摊了摊手。

“电话拉黑，微信删除拉黑，QQ都拉黑了……”

“这误会闹得有点大啊！”

9. 我们已经分手了

褚健开着警车从苏宅里出来，见到平日里爱笑爱聊天的徐素年师姐竟一言不发，甚至眼圈还有些微微发红。

他忍了一刻钟，终于在等红灯的时候拉好手刹，迫不及待地问道：“素素姐，苏锦文欺负你了？”

徐素年被褚健这样一说，竟用纸巾捂住了眼睛，咬住嘴唇说道：“别再在我面前提他了！”

“我们已经分手了！”

褚健这一下更生气了：“苏锦文还真欺负你了？”

他一打方向盘说道：“走，我们回去跟他理论去，看我不骂这个混蛋！”

褚健刚要发动警车，却被徐素年一把按住了手：“别去了，回警局……”

“为了他，不值得我们生气！”

褚健微微一愣，一下子就看到了徐素年捂住眼睛的纸巾湿润了。

“素素姐，你……你怎么哭了啊？”

徐素年擦了擦眼睛，嘟哝着说道：“我怎么可能哭了……我才不会为那个渣男哭呢!”

“我眼里进沙子了!”

褚健那叫一个无语。

这警车的窗户都关着，哪里能有什么沙子?

但是他能跟女人讲道理吗?当然是不能的!

褚健摸了摸自己的鼻子，说道:“姐，那这苏家的案子，我们还认真办吗?”

“要不给他们敷衍一下过去算了，反正这钱基本上也找不回来了!”

“看这苏大少还……”

徐素年擦了擦眼睛，咬着嘴唇说道:“不，感情归感情，案子归案子……”

“若是我不全力以赴为他们挽回损失，我对得起自己的警徽、自己身上这一身警服吗?”

褚健着急道:“可他欺负你啊!”

徐素年苦笑道:“三年了，我们甜过，也吵过，笑过，也哭过……”

“就让我这一次全力以赴，做到最好吧……”

徐素年看着搁在腿上，塑料密封袋里苏锦文的手机说道:“就当我还了他三年陪伴的人情吧!”

“全力以赴，怎么全力以赴啊?”褚健摸了摸脑袋，诧异地问道。

“我要申请加入这一次案件的专案组!”

……

回到反诈中心办公室里，徐素年将笔录拿在手里，又捧起一摞文件，主动敲开了一旁反诈中心指挥室的大门。

指挥室里，每个人面前都是如小山一般的案情文件，刘大队长苦着脸一遍一遍地翻阅着文件，想要找到蛛丝马迹。

但对方非常狡猾，根本没有给公安留任何的破绽。

看到徐素年进来，大家也就是望了她一眼，就继续低头看文件了。

然而，就在这时，徐素年主动开口了。

“刘队，秦队，我想参加这次专案组的行动。”

刘大队长看了徐素年一眼说道：“徐素年同志，我们非常理解你现在的心情，但是心急是喝不了热汤的。”

他翻了翻面前的文件说道：“根据现有的 IP 地址解码分析，实施诈骗的团伙应该是在国外，跨国抓捕旷日持久也困难重重，对于体力和精神都是极大的煎熬，女同志还是不要加入专案组了！”

听了刘大队长的话，旁边的副队长秦骏其实心里很清楚，“女同志不要加入专案组”是一句很扯淡、很牵强的话。

之所以不要徐素年加入专案组，真实原因其实是徐素年与苏锦文的男女朋友关系，不利于案情保密，而且容易做出冲动、过激的判断。

拥有丰富刑侦经验的刘大队长认为，破大案如烹小鲜，必须抽丝剥茧、按部就班地来，团队里切不可以有冲动冒进的想法。

这也是他不敢让徐素年加入专案组，只是让她负责数据分析这些外围工作的原因。

但徐素年与苏锦文毕竟不是夫妻关系，只是情侣关系，并不是法定意义上需要回避的关系，这就让刘大队长只能拿出这个很扯淡的理由了。

徐素年自然是不吃这一套，她淡淡地答道：“刘队、秦队，多谢你们对我们女性警员的关照，但我还是想主动请缨！”

刘大队长一时语塞，却听徐素年继续说道：“我想要加入专案组并非突然起意，更不是想要为自己男朋友打听什么案情的进展，毕竟我们已经分手了！”

话音落下，整个指挥室内满座皆惊。

徐素年与苏氏集团的继承人苏锦文谈恋爱的事情，从她到市局报到的第一天就传开了。

一时间羡慕嫉妒有之，传为佳话也有之。

此时此刻，在苏家横遭患难的时刻，徐素年却公布自己与苏锦文分手，这到底是……

虽然大家都很疲惫，但作战指挥室里还是有人忍不住小声八卦了起来。

“难道说徐素年看重的是苏家的钱，现在苏家树倒猢狲散，她也就把苏锦文一脚蹬开了？”

“想不到她看起来阳光开朗，实际上心机颇深啊！”

“画龙画虎难画骨，知人知面不知心啊！”

但也有人低声驳斥道：“你们胡说八道什么呢？”

“如果徐素年是嫌弃苏家现在蒙难，没有钱了，干吗还要主动加入专案组？”

“坐等苏家破产不是更好吗？”

面对众人的纷纷议论，徐素年充耳不闻，对着刘大队长继续说道：“刘队，请允许我将我对案情分析出来的一点线索提供给大家参考。”

她信手翻开面前的文件夹，将里面几张 A4 纸分发给众人说道：“这是前两次诈骗案件中使用的硬件地址，包括手机的硬件数据与电脑的 MAC 地址，通过数据比对，我们发现它们各自都有一个重合数据。”

面对众人不解的眼神，徐素年继续说道：“第一起诈骗案中，有一个转账手机的 IMEI 与本案相同，第二起诈骗案中，有一个电脑的 MAC 地址又与本案相同。”

“正常情况下，诈骗完成，应该废弃所有硬件设备，以防被公安追踪，然而短时间内对方可能无法筹备到转移苏家巨额赃款的设备，就违规采用了几台本应该废弃的设备……”

徐素年推理到这里，除了刑侦经验丰富老道的刘大队长，包括秦骏在内的其他民警全部都惊住了。

徐素年继续说道：“这是犯罪集团流程中的百密一疏，所以才意外露出他们的马脚。”

徐素年侃侃而谈，继续说道：“根据原理，手机的 IMEI 地址与电脑的 MAC 地址一经生成便无法更改，连伪装都做不到……”

“所以说，目前这一桩最大的案件与前面两桩，应该是同一个团伙所为，也有可能前两桩案件只是大团伙的‘下线’做的，所以做大案的时候，他们的设备才会被征调过去使用。”

听了徐素年的推理，众人都惊住了，就好像遮在眼前的雾障一下子被人驱散了一般。

徐素年又说道："更大的收获是，在侦破第一个案件时，我们发现对方IP地址所反映的经纬度……"

徐素年将文件夹翻到最后一页，直指文件夹背面的世界地图上的一点道："就在——菲律宾！"

听了徐素年的判断，良久，刘大队长终于开口了。

"就算知道团伙在菲律宾又怎么样？我们也不知对方是谁，手里更没有可以跨国抓捕他们的证据。"

徐素年继续说道："我们有苏锦文被植入了木马病毒的手机，也是我们现在唯一掌握的物证。"

"对方既然敢使用木马病毒来诈骗，我就能顺藤摸瓜，将他们从幕后给揪出来！"

听了徐素年的话，秦骏等人都愣住了。

"你……你当真这么有把握？"

徐素年点头，抬起手来，朝着在场所有人敬了一个礼道："刘队、秦队、各位前辈，请允许我加入专案组！"

良久，刘大队长开口道："批准徐素年同志加入专案组，在案情需要的情况下，你可以直接使用市局的任何警力、实验室和警械！"

得到刘大队长首肯，徐素年激动地行了一个礼，宏声道：

"遵命！"

看到刘大队长批准徐素年加入专案组，众人皆困惑不解道："刘队，这丫头当真这么神吗？"

刘大队长拍了拍桌子，笑说道："她在苏省警官学院上学的时候是黄老的得意门生……"

"而且，她在大四的时候就在互联网上做了一件扬我国威的大事情。"

刘大队长笑着抽出一支烟叼在了嘴上，说道："那件事情之后，国家安全局的人都来找过她的，要不是她执意来江城找她男朋友苏锦文，她怎么能来江城？"

秦骏不禁诧异道:“刘队,那你干吗犹豫了那么久,直接让徐素年进入专案组不就好了吗?”

刘大队长却为难地说道:“我这不是怕她暴露自己,惹来麻烦吗?”

“既然她主动想做,那就如她所愿吧!”

看到众人面面相觑的表情,刘大队长叼着烟嘴站了起来。

他摸出打火机往外面走去,边走还边嘟哝:“你们不相信也好,今天的事,我说说就算了啊,哪里说哪里了!”

“泄露出去半个字,挨了处分别怪我没提醒你们啊!”

10. 魔高一尺,道高一丈

徐素年走出指挥室,刚才主动请战加入专案组时的高昂情绪顿时又恢复了平静。

她就像一台精密的仪器,很快恢复到了高效率运转的模式。

她与身边的同事交代了几声就出了反诈中心的门,朝实验室走去。

实验室的机密不仅仅在于它的位置——在整栋楼一个不为人知的角落,而且对它的防护也是严格到有些过分,两道指纹锁,一道虹膜掌纹锁,整个江城市不超过五个人能进去,而眼前拿着箱子的徐素年就是其中一员,只见她穿过三道门,在最后一道门之前有一个金属检测门,她将箱子放在右手边的传输带上,自己则从门里穿了过去,穿上挂在墙上的防护服,全副武装的徐素年走进了实验室。

在她进来之前,早已有一个人在实验室里了。

“素素姐,你来啦?”此刻在实验室里等着的不是别人,正是技侦科的褚健。

徐素年走到电脑旁边问道:“褚健,你那边木马研究的怎么样,有什么进展没?”

“素素姐,你要是说进展,倒是没什么进展,这个木马是个全新的木马,好像是专门为这次案件编写的程序。”褚健打开一个虚拟安卓系统,将那个金融 APP 拖了进去,不一会,在虚拟的发件箱里就多了一大堆彩信。

“我差不多模拟实验了五十几次，虽然没有破解这个木马，但是它好像只针对某些特定的手机系统进行攻击，在计算机端和普通的软件没有太大的差别，而且似乎终止也很简单，它拷贝完所有的文件之后就会自行消失，我估计这是一个子母木马。”

褚健走到一旁，从冰箱里拿出来一袋速溶咖啡。

“你的意思是说，这个木马有一个母体？”徐素年盯着屏幕问道。

“这个诈骗团伙有这么厉害？”

“我觉得不像，感觉这个木马应该是他们找人写的。”褚健咬开速溶咖啡袋。

“你这么一说，我倒是想起来了，我毕业那年对付了一个美国人。”

“素素姐，那是个什么人啊？”褚健端着咖啡杯走到了徐素年旁边。

“我不是特别的了解，只知道他比较擅长写这类东西，而且，要价很高，不，应该是，非常高！”徐素年推了一下自己的眼镜。

“要是真的是他写的，那就好办了，因为他的软件都比较大，而且都有时效性，要想延长时效，只有一种方法。”

徐素年打开了自己的工作站，朝褚健抬了抬手道：“苏锦文的手机给我！”

褚健赶忙将苏锦文那只被扒掉外壳，满是电路板的手机递了过去。

徐素年将手机接在了自己的工作台上。

“那素素姐，我们现在还要破解这个木马吗？”褚健看着自己的电脑屏幕。

“稍等一下，我确认一下，要是真的是他写的就没必要了。”

徐素年在工作站里输入一串指令，整个屏幕突然黑了，徐素年看着亮着的手机屏幕，不停地在工作站里输入指令，一旁的褚健虽然不是第一次看到徐素年操作，但此刻看到了，还是有些惊讶。

“果然是这样！”徐素年看着屏幕，一行又一行的代码不停地写着。

“素素姐，是怎么回事啊？”褚健看着陷入思考的徐素年，又喝了一口手里的咖啡。

“因为苏锦文的手机内存较大，而且出了事情之后，他一直在给我打电话，这家伙又没有连 Wi-Fi 的习惯，都是用的流量……”

“在通话的时候，手机流量是不能使用的，所以后台的数据还没有全部打包完成，更加不可能完成远程传输这样的活动，只是完成了发送散播木马这样一个举措。”

徐素年说着抽出了苏锦文手机里那张两个 T 容量的存储卡说道：“想不到这个家伙的奢侈这时候倒是给我们增加了一个机会。”

“你的意思是，那个木马还在这个手机里?”褚健挠了挠自己的后脑勺。

“不是，是在这个存储卡里。”徐素年将存储卡插进了自己的工作站。

“那我们现在还需要破解那个木马吗?”褚健问了一下徐素年。

“不需要了，那个人的木马没有一两个月是搞不定的，何况，你自己也知道，你掌握的只是子木马。”徐素年在工作站里编写着。

“那我们怎么办呢?”

“我刚刚说过，那个家伙开价很高，是真的很高，这个诈骗团伙肯定会遵照他的指令延长时效，而不是再买一个，而想要在他的规则下延长，只有一种方法。”徐素年一边与褚健说话，一边也没有停下手上的动作。

“什么方法呢?”褚健的脸上满是疑惑，显然他这种刚入行的菜鸟肯定不了解那个世界里的潜规则。

“就是将木马所偷到的数据全部传送给那个人。”徐素素看了一眼工作站的屏幕，上面的进度条到了百分之五十。

“素素姐，你是说那个美国佬还在做信息贩卖的勾当?”褚健看了一眼徐素年。

“是的，这就是为什么他对外出售的木马都是子母木马，而他的子木马最后都会回去。”

此时此刻，工作站上的进度条到了百分之七十。

徐素年的手也停止了键入，似乎等待着什么一般。

“那素素姐，这个人的木马破解不了，我们拿他有什么办法呢?”

褚健停下了手里的动作，但是看着眼前的徐素年又不像是没有办法的样子。

“虽然破解不了密码，但是我们可以利用它的特性。”

“利用它的特性?”褚健的脸上有些茫然。

“既然我们抓不住小偷，而这个小偷又特别的贪婪，那我们可以送他一点东西。”徐素年将存储卡又重新插回手机里，关闭了实验室里的全磁防护。

“你看看这个手机和我们的手机有什么不一样?”徐素年将打开的手机递给了褚健。

“这是维图啊，不愧是能配得上素素姐的姐夫，一个手机都快抵得上一辆车了。”褚健接过徐素年递来的手机，不停地抚摸着。

“没让你看这个，你点开屏幕看一下，有什么不一样?”徐素年从冰箱里拿出来一包绿茶，在一次性杯子里冲了一杯，端在手里看着屏幕问道。

“没看出来什么不一样啊，就是普通的安卓系统。”褚健将手里的手机翻了一遍又一遍，还是没看出什么差别。

“叮!”这个时候，手机发过来一条短信：“您的手机流量已使用3072 m。”褚健看着这条短信，再看了看手机的右上角。“我知道了，素素姐，这个手机的后台一直都在发数据。”

“嗯，那个小偷应该在回去的路上了。”徐素年喝了一口咖啡。

“素素姐，就这么放他回去了?”褚健看了一眼不停有短信发过来的手机。

“不，我还送了他一点东西，老对手了。”

徐素年淡淡笑道：“这次要真是他，我也不一定就输了。”

“素素姐，那个美国佬擅长的是盗窃，你擅长的是什么啊?”

褚健好奇地问道。

“追踪定位，绑架勒索，爆破毁灭。”徐素年风轻云淡地讲了一句。

“哇!好残暴……不过，我喜欢。”褚健的眼里闪出了和他长期熬夜的疲惫黑眼圈不相符合的精光。

“当时是怎么一个情况？能给我说说吗？”

面对褚健的好奇，徐素年却是淡淡一笑，没有交代。

她的担心是有原因的。

目前的种种迹象都表现出，写这个木马的黑客与之前那个栽在她手里的爱德华很相似，至少也是爱德华的徒子徒孙。

“从那以后，我在暗网里再也没遇见过他。”

徐素年放下了手里的一次性水杯，淡淡说道：“你学网络工程的，暗网是什么，就不需要我赘述了吧？”

褚健点了点头说道：“嗯，我知道，可见的互联网是互联网，隐藏的互联网就是暗网，而这也适用于冰山效应，就是我们看得到的少，看不到的暗网其实更多……”

他看了看徐素年问道：“姐，我说的对吗？”

徐素年点了点头，补充道：“我们日常访问的其实只是冰山上面的部分，但在冰山的下面藏着远比互联网可访问部分更大的暗网，那是一个用比特币的世界，里面藏着互联网里一切可能的交易！”

“所以，诈骗团伙很有可能在暗网上买了老美的子母木马病毒。”

“是这样啊，那，素素姐，你送他东西他没有防备吗？”褚健看着手里的手机问道。

“可能会有吧，我这次送给他的小礼品，比起之前，有些不同，这些年过去了，我也向他学了一点东西，在这个里面加了远程控制和信息反馈，先不管他了，这事情一时半会我也解释不太清楚……”

“咱们先去吃饭吧，等会儿回来看数据反馈就好了。”徐素年从褚健手里拿过苏锦文手机，将它又放回封存的箱子里。

“你想吃什么？”徐素年似乎心情好了许多：“今天晚饭我请你！”

11. 大洋彼岸

大洋彼岸，凌晨三点，黑夜抚摸着人们疲惫的躯体，忙碌了一天的爱德华此刻正躺在宽大松软的床铺上，轻轻地打着鼾声。

突然，床头的铃声渐起，悠扬的交响乐飘进了爱德华的耳朵，一曲奏罢，爱德华的眼睛睁了开来，脸上的倦意一扫而光，他伸手拿起了床边的手机，电话接通，另一端传来一个女人急促的声音。

“不好意思，爱德华先生，打扰您休息了，您现在能帮帮我吗?”女子说的是纯正伦敦腔的英语，甜美的嗓音如清泉，让人听了悦耳极了，也叫人根本难以拒绝她话语里带着的祈求。

“什么事情，和我的软件无关的话，你就另寻高明吧。”爱德华却似乎不吃这一套，平缓的语气中透着冷漠。

“有关有关，就在刚刚，您的软件传回来数据之后五分钟，我们的整个主服务器都停止工作了，屏幕上是两百个小时的倒计时。”

女人恨不得把屏幕隔着电话送过来。

“你说什么，倒计时?”爱德华从床上爬了起来，原本轻松的表情此刻变得严肃起来，“难道，是那个疯女人?”

“爱德华先生，您说什么，您的意思是您知道是谁干的吗?”电话另一端的女人听到爱德华的话，燃起了希望。

“等会儿，你和我连个视频，我看看你们那边是什么情况?”爱德华一边说，一边打开了自己的工作站。

“好的，爱德华先生，我给您看。”女人连上了视频，一张俊俏的面容出现在爱德华的面前。

“要是你能早点和我视频的话，我卖给你的木马或许能便宜一点。”爱德华的嘴角竟然生出些许弧度，似笑非笑地看着屏幕的另一端，语气之中透着挑逗之意。

女人这才意识到平时自己用手机自拍习惯了，连忙切换了摄像头，服务器的屏幕出现在了爱德华面前，数字在不断地减少，爱德华盯着屏幕，几年前那幕画面再次涌上心头。

因为在屏幕上时钟的左下角，有一只乌龟不停地在爬动。

没错，就是一只小的卡通乌龟，不留心去看，根本发现不了。

“稍等，我这边确认一下再给你答复，不过先和你说一声，要真的是那个女人，我是没有一点儿办法。”

爱德华说完点开工作站里的程序，仔细地检索着，随着屏幕上跳动的数据越来越多，他的表情也变得越来越严肃，直至最后，整个脸都狰狞起来。

“你干吗惹那个疯女人，你为什么要惹她，我暗网里的数据库也是被她给炸掉的，现在不单是你，到时间她不解锁，我这一年的工作全都白费了。”爱德华朝着屏幕吼着。

“我们惹到谁了，爱德华先生，你能不能和我讲一下，只要能把我的服务器解锁了，你让我做什么都行。”女人莫名其妙地看着突然发飙的爱德华，此刻也不知道说些什么。

“这个女人，当年可是把我的整个数据库都给炸了！”

“还在社交网络上直播，害我丢尽了脸面。”

“你惹她干什么？F×××，F×××，F×××！”

爱德华脸上的表情极端的暴躁。

“那，爱德华先生，那我们现在该怎么办呢？”听到爱德华的话，女人心里凉了半截。

“老对手了，她既然这么做，那就等她来联系我们好了，按照上次我和她交手的经历，一个小时之内，她必然会来主动找我们。”爱德华看了一眼手表，凌晨三点二十分。

“真的吗？爱德华先生，那您的意思是说，我们等就好了？”女人对于爱德华的话将信将疑，但是现在的情况已经火烧眉毛了，她除了相信爱德华别无选择。

……

褚健和徐素年一起走向单位食堂，两人边走边聊，根本看不出两人身上背着如此巨大的案子。

不一会儿便到了饭堂，由于还没到饭点，此刻的食堂稀稀朗朗的倒也没站几个人，两人点了几份熟食，在靠近门边的地方坐了下来。

“素素姐，你今天是怎么啦？”褚健咬了一口鸡腿。

“嗯？有什么问题吗？”徐素年吃着碗里的鸡肉，一脸疑惑地望着褚健。

“按照以往，哪怕是再难的病毒，你都会试着去将它破掉，但是今天这个你都没花时间去做，而且，不到饭点就过来吃饭了。”褚健三下五除二把碗里的鸡腿解决掉，眼角又瞄上了另一只碗里的红烧狮子头。

“因为那个病毒我们短期内根本破解不了，而且就算把它破解了，和我们案子也没什么关系。”徐素年仍旧是慢条斯理地吃着鸡肉。

“那至少可以把被偷的数据都给追回来啊……”褚健嘴里咬着狮子头，心里面仍旧纠结着徐素年没破解木马的事情。

“追回数据能找到犯罪嫌疑人吗？能帮他挽回损失吗？能把这个案子给破了吗？”徐素年将筷子放了下来，看着胡吃海塞的褚健。

“嗯，有道理，可是……”褚健被徐素年连珠炮似的提问镇住了，虽然还是有些不甘心，一旁的徐素年却并没有给他继续提问下去的机会，她也知道这个死脑筋一旦陷进去了很难再出来。

“赶紧吃，吃完我们待会儿还有别的事情。”徐素年继续吃着自己碗里的饭菜，不过相较于之前加快了速度，不知道是因为不想再面对褚健无休止的追问，还是他们待会真的有事情要去做。

“好吧，素素姐，今天食堂的饭真香。”褚健也算识趣，没再提刚刚的话题。

“好了，吃完了就走吧，我们去个地方。”徐素年收起吃完的碗筷，起身的时候拎起了手里的那只箱子，褚健赶紧扒拉了最后一口，跟在徐素年的身后。

两人来到停车场，徐素年径直走向一台黑色的牧马人，褚健则是乖乖地跟在她的身后。

虽然褚健一直不能理解徐素年一个女孩子为什么喜欢这种舒适感极差的越野车，但自从坐过一次徐素年的车之后，褚健心里面的疑问就没有了，驾驶技术实在好得不像样，要不是亲眼看见徐素年坐在自己的身边驾驶着这辆车，褚健简直不敢相信，这是一个女孩子在开车。说好的女司机开车技术差的魔咒呢？

“愣在那边做什么，赶紧上车啊，我们快来不及了。”徐素年直接从敞开的棚顶翻了进去。

“哦哦，我来了，素素姐。”褚健从车的左侧打开车门，坐了进去。

“我们这是去哪里啊，素素姐？”褚健按捺不住心里的好奇。

“到了地方你就知道了。”黑色的牧马人缓缓驶出停车场，朝着徐素年心中的目的地驶去。

一个小时之后，他们到达了目的地，褚健定睛一看，不是别的地方，正是他和徐素年的母校——苏省警官学院。

徐素年的车显然不是第一次来这个地方，经过门前的时候，执勤点的学弟直接向她敬了一个标准的敬礼，徐素年回了一个礼之后，径直向着校园里驶去，褚健看了一下道路。

“素素姐，我们是去信科中心吗？”

“可以啊，小子，看样子你在学校也没少去上课。”徐素年看上去心情不错。

“那信科中心里面有什么吗？”褚健又开始十万个为什么。

“到了你就知道了。”徐素年没做太多的解释。

校园并不大，车子很快到达信科中心，徐素年熟练地找了个地方，将车子停在停车位上，两人下了车一前一后走着，进了大楼之后，徐素年并没有像褚健期待的那样往数据中心走，而是走向了办公区域。

徐素年进了电梯，敲了敲褚健的脑袋，“小褚同志，你今天状态不是太对啊，怎么魂不守舍的？”

“素素姐，你今天真的是让我越来越不明白了。”褚健一头雾水地看着眼前的徐素年。

“还有什么问题，小褚同志？”徐素年笑着看着褚健。

“素素姐，不是我说你，你不破木马也就算了，这么关键的时候，不去和刘队秦队他们讨论案情，跑到学校里看起老师来了，老师差你这几分钟吗？”褚健的脸上满是不解。

“我这就是在破案。”徐素年说完走出了电梯。

“素素姐，你以前说的我都信，但今天我倒要看看，你偷偷跑过来看老师还能扯上案情了？”褚健将信将疑地跟在徐素年的身后。

“415?”褚健瞧着这个有些熟悉的门牌，就在他回忆的时候，门打开了，一个满头银发的老人出现在他和徐素年的面前。

“黄老师！”徐素年恭敬地喊了一声。

“素年啊，你今天怎么有空来看我这个老头子?”黄老师将两人迎进门来。

“黄老师！”褚健也恭敬地喊了一声。

“坐吧。”黄老师指了指办公桌旁颇有年份的靠背沙发，自己则转身去墙角的茶几上抓了一把茶叶。

“不必了，黄老师，我今天来，是有件事情想拜托您。”徐素年拦住了黄老师。

“好，你们说，只要是我这个老头子能帮得上忙的，我肯定帮。”黄老师扭身坐到办公椅上，对着两人摆了摆手，三个人都坐了下来。

“我又碰到爱德华了，这次我用了您的‘玄武一号’，我来您这边是想和您要‘玄武二号’和‘玄武三号’的。”徐素年倒也敞亮，直接说出了目的。

“你确定你唱给爱德华的这出空城计，他听进去了?”黄老师没有急着把徐素年要的东西给她，而是打开了自己的电脑。

“我不确定，但是到现在为止，一个小时快过去了，我手机里的破解警报一直没有响起，爱德华应该是在等我回复他。”徐素年掏出了苏锦文的手机，递给黄老师。

“你们在说什么啊？为什么我完全听不懂?”原本就满头雾水的褚健此刻更加疑惑了。

“先别问，回去路上和你解释。”徐素年对着褚健做了一个噤声的手势，褚健摇了摇头，也没再讲话。

“行，可以，但是现在没了爱德华的载体，‘玄武二号’‘玄武三号’你只能自己装到服务器那边了，这个事情有些危险啊，你这么做，真的想好了吗?”说着，黄老师从桌板下面拿出一个小型的硬盘。

“这是唯一的办法了，对方要是别人还好办，但是对方请到了爱德华，师傅您也知道他的本事，他的木马短期内根本破解不了，我只能用上次的‘玄武一号’去吓唬他。”徐素年摊了摊手，神情里有些无奈。

“好吧，但是我有件事要和你说一下，‘玄武三号’的技术还不是很成熟，二号的时间是三个小时，如果三小时之内三号没发送成功的话，你只能终止二号，用最原始的方法了。”黄老师将刚刚的两个硬盘塞到徐素年手里。

“知道啦，谢谢老师。”徐素年对着黄老师敬了一个礼。

“注意安全。”黄老师看着两人走出了门外，仿佛看着远征的儿女，眉目里满是深情。

“素素姐，玄武到底是什么东西?”褚健憋了半天终于打开了话匣子。

“玄武，是上次我与爱德华交锋时使用的信息武器。”

“因为苏省警官学院是在玄武湖畔，所以我们给它取名叫‘玄武’。”

徐素年继续解释道：“‘玄武一号’是可以回收的，它其实就是个加密定时器，作用是绑架他人的服务器，但是呢，它没有任何的破坏性，到了时间之后，就自动解锁，我这次送给爱德华的小礼物就是这个。”

“等于说，你今天在爱德华和那个大骗子面前唱了一出空城计。”褚健的神情有些激动，“那你不担心爱德华他发现吗?毕竟他那么厉害。”

“就是因为他厉害，所以才更加不会发现，因为这个程序是加密的，而且加密结束就自己消失，不留任何痕迹，所以根本不用担心他在被锁定期间能够破解这个程序，到时候我再使用‘玄武二号’。”

徐素年目不转睛地开着车在高速公路上飞驰着。

“那‘玄武二号’又是做什么的，这次为什么又多出来一个‘玄武三号’呢?”褚健只觉得自己的脑子有些不够用。

“‘玄武二号’就是我所说的第二个武器，它也是个定时器，但是和‘玄武一号’不同，它的作用是爆破，刚刚黄老师说的三小时，就是它自己的复制时间……”

“三小时内，它会将自己覆盖在磁盘的每一个针头，时间一到，所有文件毁于一旦，机器也会全部毁坏。”

“那么三号呢?”褚健又问了一句。

“三号是个打包回流软件，这就是我和你说的，这几年来我向爱德华学的东西。”

“那为什么要和黄老师要呢?”

“‘玄武二号’和‘玄武三号’都是一次性的，但是当时黄老师坚持要我给他留一份改进，我从没想过，能在案件中遇到以前的敌手。”

“现在想想，好在黄老师当初保存了，不然这次遇到爱德华，我还真拿他没有办法……”

“素素姐，我保证以后都乖乖听话。”褚健莫名其妙地来了这么一句。

“为什么?”这次轮到徐素年疑惑了。

“没什么，素素姐，你好好开车吧。”褚健也不讲，但是耳尖的徐素年听到了一声低语：“万一下次给我电脑来个玄武几号的，我可咋整啊!”

徐素年的嘴角弯出了一个微小的弧度，配着白皙无瑕的面孔，煞是好看。

12. 行动代号“猎狐”

“刘队，这就是我目前所掌握的全部情况。”徐素年的手里拿着一叠资料。

“资料你先丢这，五分钟后，大会议室集合，开紧急作战会议。”刘大队长留下了徐素年的一手资料，自己则在微信群里发了个紧急作战会议的通知。

“紧急通知，五分钟后所有办案人员大会议室集合，任何人员不得缺席，请相互告知，收到回复。”微信里这条消息如同丢进火药桶的一颗火星，一瞬间整个群都炸了。

五分钟后的大会议室座无虚席，甚至于角落里也站满了人。

“今天召集大家过来开会，想必大家也知道是怎么回事，我们省最大的连环诈骗案目前取得了突破性的进展，现在先请主办民警徐素年同志向大家汇报一下案情，以及我们目前所掌握的情报。”刘大队长对坐在前排的徐素年招了招手。

“……目前我们所掌握的情况就这样。”徐素年简短干练地向面前的同仁们汇报了她所掌握的情况。

最后她沉声总结道：“这个案件的特殊性在于境外犯罪团伙通过暗网向美国黑客购买木马，量身定制了骗局……”

“我申请主动出击，跨国抓捕！”

刘大队长看了看似乎都想表达自己看法的众人，又看了看自己的手表说道：“接下来大家开始头脑风暴，时间十分钟！”

“开始！”

当即，整个作战指挥室里的人七嘴八舌地讨论了起来。

“你说……”

“有道理！”

“我觉得可以这样……”

“这个想法不错啊！”

“你看看我这个……”

整个作战指挥室内的气氛极其火热，时不时有人掏出笔记本来记录情况，十分钟不一会儿就过去了，刘大队长重新走上了讲台。

“接下来发到大家手上的是此次案情分析会的意见表，大家将自己刚才讨论的意见写下来，我们分析过后根据实际情况选出最有可行性的几套方案，保证此次案件的顺利进行。”

刚才还热烈讨论的警察们此刻都安静下来，埋头奋笔疾书，若这时候突然间走进来一个人还以为是遇见了执法资格考试。

不一会，大家陆陆续续将自己的想法都交了上去。

刘大队长则搬了个椅子坐在讲台上，交一份看一份，面部表情不时地发生着变化，有开心的，也有摇头的，随着最后一份意见稿交了上来，刘大队长将眼前的稿件整合了一番，站起来，清了清嗓子。

“刚刚大家的文件我大致看了一下，主要有这三个点，首当其冲的就是我们的执法权的问题，关于这一点，大家不需要太担心，我们国家和菲律宾有合作协议，我这边已经向公安部汇报了案件情况，这次跨国打击犯罪，由我们牵头主导，菲律宾的警方会全力配合我们的工作。”

“其他两点才是我们此次行动的重中之重，第一点，如何将徐素年和她的玄武木马送到犯罪分子的主服务器里，并保证徐素年安全回来。”

“第二点，如何将现在已经冻结住的资金安全地取回来，并且将他们的犯罪证据固定住。”

刘大队长喝了一口水，润了润嗓子，接着说了下去。

“我个人看了一下，选出了可行性较强的三个方案。”

刘大队长从一叠意见表当中抽出了三张，“接下来念到名字的人员出列，我们来讲一下详细的作战计划，徐素年……”

徐素年蓦地从椅子上站了起来，立得笔直，行礼道：“到！”

“褚健……”

“到！”

“秦骏！”

特种兵退伍的秦副队长也站了起来。

刘大队长看着剩下的几个人缓缓说道：

“菲律宾马尼拉的市政厅以及警察署只知道要配合我们抓捕，时间是在倒计时结束的当天，所以接下来你们的行动只能靠自己了。”

他指了指徐素年说道：“徐素年同志已经被犯罪团伙及其背后的黑客盯上了，接下来她将会以计算机专家爱丽丝的身份收到菲律宾马尼拉市政府的邀请，前往该地做一个计算机应用程序的经验交流，而这个身份，那个黑客是知道的，所以她的名字一旦出现在交流会上，黑客和诈骗团伙必然会不顾一切地去找她。”

“这时候她会假装被诈骗团伙控制，继而进入诈骗团伙的核心总部，在主服务器上加装木马。”

刘大队长指了指秦骏说道：“在此期间，你的身份是徐素年的助手，任务就是确保徐素年同志‘成功’地被诈骗团伙劫走。”

“同时负责与菲律宾警方的联动……既要确保徐素年同志平安无恙地从诈骗团伙撤出，还要人赃并获，固定证据！”

秦骏行了一个礼，沉声道：“刘队请放心，保证完成任务！”

刘大队长点了点头，又对褚健说道：

“褚健！”

“你的任务是负责远程支援，到时候徐素年的身上会携带两枚微型定位器，以及两个信号发射器……”

“整个苏省就你会用量子传输器，到时候，徐素年那边会将大量的数据传输过来，你这边一定要准备好，随时接收。”

“徐素年那边任务一完成，你就要立刻固定证据，千万不能有任何差池！”

“收到！”

刘大队长看向其他民警说道：“其他的人会以游客身份入境菲律宾，到了任务开启的前一天晚上，褚健会给你们的内部手机发通知。”

“到时候我们的执法船会靠岸，你们所有的装备全都由执法船提供。”

刘大队长交代完最后一句，看了一下他面前的十几个同志，坚定的眼神中满是人民警察不屈的意志和必胜的决心。

“徐素年同志的应急处理手段为我们赢得了宝贵的作战准备时间，这次连环诈骗案对我们在座的各位既是一次巨大的挑战，也是一次巨大的机遇。”

刘大队长沉声说道：“但是，此次案件和平时其他的案件又有一些不同，时间更加紧迫！”

“我们市最大的实业集团——苏氏集团，被骗光了所有的流动资金，目前楼盘停工，工人、材料商、银行都害怕坏账而纷纷向该集团催款。”

“如果不能追回这部分赃款，极有可能导致苏氏集团破产，我市金融市场也将会面临改革开放以来最大的一次经济震荡。”

他抬起手来，在自己厚实的肩膀上拍了拍说道：“我刘仁伟已经在局党委立下军令状，我们只能成功，不能失败，这次，让我们一起扛起整个江城市的命运！”

“此次行动代号‘猎狐’！”

似乎是被刘大队长的气势所鼓舞，作战指挥室内的所有民警一齐站了起来，宏声道：

“保证完成任务！”

13. 马尼拉的偶遇

距离江城有史以来最大的电信诈骗案已经过去两天了。

讨薪的员工、讨尾款的建筑商和合作方、讨债的金融机构，纷纷堵在苏氏集团及苏宅的门口。

而且聚集数量越来越多，一度瘫痪了城市的部分交通。

苏宅之内也是一片惨淡愁云。

苏父虽然没有再寻短见，但满头花白的头发，精神也比以前差了不是一点半点，大部分时间都缩在躺椅上唉声叹气。哪里还有以前在江城指点江山、叱咤风云的模样。

客厅里的苏母也没有了以前颐指气使的贵太太模样，一刻不离地陪着苏锦文的父亲，生怕他有什么意外。

至于苏锦文的小表妹娜娜根本不敢在这样沉重的气氛里多说话，在客厅的一角自己玩手机。

片刻之后，一身休闲西装的苏锦文来到客厅，他看了看窝在躺椅上的父亲，缓缓开口道：“爸妈，我准备去菲律宾首都马尼拉一趟。”

苏父不解地看向自己的儿子，苏锦文继续说道：“我前几天用两百多万元买入菲律宾比索，原本委托给了一家马尼拉的信托公司管理，准备等菲律宾比索升值之后再抛出……”

他定了定神说道：“但现在的情况，必然得提前赎回了，不过这金额有点大，马尼拉的信托公司让我务必去一趟。”

“哦……”

苏父有气无力地回应了一声："路上小心点。"

苏锦文看到自己父亲颓废的模样，竟是"扑通"一声跪在了地上："爸、妈，要不是我一时大意，手机里中了木马，也不可能给家里招来这么大的灾祸……"

"这些都是我一手造成的，我也会一手承担。"

"把这一笔钱取出来之后，我就可以用这笔钱作为杠杆，先撬动一千万的资金，把面前困难的情况对付过去一阵子，然后再……"

苏父此时却幽幽说道："一千万……也就是我们枫林湾投资资金三个月的利息而已……"

"杯水车薪，有什么用呢！"

听到这样悲观的话语，苏锦文咬着嘴唇，沉声说道："哪怕你们不留给我一分钱，我相信，凭我自己的努力，我自己的聪明才智，我们苏家还会有东山再起的一天！"

他想了想，还是开口说道："徐素年跟我交往的时候，一直因为我富二代的身份，说我的一切都是你们给我的……"

"我想，我正好有了证明我自己能力的机会了！"

听到"徐素年"三个字，苏父与苏母的目光皆一愣，苏父叹了一口气说道："素素，的确是一个好姑娘！"

苏母也叹息道："我也听说了，她虽然跟你吵架了，还闹分手……"

"但是她为了我们家的案子，这几天都没有合眼……"

"哎，是我们错怪她了！"

她搁下手里的茶杯，懊悔道："可我们家现在变成这个样子了，她难道还肯嫁进我们苏家来受苦吗？"

听了这话，苏锦文蓦地抬起头来："爸，妈，你们的意思是……同意我们的婚事了？"

看到苏锦文的模样，苏父竟也露出了笑意，低声说道："瞧你这小子开心的样子……"

"说得好像人家姑娘现在就愿意嫁给你似的……"

老先生喝了一口茶，一句话就让苏锦文的脸直接红到了耳根上。

“你还是先想办法把人家姑娘追回来吧!”

“楼梯上那个耳光多响啊，我跟你妈都听得清清楚楚呢!”

……

一日后，马尼拉国际机场。

一架架飞机呼啸着划破马尼拉碧蓝的天空，缓缓降落在马尼拉国际机场的跑道上。

高大帅气的苏锦文混在一大群经济舱乘客当中显得十分扎眼。

他顺着人潮去取托运的物件，其中就包括他最宝贵的东西，也是徐素年跟他的定情信物，布偶猫 Kitty。

只是平日里乖巧黏人的 Kitty 此时从笼子里抱出来，一下子就变得焦躁不安起来。

苏锦文赶紧拿出一瓶矿泉水，一路边走边喂它喝，但 Kitty 一直在不安地摇着头，时不时还咬一下苏锦文的衣服，不管苏锦文如何安抚，Kitty 的情绪就安定不下来，相反的，Kitty 的动作越来越大。

“究竟是怎么了，最近 Kitty 也没生病啊，况且又不是头一次托运了，今天怎么这样子?”

苏锦文摸着 Kitty 的头，心里犯着嘀咕。

“喵呜，喵呜，喵呜” Kitty 一边叫着，一边还咬着苏锦文的袖口，拽向前面的方向。

苏锦文顺着 Kitty 头的方向看了一眼，不看不要紧，这一看苏锦文整个人都呆了，怪不得 Kitty 一路上闹个不停，感情不是它得了公主病，而是碰见了——徐素年!

只见戴着白色宽檐礼帽，一身纯白长裙，仙气飘飘的徐素年与身后戴着墨镜，身穿 T 恤衫，孔武有力的秦骏走在一起缓缓下了电梯，朝着飞机场的门口走去。

几辆黑色的奥迪轿车就停在机场门口的位置，居然还有人拉着一张红底白字的横幅，上面写着一行加大加粗的宋体汉字。

不过名字却不是“徐素年”而是——热烈欢迎爱丽丝小姐抵达马尼拉做学术交流!

“爱丽丝?”

虽然徐素年极少跟苏锦文提起自己做黑客的事情，但她的用户名，他这么多年来还是知道的，就是“爱丽丝”。

“难道说……”

苏锦文看到这一幕，眉头蓦地皱了起来，他将 Kitty 轻轻塞回到旅行背包里面，不声不响地跟了出去。

此时此刻，徐素年才走到奥迪轿车面前，就有一众官员迎了上来，纷纷与她握手。

徐素年矜持地与他们握了手，就坐进了一辆奥迪轿车里。

一旁的秦俊拎起大包小包，一件一件将它们放在了汽车的后备厢里面，正要坐进轿车里，却迎上来一名菲律宾的工作人员，示意秦骏坐后面一辆轿车。

秦骏看了徐素年一眼，便坐在了后面一辆轿车上。

待两人坐定，车队便如一条长蛇，缓缓启动了。

就在这时，秦骏的余光蓦地瞥到了什么。

只见一辆与车队的奥迪轿车一模一样的轿车此刻正如蛰伏的毒蛇，悄悄地跟在马尼拉政府的公车后面。

秦骏是特种兵退伍，眼力更是好得出奇，一眼就看出那辆黑色奥迪轿车的车牌号明显经过了套牌，居然与徐素年乘坐的奥迪轿车一模一样！

虽然在来之前，江城市公安局的专案组就已经设计好了把徐素年“送入虎穴”的计划，但此时此刻，诈骗团伙真的来了……还是叫秦骏捏了一大把汗。

一个看起来娇弱的女子，竟是要做深入虎穴的利剑。如何能不叫人担心呢?

眼见着套牌的奥迪轿车越来越近，秦骏的心也提到嗓子眼。

“千万千万，一定要保佑徐素年同志平安无事啊！”

14. 狸猫换太子

就在这时……

“轰隆”一声巨响，一辆半挂货车居然直接撞进了车队之中，径直撞在第二辆轿车的车头上。

秦骏只觉得身体骤然朝前一倾，整个身体陡然失重，难以控制地朝前撞去！

“嘭嘭嘭”几声闷响，奥迪轿车的安全气囊全部打开，瞬间就遮蔽了整个视线。

就在秦骏好不容易从轿车的安全气囊里爬出来，只见挂车司机正在跟车队的官员用英语解释着什么。

秦骏赶紧冲过撞击现场的残骸，来到徐素年乘坐的轿车旁边。

漆黑轿车的后座里，徐素年惊魂未定的面容露了出来。

“秦助理，发生什么事了？”

虽然面前的人，模样打扮与徐素年一模一样，但秦骏还是敏锐地感觉到了差异。

因为即便徐素年在外不会喊他“秦队”，一般也会直接喊他“秦骏”，绝对不可能喊他“秦助理”。

也就是说，面前的徐素年，已经被诈骗团伙调包了！

虽然秦骏之前考虑过很多种徐素年被劫走的可能，却根本没有想到，对方居然找了一个人化妆成徐素年，直接跟真人调包，玩了一出狸猫换太子的把戏。

这也就是说，真的徐素年已经在前往虎穴的路上了！

接下来几天，秦骏的任务就是稳住眼前这个假扮徐素年的“爱丽丝”小姐，等待着玄武木马被植入服务器，人赃并获的一刻了。

秦骏想到这里，迅速调整了过来，露出职业化保镖的笑容道：“爱丽丝小姐，看到您平安无恙，真的是太好了！”

……

就在这时，背着旅行包的苏锦文直接拦下一辆路边的摩托车，不由分说塞了一大把菲律宾比索给对方，旋即戴好头盔跨上摩托车，朝着一辆从车祸现场冲出来的漆黑奥迪轿车而去。

在车祸的一瞬间，秦骏的视线被安全气囊所阻隔，一直跟着车队的苏锦文却看得清清楚楚。

一辆与徐素年座驾一模一样的奥迪车直接冲了进来，原来开车的司机迅速地站起身换到了另外一辆车上。

给徐素年开车的司机是诈骗团伙的内应！

与此同时，徐素年所坐的奥迪车上，坐进去两名彪形大汉，以及一名蒙面的司机，没等徐素年发声就直接将车开走了。

载着徐素年的黑色奥迪车前脚刚离开，苏锦文就驾着摩托车跟了上去，与此同时，他掏出手机拨打了菲律宾警方的报警电话“117”。

苏锦文一边驾车一边用英语报警道：“我在马尼拉机场附近的道路，这里有一名女性被人绑架了，车牌号是……”

电话那头却传来菲律宾警察有些不耐烦的声音：“马尼拉机场周边那么大，我们怎么出警？你看看附近有没有什么标志物？”

此时载着徐素年的奥迪车似乎发现了苏锦文在追踪他们，直接拐进一条狭窄到仅容一车通过的贫民窟小巷子。

苏锦文这一下彻底着急了。

“标志物？！”

“人命关天，你们叫我找标志物？！”

他单手扶住车把手，大声用英语骂道：“你们这破房子都长一个样，我到哪里找标志物？”

话音未落，对方直接扔下了一句“F××× YOU”就挂断了电话。

苏锦文此时恨不得把手机都给摔了，他抬起手来，又按下了中国驻菲律宾大使馆的号码。

电话里传来了大使馆工作人员柔和的声音：

“您好，请问有什么可以帮您的？”

苏锦文大声用中文说道：“我是中华人民共和国在菲律宾旅行的公

民，我的女朋友在马尼拉机场被人绑架了！”

大使馆工作人员赶紧说道：“您好，请不要惊慌，打开手机的定位，告诉我们您的位置，现在就帮您转接……”

就在苏锦文低下头来，准备打开 GPS 的瞬间……

车上的徐素年也扭过头来，看到了一直跟着自己车辆的人。

原本她以为跟着自己的是秦骏，可是当她看到跟在车辆后面的是一身休闲西装，还背着旅行包，戴着安全头盔的苏锦文时……

她彻底惊住了。

他怎么会在这里？

下一秒，她的心中忽然就涌起了无数纷乱的想法。

苏锦文看到了她被绑架？

苏锦文是来救她的吗？

他这个傻瓜，为什么要以身犯险？

徐素年所有精密的计划，在这一刻，全部都被打乱了。

她摇下车窗，探出头来，奋不顾身地对着苏锦文用中文喊道：“别管我，你快走！”

下一秒，她就被车内的壮汉狠狠地将头按了回去，旋即……

似乎被苏锦文纠缠得失去了耐性，黑色轿车内，一把手枪伸了出来。

带着消音器的手枪瞬间喷出了子弹的火焰！

“砰！”

一颗子弹击穿了那辆老式摩托的前轮，几乎是贴着苏锦文的摩托车的油箱飞了过去。

一声惨叫，失去平衡的苏锦文被重重地抛了起来，旋即从摩托车上飞起，狠狠摔了下来。

“轰隆！”一声巨响，车内的两名壮汉看着燃烧爆炸的摩托车残骸，得意地冷笑了起来。

“真是小意思！”

“不自量力的小东西！”

徐素年不停地回过头去想看看苏锦文的安危，但是车辆越行越远，火光之中只能依稀看到他挣扎着想爬起来。

一时间，泪水滑过面颊，滴滴答答地落在她的白裙之上。

就在这时，一双大手忽然从她身后袭来，她感觉到鼻尖一凉，顿时意识到不对劲了。“坏了，是乙醚！”

下一秒，徐素年只觉得脑袋像灌了铅一般沉重，在麻醉气体的作用下，终于忍不住昏昏沉沉地睡了过去。

此时此刻，被调包的“爱丽丝”也来到了下榻的酒店。

酒店门口的棕榈树又高又大，车辆缓缓地停在两棵棕榈树之间，负责接待的菲律宾官员又亲切地与他们握手。

一切看起来都毫无异常，就好像不小心撞进车队的那一辆半挂货车，真的是一个冒失鬼开的一样。

这车祸不过是旅途当中一个叫人不太愉快的小插曲而已。

然而，此时此刻，“爱丽丝”的手机发送的一条短信已在路上了。

“小猫已回家，尽快抓老鼠！”

“收到！”一个穿着西装的中年男子此刻正驾驶着船朝岸边飞驶。

“老鼠已上钩，尽快联络猫。”此刻，看着步入酒店的“爱丽丝”的秦骏也给千里之外的褚健发去了这样一条消息。

“收到。”吃着泡面的褚健打开了仪器，两个红点不停地闪烁着，在马尼拉的地图上画出了一条诡异的曲线。

他兴奋地搓了搓手掌心：“一切顺利，终于要大干一场了！”

15. 真假徐素年

“这是哪里啊？”徐素年揉了揉眼睛，从床上坐起身来。

“你好，爱丽丝小姐，我叫张闵行，是丽莎集团的副总。”张闵行站起身，礼貌地对着刚醒过来的徐素年欠了欠身。

“你好，你还没回答我的问题呢。”徐素年明知故问地对着张闵行说了一句。

“是这样的，爱丽丝小姐，这里是我们公司总部，我们很冒昧地在您休息的时候邀请您来到我们的基地参观，对此，我深表歉意。”张闵行说完对着徐素年鞠了一个躬，“但是，爱丽丝小姐，请你随我看一下，我相信我们基地有一件东西你并不陌生。”

“我不陌生？什么东西？”徐素年从床上爬了起来。

“您的小乌龟。”张闵行说完走到了门边，徐素年下了床，紧紧地跟在张闵行的身后。

张闵行一边走一边给徐素年介绍着这个公司的概况、主要的经营范围。

徐素年一边假装一无所知地听着，一边在心里面暗叹，这个张闵行真是不简单，要不是早知道他所在的地方是一个大的诈骗窝点，自己说不定真的就相信了他说的话，只认为这是一个年轻有为的企业家和一家正常的企业。

两人一前一后地走着，走到了窗边，海风迎面吹了过来，湿润的海风夹带着一丝海水的腥味轻轻地摩挲着徐素年的脸颊，好不舒服，张闵行看着一脸享受的徐素年。

“怎么样？爱丽丝小姐，我们公司的环境您还适应吗？”张闵行在一旁问道。

你们的公司环境倒是真的不错，是在海边吧。”徐素年看似无心地问了一句。

“不是，海边离这里大概有十海里，这整个海岛都是我们公司的。”张闵行的话语里无不透露着自己的骄傲和自豪。

“爱丽丝小姐，等会我可以带您去我们这边最好的风景台参观，但是，在此之前，我们先得把正经事给办了。”张闵行又对着徐素年做了一个请的手势。

徐素年看了一眼远方，茫茫无际的大海在远处和蓝天连成一条白线。她的心里面响起了一声叹息，虽然不知苏锦文情况怎样，但目前也只能暂时放下，如他所说“把正经事给办了”。

张闵行继续在前面带着路，走过了一间又一间装饰新颖、科技感十足的办公室之后，两个人来到了一个铁门面前，张闵行用手抚摸了一下旁边的玻璃面板，整个面板突然亮了起来，他将自己的手掌贴合在面板上，睁大了右眼看着面板的上方，过了大约两秒钟，门上突然响起了一句话：

“请验证声纹。姓名？”

“张闵行。”

“接下来请跟我朗读以下五句话。”

“丽莎。”

“丽莎。”

“南青岛。”

“南青岛。”

“你好。”

“你好。”

“加油！”

“加油！”

“工作愉快！”

“工作愉快！”

张闵行说完最后一句话的时候，门打开了，门的左右两边各有一间暗室，一旁的徐素年感叹了一句：“你们公司居然还有防护更衣室。”

“爱丽丝小姐，再进去就是主服务器室了，为了避免您的身体受到大量的辐射而产生不良反应，我个人建议您，先进入防护更衣室更换防护服。”张闵行说完便帮徐素年打开了右手边的暗室，自己则静静地站在门边。

“张总，您不换吗？”徐素年进门之前问了一声。

“我等您进门之后，就去更换。”张闵行耐心地回答道。

“那我换了。”徐素年合上门，从门缝间看了一眼身后的张闵行，他果然跑到了左手边的防护更衣室去更换衣服了。

不一会儿，换好衣服的两人走进了设备间，一个巨大的服务器立在徐素年的面前，但是此刻却丝毫感受不到它在活动，仿佛一条盘在洞穴里冬眠的巨蛇，静静地等待着春天的到来。

“你们的服务器是怎么了？”徐素年问了一声。

“请您过来看。”张闵行将她带到了一个屏幕面前，上面显示了一个巨大的倒计时，倒计时的下方，一只小乌龟在爬来爬去。

“哈哈哈，和我的小乌龟好像哦！”徐素年说完跑到了屏幕面前。

“我说您很熟悉吧，虽然不知道，爱丽丝小姐为什么封锁我们的服务器，但是如果您能够帮助我们解开对于服务器的封锁的话，我们不但会将您安全地送达您下榻的酒店，还会补偿您的误工费。”

张闵行的脸上仍旧带着微笑，仿佛在说一件和自己毫不相干的事情。

“我没攻击你们的服务器啊，我只不过前两天看到了爱德华的小木马，好久不见，送了这个老朋友一点小礼物而已。”

徐素年的话语里满是无辜的口气，张闵行一边听着，一边暗自倒霉，要不是女孩亲口承认，他绝不会相信眼前这个仿佛人畜无害的女孩会是电脑黑客，倒霉之余，他深深地为老大临走之前做出的决定所折服，自己恭恭敬敬总是没错的。

爱德华、爱丽丝，姓爱的没一个好惹的，神仙打架，我们这种凡人还是烧烧香、去去财，花钱保平安吧。

“怎么？你们是爱德华的小弟？”徐素年回身问了一句。

“不是不是，我们的服务器也被爱德华攻击了，我们也是受害者啊，他的木马感染了你的病毒，所以我们的服务器就瘫痪了。”张闵行的话语里也透露着无辜。

信你才有鬼，蛇鼠一窝，出了事情就知道大难临头各自飞了，晚了！

心里虽然这么想，但徐素年嘴上却是另一番说辞：“真的吗？那倒是不好意思了，但是我的病毒一时半会儿估计解决不了，可能需要一些时间，幸好你们找我找得早，不然的话，到了一定时候我也没办法了。”

“那爱丽丝小姐，您看您什么时候能够开始工作？”张闵行问了一声。

“不急，我现在有点饿了，先吃个饭再说。”徐素年伸了个懒腰。

“好好好，我这就带您去餐厅。”张闵行加快了脚步，在前面带着路。

“我的行李箱，吃完饭记得给我送过来。”

“好!”

与此同时，一天逛下来，站在“爱丽丝”旁边的秦骏深深地感受到身边的这个女人不简单。

不仅仅是样子和徐素年一模一样，就连说话的声音也是相差无几，待人接物，无不透露着一股技术大牛的风范。

要不是秦骏对于徐素年还算熟悉，还真看不出来这个女人和徐素年有什么分别。

看起来简直就是徐素年的孪生姐妹一般，秦骏之前也听说过替身的事情，这一次亲眼所见，算是开了眼界。

回到酒店，那个女人说今天太累了，自己要在房间休息一会。

秦骏知道她这是要支开自己和诈骗集团那边联络，秦骏刚好也要通过褚健和徐素年联络，很干脆地就答应了。

16. 逃脱魔爪

与此同时，诈骗团伙窝点内，徐素年一点儿都不敢掉以轻心。

“爱丽丝小姐，不好意思打扰您用餐了。”张闵行捧着一个托盘过来了。

“有什么事情吗?”徐素年停下手里面的刀叉。

“我们老板要和您聊一下。”

“那行吧。”

“爱丽丝小姐，您好。”电话的另一端传来了一个女声。

“您好，想不到您居然是位女士。”徐素年心中一凛，老板是个女人，此刻大家并不知道这个消息，今晚得赶紧将消息传回去。

“吃住可还习惯?”那个女人很是热情。

“还行吧，您为什么不亲自来见我呢?”

“不好意思啊，爱丽丝小姐，我这两天在马尼拉办事，我们的副总张闵行可以全权代表我行事。”

“那不是很近吗？有空见见呗。”

“会有机会的，等事情办成了……，那您先吃饭吧，我就不打扰您啦。”

徐素年知道了这个消息，心里面装着事情，自然也就没了食欲，草草吃了两口就去了数据中心，她从书包的电脑里取出两枚装有“玄武二号”和“玄武三号”的移动硬盘，折腾了几个小时，终于，两个程序成功在电脑里工作了。

她又取出来将电脑系统在手机上做了一个备份，最后发了一串代码给褚健。

张闵行显然不是很有耐心，几乎每过一个小时就会来催促一次。

这一次，他又来了。

“爱丽丝小姐，您这边解开了吗?”张闵行看着屏幕上消失的倒计时钟表和小乌龟，进入到正常工作界面的系统，凑过来问了一句。

“你的银行账户多少?”徐素年问了一声张闵行。

“是这个，怎么啦?”张闵行从身上拿出来一张银行卡。

“OK!”徐素年看了一下，敲了一下键盘，张闵行只觉得手机一震，他掏出手机一看，到账了一分钱。

“好厉害，这样一来，我们的资金就可以正常使用了，对吧?”

“我这就去和老板汇报。”张闵行捧着手机，如获至宝地出去了。

不一会儿，张闵行捧着电话又回来了，电话里传来那个女人的声音。

“谢谢您，爱丽丝小姐，我想我们很快就能见面了，您吃完晚饭后上船吧，到时候我会在码头等您。”

“不客气!”徐素年说完走向洗手间，将原本的两个信号追踪器关掉了一个。

她当然不可能等到对方老板来了，吃完饭再走。

服务器的限制被解开只是她用于脱身的手段而已，她开启的只是一个程序的后门，等于是在一个小时之内，暂时解开了部分功能。包括这个电子转账功能，也被限额在五万美金之内。

一个小时之后，系统还是会被锁上，如果不输入她最初设定的密钥，任何人都没有办法救下被她“绑架”的系统。

也就是说，留给她离开这座魔窟的时间，仅有一个小时！

一千公里之外，褚健的屏幕上闪出了几行数字，不过叫小伙子完全不能理解的是，屏幕上除了0和1以外，没有任何别的数字，也没有任何的代码。

褚健喝了一口冰可乐，打了一个饱嗝，无奈地抓了抓脑袋：“啥意思啊？二进制密码啊？”

他就着嘴边的炸鸡，挨个破解之后，挠了挠脑袋狐疑道：“这句话翻译出来就是‘BOSS是个女人在马尼拉’？”

“啥意思啊？”

“有话不能好好说啊，偏要打哑谜啊？”

17. 黎明前的黑暗

此时此刻，马尼拉市政府为了欢送爱丽丝小姐，在本市最豪华的酒店举办了一场欢送酒会。

“爱丽丝”在席间频频受到各方人士的敬酒，纵使她再大的酒量，此刻也有些招架不住，秦骏更是片刻不敢离开“爱丽丝”的身边，不是因为要确保她的安全，而是因为她是嫌疑人。

可是让秦骏感到有些困惑的是……

明明是欢送宴会的会场，却偏偏多了很多身穿警服的菲律宾男子。

“不行了，我去一下洗手间。”“爱丽丝”满嘴酒气地对着秦俊招手，秦俊将她扶到洗手间的门口，眼看着她走了进去。

秦骏借着“爱丽丝”上厕所的机会，给菲律宾警方与自己的联系人拨通了电话，压低声音问道：“你们为什么安排了这么多的警力在这里？难道你们想打草惊蛇吗?”

电话那头则说道：“秦警官，我们是应中国大使馆的要求介入一场绑架案与一级谋杀案的!”

“绑架案?”

电话那头的菲律宾警官说道：“有中国公民向大使馆报警，声称自己的女朋友在马尼拉机场附近被人调包后绑架……”

秦骏听到这里，眉头蓦地皱了起来：“调包后绑架?”

“嗯，他还声称遭到了对方的枪击……”

“我们已经布控了整个会场，准备对嫌疑人进行抓捕……”

秦骏忍不住问道：“受害人叫什么名字，报警人呢?”

电话那边的菲律宾警官似乎低头看了一眼记录本，用蹩脚的中文说道：“被绑架的女孩子叫徐素年……”

“报警人是，苏——锦文。”

这一下差点把秦骏的下巴给惊掉了。

“苏锦文?”

“他怎么跑菲律宾来了!”

就在这时，会场内悠扬的大提琴声戛然而止，响起警察冲进来的脚步声。

“所有人举起手来!”

“把手放到身后，接受检查!”

英语的呵斥声此起彼伏。

“请中国大使馆派证人过来辨认嫌疑犯!”

听到这里，秦骏的脸色彻底变了。

“这些菲律宾警察，关键时刻打草惊蛇!”

想到这里，他猛地抬起脚，一脚踹开了厕所的门。

只见厕所的飘窗开着。

一种不祥的预感瞬间袭上了秦骏的心头，他将卫生间的门一间一间地推开，推到最后一扇门的时候，死活推不开，仿佛有什么东西顶着，他用力一踹，门裂了开来，一名昏迷不醒的女性躺在里面。

她的身上，散落地丢放着假徐素年参加酒会时所穿的衣服，以及一张和徐素年容貌几乎一模一样的面皮。

让人看得毛骨悚然。

“不好，上当了!”当秦骏扑到窗台边看的时候，才发现窗台下面有一处花圃，花圃旁边踩着空调柜机就可以到下面一层!

假冒徐素年的嫌疑人，跑了!

此时此刻，远处一座大楼的楼顶，伴随着一阵直升机的轰鸣，一架直升机凌空而起，直接朝着海上飞了过去!

“不好，小徐有危险!”

秦骏赶忙拨通了越洋电话，电话的另一端是刘大队长。

“刘队，诈骗团伙发觉了，赶紧通知小徐同志撤离。”秦骏的声音十分急促。

“怎么搞的……好，我知道了。”

秦骏看着自己的手机，里面静静地躺着一条短信，是褚健给他发来的：“老板是女的，在马尼拉。”

这就是徐素年给褚健的二进制密码解出来的谜底。

“该死的，怎么不早点发来啊!”

秦骏懊恼道。

直到直升机升起的那一刻，秦骏才验证了自己的猜想，他陪了这么多天的女人，就是这个诈骗集团的大老板。

直升机上的女人轻轻地从手袋里拿出手机，拨通了电话：“爱丽丝出发了吗？要是还没有出发，就拦下她，等我回来；要是出发了……”

她咬牙切齿道：“就把她给我抓回来!”

“她是个——卧底!”

张闵行听到“卧底”两个字一下子就惊住了。

他大声命令道：“打电话给开船的人，让他们返航!”

“还有，派岸上的快艇去追，一定要把那艘船给追回来!”

十分钟前，徐素年好不容易婉拒了张闵行的挽留，要求不等老板回来，提前启航了。

此时，归程船上的徐素年心急如焚。

突然，船上的一个人走了出去，徐素年心生警觉，莫不是事情暴露了。

只见那个人在船舱外待了一会，回来的时候，脸上的笑容消失了，经过徐素年身边的时候，也不像平时那般客气，招呼都没打直接进了驾驶舱。

“事情肯定暴露了！”

徐素年迅速做出了判断，并且根据自己不多的实战经验开始盘算起一会儿的战斗来。

她瞥了一眼坐在身边玩手机玩得入神的男子，分析了自己现在所处的状况。

“这艘船上一共有三名男子，看胳膊应该都有锻炼的习惯，不能打持久战，只能一招制敌！”

“好在我是一个女人，他们不一定提防我！”

想到这里，徐素年突然间对着身旁的男子笑了起来，那个男子还没搞清楚状况，徐素年已是反手一掌斜劈，男子还没明白怎么回事就倒在了地上。

轻松解决掉看守自己的这个人，徐素年蹑手蹑脚地走进了驾驶舱，舱门口正听到里面两人用中文在对话。

“老板叫我们立刻把船开回去！”

“这个女人是警方的卧底，一会儿我们去抓住她，捆好了。”

“要是让她跳海跑了，我们肯定要被老板炒了！”

就在两人商议着怎么捉徐素年的时候，驾驶舱外，徐素年也在盘算着怎么制服这两名歹徒。

她看了一眼两人，狭小的驾驶舱必然导致打了一个惊动另一个，徐素年看着正在迂回掉头，准备返航的航船，咬了咬牙。

“嘭！”

徐素年用力一脚蹬开了驾驶舱的舱门，旋即以迅雷不及掩耳之势，如雌狮猛地朝身材较为瘦小的一人扑去！

“喝啊!”

一记飞踢，直接就将一名男子倒踢，后脑勺狠狠撞在了舱壁之上，一下子就昏了过去!

正当徐素年准备返身对付另外一人时……

“呼!”

徐素年骤然回身，只感觉一阵掌风，正是身后那人偷袭打过来的拳头，带着老茧的拳头上不知含着多少暗劲。

徐素年赶紧偏了一下头，拳头从她的耳边擦过，她当即反身一脚，直接朝男子的小腹踢去!

男子还没反应过来，只觉得小腹一阵疼痛，正要向后退去，徐素年的身体顺势向后一撞，左膝盖直接顶住了男子的腹部，正要将他制服，陡然……

“喝啊!”

男子吃劲之下不知从何处爆发出一股力量，竟一把抓住了徐素年的胳膊，将她整个人甩到了空中。

“啪!”

空气中传来似藤条甩动的锐响，千钧一发之际，徐素年猛地拽住了他的右手，借着力气完成了一个抛物线，双脚狠狠地踢在了男子的脸上!

那魁梧男子不由自主向后退了几步，却抬起手来，擦了擦脸上的鲜血，冷冷地笑了一声：“身手不错啊，爱丽丝小姐，可惜，你遇上了我。”

徐素年整个身子都绷紧了，看着眼前站立的男子，突然间，她大喝一声，一脚踹了过去。

那男子笑了笑：“老套路，不管用了。”

他随身一闪，轻松躲过了徐素年的攻击，徐素年此刻也没闲着，扭身几拳头就跟了上去，可惜那男子似乎不太理会徐素年的拳头，任凭她打在自己身上。

就在徐素年收拳的瞬间，他看准机会，“嘭”的一拳，直接捶在了徐素年的胸口！

徐素年被打得不由自主地飞了出去，只觉得胸口一阵气短，深吸了一口气才压住要喷出来的鲜血。

就在此时，魁梧男子如饿虎扑羊，再次冲了上来！

徐素年看到这男子扑了上来，竟直接朝驾驶舱外跑去。

魁梧男子扑了个空，直接一拳轰在了驾驶舱的金属舱壁上，就在他的重拳卡在金属舱壁上的同时，一道身影猛地窜了回来，矫健如风。

只见徐素年突然间反腿一蹬，整个人跳到了舱顶的位置，那男人看的眼睛愣住了，下一秒，徐素年修长的小腿出现在他的眼前，如同一根铁棒，迅速扫过他的面颊。

“扑通、扑通”两声闷响，徐素年与魁梧男子同时倒在地上，片刻之后，徐素年缓缓站了起来。

就在这时，身后的海面上突然传来了快艇破浪的爆裂声。

马达声隔着数海里都能听得一清二楚。

“不好了，他们追来了！”

“听声音有五艘快艇，这个岛上一共就五艘快艇，居然全都派出来追我了！”

徐素年随手抓起驾驶舱里的一把手枪，熟练地打开弹夹，看到满满的子弹。

她将子弹上膛，深深地吸了一口气，又吐了出来！

“实弹射击吗？”

“我当年可是警校的标兵！”

趁着摩托快艇追来的时间，她迅速地完成了两件事情。

第一件事，将“玄武二号”“玄武三号”的操作系统移植到自己的防水手机上，再贴身绑好。

第二件事，她将汽船调转船头，开到了最大马力，直接朝着别墅海岛的方向冲去。

原本还在追击的摩托快艇看到汽船调头，还以为自己的同伴在船上得手了，刚要松懈，冷不丁几声冷枪响起。

徐素年连续开了两枪。

对方似乎根本没有想到有冷枪，更没有想到对方的枪法居然这么准，当即就有两名歹徒掉进了海里。

就在这些摩托快艇上的歹徒刹住快艇，开始朝着徐素年的方向开枪时，徐素年已快速移动到了汽船的另外一侧。

又是一枪，紧贴着一名驾驶员的头顶飞了过去。

要不是这驾驶员机灵，刚才的一枪，可以直接掀掉他的天灵盖了。

就在他惊魂未定时，又是一声枪响，坐在他旁边的同伴痛苦地捂住胸口，中弹坠海！

开枪四次，命中三人！

这样的命中率，简直叫人不寒而栗。

终于，有歹徒崩溃了。

快艇上的歹徒端出冲锋枪，开始朝着汽船盲目地扫射起来。

徐素年听到船舱外面“噼噼啪啪”的爆响，以及船舱上随处可见的枪眼，也知道最后的时刻到了。

她在墙角隐蔽好，取出一桶备用燃油，打开之后倒在了甲板上。

就在漆黑的燃油如水一般，顺着夹板流淌下来的瞬间，徐素年身如飞燕，义无反顾地从船尾朝海中跳去！

与此同时，子弹击中甲板上的燃油，瞬间燃起了熊熊大火。

刹那间，整条汽船仿佛变成了一头浑身浴火的怪兽，拼命地朝追击来的五艘快艇撞去！

“轰隆！”

汽船路径上的两条快艇被撞到半空，其中一条直接半空解体，裂成两半。

另外两艘快艇还没有来得及躲闪，就被这两艘快艇的残骸击沉，最后一艘快艇直接被巨浪吞没。

片刻之后，已经变成火船的汽船狠狠撞击在孤岛的码头上！

巨大的爆炸声中，码头上所有的船只全数化为残骸废墟。

黑色夜空中，一个面容精致的女人坐在直升机上，焦急地盯着远处的海平面。

直到一声巨响，火光从不远处腾起，她的目光刹那间就变了。

“返程吧！”

驾驶员正要迂回返航，女子却又说道：“不回菲律宾了，到新加坡去！”

她咬着牙，双眼里满是怒火。

“我一定要让这个丫头付出代价！”

18. 坦白从宽，抗拒从严

菲律宾，度假胜地，长滩岛。

碧海蓝天下，号称“全世界最浪漫的沙滩”的长滩岛吸引着无数游客慕名而来。

可就在海滩上的游客们或尽情享受阳光，或在沙滩上追逐海浪，嬉戏打闹时，一个浑身衣服湿透，紧紧贴在身上的女人缓缓从海浪的潮汐里走了上来。

腆着啤酒肚在海滩上晒太阳的菲律宾警察看到这一幕，一下子从躺椅上爬了起来。

很明显，面前这个女人不是前来享受阳光沙滩的游客，最关键的是，虽然她浑身都湿透了，秀发紧贴在头皮上，衣服紧贴在皮肤上，但是手里却抓着一支警用手枪，这在不禁枪的菲律宾，毫无疑问，绝对是一把真家伙！

两名菲律宾警察几乎同时掏出了手枪，对准那个女人，用带着本地口音的菲律宾语质问道：“放下枪，你是什么人？”

那个从水里游上来的女人用纯正发音的菲律宾语回答道：“我是中国人，中华人民共和国苏省江城市公安局民警徐素年，请安排一架直升机送我回马尼拉警局，我有重要的情报要与贵国警方沟通！”

面对两名愣住了的菲律宾警察，徐素年淡淡地用英语说道：“如果你们听不太懂，我可以用英语给你们复述一遍！”

在长滩岛回马尼拉警局的路上，海天碧蓝如洗，看着飞机舷窗外的美景，徐素年长长地舒了一口气。

她从自己口袋里取出防水的手机，想了想，先给秦骏发了一条短信。

那是两条成语。

“釜底抽薪，关门打狗！”

随后她发送了一个定位信息给秦骏。

秦骏很快回复道：“剑已出鞘，预祝凯旋。”

得到秦骏这句肯定的回复，徐素年也卸下了肩膀上的重担，她倚在座椅上，刚要睡去，忽然想起一个人的名字来。

但翻出那个人的名字，她的手指却一再迟疑，也没有按下发送键，犹豫再三，还是将手机收了起来，向后倚在了座椅的靠背上。

她选择不告诉苏锦文这个消息。

虽然犯罪分子必然会落网，凭借徐素年掌握的证据也一定会被引渡回国定罪判刑，但能够抓到什么级别的头目，目前尚未可知……

赃款能不能够追回，可以追回多少，也尚未可知。

在什么都不确定的情况之下，若是给了苏家希望，再追不回赃款，恐怕苏锦文还没有崩溃，苏家父母就已经崩溃了。

毕竟在这世上，最叫人痛苦的并非是绝望，而是给了希望却又失望的绝望。

她想了想，取出手机，进入一个界面，输入了最后一串指令，便倚在座椅上闭目睡去了。

就在徐素年好不容易可以休息的时候，六架直升机已经越海而来，盘旋在海岛别墅犯罪集团窝点的上空。

十几名荷枪实弹的特警从天而降，大声用英语向屋内喊话，跟队前来的秦骏亦在直升机上，用扩音喇叭大声喊道：“立刻解除武装，放弃抵抗，你们已经被包围了！”

“把手背在身后，靠墙边站好！”

出人意料的一幕出现了，窝点里的所有犯罪分子，居然没有丝毫抵抗，十分配合地以手抱头，在墙边排队站好。

只有一名中层站了出来，似乎有什么话要跟秦骏他们说。

他正是窝点的负责人，张闵行。

就在这时……

“F×××!”

负责采集证据的菲律宾警察忽然用英语大骂了起来。

只见所有的机器上，所有的数据已经被彻底摧毁清除殆尽。

留给特警们的只有干净整洁、一个文件都没有的桌面，仿佛几十台电脑都挂着犯罪分子不怀好意的嘲讽笑容。

张闵行忽然笑了起来，用不怎么熟练的英语道：“我们是依法纳税的企业，你们这是什么意思，打劫外国公司？菲律宾的治安这么差吗?”

一时间，菲律宾一方的特警们哑口无言。

捉贼要捉赃，难怪犯罪分子如此配合，原来是犯罪团伙从直升机进入他们雷达范围时，就已经销毁了所有的犯罪证据，只等着特警们进来“自投罗网”。

拿不到证据，自然就无法将他们定罪，更不可能引渡回中国，不仅如此，他们还可以以菲律宾警方非法闯入私人公司，窃取公司机密为由，申请国家赔偿。

难怪这名诈骗团伙的中层遇到特警上门，不但不慌，还能够笑出声来。

可他的笑容持续了不到十秒，就彻底僵住了。

只见所有被清除了数据的电脑一齐黑屏，旋即重新开机，进入系统，竟然直接开始还原数据!

诈骗用的号码本、转账用的银行卡列表、金额走向、联系人的方式……一个又一个的文件，像变戏法一样出现在了电脑屏幕上。

“不可能!”

张闵行顿时就慌了。

他根本想不明白，所有的数据都已经被他们清除干净了，他们其他的窝点遇到类似的事情，也都是这样解决的。

怎么会这样？

他的眼神中陡然闪过狠辣之色，猛地从西装口袋里掏出一个类似遥控器的东西，正要按下……

“呯！”

一声枪响，特种兵退役的秦骏一枪直接击穿了张闵行的手掌，连带着他手里的遥控器一起被打得粉碎。

就在张闵行被控制住的时刻，在别墅内进行搜索的菲律宾特警大声用英语说道：“发现爆炸物，屋内发现大量爆炸物！”

众人听到这话，再联想起之前张闵行的行为，一个个都惊出了一身冷汗。

别看这犯罪分子瘦瘦高高，一身西装，还蛮斯文的模样，居然要引爆炸药将窝点彻底摧毁，拉上同伙与特警同归于尽！

刚才如果不是秦骏眼疾手快，枪法神准，后果不堪设想。

就在这时，秦骏俯下身来，取出一副铮亮的手铐，直接铐在了张闵行的双手上，厉声说道：“犯罪嫌疑人，根据《中华人民共和国刑法》，你现已被中华人民共和国江城市公安局依法抓捕，请你积极配合……”

“坦白从宽，抗拒从严！”

张闵行的遥控器被子弹打得粉碎，他似乎失去了最后一丝的疯狂，无力地低下头，盯着流血不止的手掌，喃喃自语道：“抓我吧……你们抓到了我，也不能怎么样的！”

马尼拉市警局，屋顶停机坪，负责与秦骏联络的菲律宾警察约翰已经在停机坪上等候多时。

“欢迎你安全归来，徐素年警官！”

约翰伸出手来将徐素年接下直升机，两双手紧紧地握在了一起。

站在约翰身边的警察也上前，由衷地赞叹道：“徐警官，你让我改变了对于中国警察，尤其是中国女警察的刻板印象，你以身试险，深入虎穴的勇气，让我佩服！”

就在这时，一名夹着笔记本的女警走到了停机坪上，用英语对着两名菲律宾警官说道：“行动组传来最新消息，抓捕行动一切顺利，正在返航。”

徐素年听到抓捕一切顺利，会心一笑。

她知道，自己的最后一个指令，应该是帮了秦骏的大忙。

19. 不忘初心，砥砺前行

当晚，菲律宾首都马尼拉霓虹璀璨。

来自世界各地的游客，尽情享受着夜色下的狂欢。

马尼拉警局，用强化玻璃隔离出来的审讯室里，灯火通明。

从接电话、打电话的话务员，到负责联系“水房”洗钱的职员，到张闵行本人，都在连夜接受中菲两国警方的讯问。

由于案件事实清楚，证据确凿，可以形成完整的证据链条，几乎没有人可以抵赖，他们纷纷将自己所知道的犯罪情况交代了出来，争取得到中国警方的宽大处理。

即便如此，所有人交代完问题，已经过去一整晚，时间到了第二天早上八点了。

秦骏虽一宿没有合眼，却依旧精神抖擞地拿着笔录去找一直在警局休息室里等消息的徐素年。

他抬起手礼貌地在门上敲了几下，用沙哑的嗓音在门外喊道：

“徐素年同志，我这里有一个好消息和一个坏消息要告诉你，你要先听哪一个？”

睡在沙发上的徐素年，本来就睡得不深，此时在异国他乡听到秦副队长居然还叫自己“徐素年同志”，顿时就莫名地觉得喜感，“噗哧”一声掩口笑了起来。

她拢了拢有些杂乱的长发，从沙发床上坐了起来，整理了一下身上的警服，推门而出，一眼就看到了秦骏因为熬夜而布满血丝却散发着兴奋神采的眼睛。

没等徐素年发问，秦骏自己忍不住先说道：“犯罪嫌疑人被冻结的账户内金额有一千万美金，而且他为了获得减刑，积极要求退赃……”

徐素年听到冻结的账户里有一千万美金，又为了获得减刑，主动要求退赃，心里立刻就欣喜了起来。

也就是说，苏锦文家被诈骗走的四千三百多万元，能够追回来了。

可就在这时，秦骏却流露出一个造化弄人的无奈表情道：“可是谁也没有想到，犯罪团伙的账户自己出了问题，资金只能进，不能出……他们虽然想要退赃，但钱根本取不出来。”

“你说这好玩不好玩。”

秦骏又补充道：“他们昨天晚上也承认了，前几天我市的另外两起电信诈骗案件，也是他们下辖的诈骗团队所为，他们也愿意承担退赃的义务……”

“但是这钱取不出来，真是叫人感到很头疼啊！”

徐素年听到秦骏说犯罪团伙的钱取不出来，不禁“咯咯”地笑出声来。

这一笑，可把秦骏给笑懵了。

“徐素年同志，你怎么一点儿都不难过，还高兴啊？”

就在这时，值班室外面的菲律宾女警领着一名身穿白衬衫，手捧玫瑰花，背着双肩包的高瘦青年走了进来。

“徐警官，这位先生点名要求见您。”

“您看……”

女警话还没有说完，徐素年已经惊叫了起来：“苏……苏锦文?!”

“你……你没事吧？”

没等苏锦文回答，徐素年一把拉住苏锦文，言语之中透着辛酸道：“你干吗要追那辆车，那么危险，你……你吓死我了！”

“你没有中枪吧？好……太好了！”

苏锦文笑着说道：“要是看到自己的女人被绑架了都能袖手旁观，我还是个男人吗？”

“再说了，我命大的很，哪那么容易死！”

徐素年听了这话，琼鼻一歪，不悦道：“你这是运气好，你下次再敢做这么危险的事情，我……我绝对不饶你！”

苏锦文笑道：“你也是，再敢这样以身犯险，我也不饶你！”

徐素年甜甜地笑了一下说道：“你没事就好，看在你英雄救美，差点丢命的份上……就不追究你这个渣男出轨的事情了！”

她正色道：“但是，下不为例！”

苏锦文先是一愣，旋即意识到了什么，哂笑道：“出什么轨啊！”

“那是娜娜，还记得吗？你大四，我们才认识那时候来你学校玩过的，当时她还是个十四岁的小胖妞……”

“追着你喊嫂子，还跟你要绿箭口香糖吃！”

徐素年一愣，一副不相信的样子，苏锦文又解释道：“她后来减肥又健身，谁见到她都不认识了……”

“你也知道我家家教很严，我就算想带女孩子回家住，我爸妈能同意吗？”

苏锦文无奈地苦笑道：“素素，这口黑锅，有点沉啊！”

听了这话，徐素年终于开朗地笑起来。

她抬起粉拳在苏锦文胸口捶了一捶说道：“你不早说嘛？”

“多说一句能死啊，害得我不高兴了那么多天！”

苏锦文依旧委屈道：“我这不是还没解释，你一个巴掌就上来了吗？”

听到这话，连立在身边的秦骏都忍不住哈哈大笑起来。

然而就在这时，苏锦文又做出了惊人的举动。

他缓缓走到徐素年身前，将手里捧着的一大捧鲜红玫瑰花不由分说地递到了她的面前。

不只是当事人，就连立在旁边，正在跟徐素年商量案情的秦骏都惊住了。

“你……你这是做什么？”

苏锦文一下子单膝跪了下来，双手捧着玫瑰花对着徐素年深情地说道：

“素素，机票是我用自己的钱买的，花也是……”

“我们家现在被骗得一贫如洗，我父母也终于通过这件事情，认可了你的正直，也愿意支持你的工作和理想了……”

苏锦文的这番话，虽然这些天里对着镜子练过无数次，此时此刻声音却还是不由自主地微微颤抖。

“虽然我不再是家财万贯的苏大少，只是个一穷二白的臭小子。”

“我可能配不上你这样优秀的女警，但是……”

苏锦文急于剖白道：“但我至少也是一个学金融的，我依旧可以用自己的双手创造我们未来的幸福生活!”

“素素，嫁给我吧!”

八点半钟，还没有进入工作节奏的菲律宾警察们哪能放过这样的八卦新闻，听到动静，纷纷朝着值班室看了过来。

有菲律宾警察用蹩脚的中文起哄道：

“戒……戒指，求婚用的，在哪里呢?”

一旁的秦骏也笑道：“好你个苏锦文，求婚戒指都没有，就想骗走我们反诈中心的警花素素，你空手套白狼啊!”

哪里知道苏锦文丝毫不慌张，更没有被难倒，将背着的双肩包放了下来，打开了背包拉链。

在所有人的惊叹声中，布偶猫 Kitty 被苏锦文抱在了手里，在纯白布偶猫的两只毛茸茸的小爪子中间，正托着一只精致却不奢华的戒指盒!

配上布偶猫 Kitty 湛蓝无邪的眼底，可爱的表情就好像是在对徐素年说：“嫁给他吧，你一定要嫁给他哦!”

“你，你怎么把 Kitty 也带来了?”

徐素年因为惊讶与喜悦轻掩住自己的嘴巴，听到抱着 Kitty 求婚的苏锦文笑着说道：“这是我们谈恋爱以后你送我的第一件礼物，也是我们感情的见证人……”

“它是你与我的初心啊!”

“我向你求婚，怎么能缺了它呢!”

话音落下，虽然很多菲律宾警察的中文不好，没有完全听懂苏锦文与徐素年的对话，但是这并不妨碍他们与面前的这一对情侣分享此时此刻的喜悦。

“嫁给他!”

“答应他!”

“答应他啊!”

菲律宾语与英语的祝福混合在浓烈到化不开的热情中间，如刚刚起开瓶盖的香槟酒，叫人心旷神怡。

徐素年的脸色酡红，如饮下醇酒一般，轻轻接过求婚戒指，在众人的欢呼声中，苏锦文庄重地把戒指戴在了她左手的无名指上。

顿时，全场的欢呼声和鼓掌越发热烈起来。

此时此刻，彼此相拥的两人，嘴唇印上嘴唇，似是在品尝三年陈酿的感情，终于酿出的甘美醇酒。

唇分，徐素年却俯下身，抱起了乖巧坐在地上的 Kitty，托在怀里，笑着说道：“我们跟 Kitty 来一张自拍合照吧?”

手机闪光灯闪动，徐素年、苏锦文、可爱的布偶猫 Kitty 都笑得很开心，隔着照片都能够闻到幸福的甜腻味道。

然而就在这时，楼下负责追赃的菲律宾警官一下子冲了上来。

“解冻了，他们的账户解冻了!”

“赶紧控制他们的银行账户，跟踪所有的交易记录!”

秦骏听到这话，顿时一惊：“解冻了? 那不就是说，嫌疑人可以退赃了?”

他蓦地想起了什么，再联想起之前徐素年听说账户冻结不能退赃时的笑声，看向自己这位得力干将的眼神都奇怪了起来。

“徐素年同志，这……这事不会跟你也有什么关系吧?”

徐素年笑着抱起了 Kitty，揉着它柔顺的毛皮说道：“因为那个木马病毒的最后一道密码，是 Kitty 的虹膜扫描。”

“犯罪集团就算再神通广大，也不可能破解一只猫的虹膜密码!”

秦骏已经忍不住笑了起来：“徐素年同志，你可……哎哟，你可真是古灵精怪得要命啊!”

听了徐素年和秦骏的对话，两人虽说的是中文，苏锦文每个字都懂，连起来是什么意思却不理解，茫然地问道：“秦队长，素素老婆，你们这都在说些什么呢?”

徐素年还没说话，秦骏拍了拍苏锦文的肩膀说道：“苏大少，恭喜啊!”

“你们家被骗的钱，能找回来了!”

苏锦文一开始还当秦骏是在消遣自己，又听徐素年说道：“先给伯父打个电话，让他放心吧!”

“追赃、退赃需要一个法定的流程，让伯父只要耐心等待几天就好了!”

苏锦文这才意识到喜从天降，不由自主地一把抓住徐素年的手道：“这……这是真的吗?”

秦骏和徐素年都笑了起来。

徐素年掩口笑道：“怎么? 苏大少还是苏大少，是不是感觉娶了一个小民警亏大发了?”

苏锦文正要矢口否认，秦骏的手机忽然响了起来。

秦骏只听了几句便将手机递给了身边的徐素年，低声说道：“刘大队长的电话，指名要你来接!”

徐素年敛起笑意，正色接过了电话，只听大洋彼岸的刘大队长声音从手机里传了出来。

“徐素年同志，局领导得知你在菲律宾的出色表现，让我先给予你口头嘉奖，希望你再接再厉，继续做保卫人民财产安全的‘花木兰’!”

徐素年正色回答道：“感谢刘队，这都是我作为一名人民公安应该做的!”

刘大队长又继续说道：“但如今电信诈骗案件高发态势依旧不减，更兼有跨国团伙、境外势力参与，情况变得更加复杂……”

“昨天省城又发生多起大额电信诈骗案，省厅高度重视，要各地级市抽调人手前往支援。”

“今天下午从马尼拉到省城的归国航班已经为你跟秦骏订好了，请你们下飞机后即刻前往省厅报到……”

电话那头，刘大队长的声音坚毅沉稳，他带着莫大的决心说道：“一定要将犯罪分子揪出来绳之以法，要让他们知道，公安天网，疏而不漏！”

接电话的徐素年沉声回答道：“刘队，我们保证完成任务！”

放下电话，徐素年看向苏锦文的目光带上了一丝歉意：“锦文，我们一直想来菲律宾度假的……现在看来，我又得回去忙了。”

苏锦文却握住未婚妻的手，笑着说道：“素素，你在警校的时候，就跟我说以后要做警察，这是你的初心所在……”

“我本来一直都不赞成你做警察，觉得又苦又没有钱，说不定还会有危险……反正这个世界少了谁都可以转，干吗要自己的爱人去保护别人，冲锋陷阵呢？”

他看着面前的徐素年，笑着说道：“但是我发现，我以前错了。”

“我之前总以为这世上多是岁月静好，却独独没有看到警徽之下你们负重前行所付出的巨大努力，甚至是牺牲……”

他深情款款，说出了考虑许久的决定。

“我，无条件支持你的一切工作！”

“如果说要给这个决定加个期限，我希望是——地久天长！”

幽灵捕手

幽灵捕手

在菲律宾抓获了跨国诈骗集团，也意外收获苏锦文求婚的徐素年，接到了“大刘”要求她与秦骏尽快回国的紧急任务。

省城近期发生多起匪夷所思的电信诈骗案件，受害者往往一觉醒来，所有虚拟账户里的财产被洗劫一空，且没有留下任何痕迹，仿佛是幽灵作案，引起了舆论极大的恐慌。

作为技术骨干被调往省厅支援的徐素年，刚到单位就遇到了被称为“黑客杀手”的同事林剑锋的蔑视与挑衅，扬言如果徐素年输了黑客对决，就要乖乖做他的下属。

徐素年能否赢下黑客对决，维护自己的尊严；她又能否揪出幽灵伪装下的幕后黑手呢？

扫一扫
听听发生了什么

1. 夜幕下的幽灵

十二月三日，北京时间二十二点整。

夜幕之下，明亮的路灯像一条条珍珠项链一样点缀在夜色旖旎的面容之下。

灯下是来往穿梭的车流，主干道、商业街的霓虹灯下，嘈杂与喧闹的音乐伴随着来来往往、衣着时尚的摩登男女。

形形色色、各式各样的人，无论贫穷富有、忙碌悠闲，都在同框之中，宛如绘声绘色的浮世画卷。

“停！”

屏幕前，一名身穿蓝色警服，神色严峻的中年男子沉声命令道。

他的肩膀上，是一枚橄榄枝加上一朵四角星花。

这是三级警监的标志。

“把这一段视频监控重新倒回去给我一帧一帧地看。”

“我去申请资料库调取权限，你们给我反反复复地看，一个人一个人地做比对，发现任何可疑，立刻汇报给陈焱副主任，不，直接汇报给我！”

警服男子松了松衣领，声音中竟带了一丝疲惫与焦躁。

“这里是大亚湾的永达广场，下面是商户，上面是住宅区，事故地点就在上面的高档住宅小区君临世纪花园。”

“要进入君临世纪花园只有两个途径，一是乘坐直达十层以上的电梯，但那需要刷小区业主物业卡。”

“还有就是从永达广场到十楼，再通过没有监控摄像头的消防通道上去。”

“永达广场晚上十点钟就关门打烊了！”

“我就不信了！”

“这家伙居然可以毫无痕迹地跑进住宅区作案……”

“难不成是个长翅膀飞上去的幽灵吗？”

中年警服男子说到这里，重重拍了一下桌子，对着众多干警大声说道：“就算他们是小鬼，我们苏省反通讯诈骗中心也是能抓妖魔鬼怪的钟馗!”

“不然的话，人民养着我们公安干警何用？省厅养着我们这群刑警吃干饭的吗？”

正说到气头上，突然他的手边递上来一杯热茶，旋即一个个子不高的胖脸警察凑了上来。

“欧阳主任，消消气，您先消消气，为这几个毛贼，别把自己给气坏了……”

“像您这样已经是县处级的领导，还披肝沥胆，奋战在破案一线的警队楷模，若是气坏了，累倒了，那可是党和人民的损失啊!”

只见那个说话的中年警官，戴了一副金丝边的眼镜，小眼睛，短眉毛，明明斯斯文文一张的白脸，却有跟精明强干警察有明显差别的赘肉松松垮垮地挂在脸上。

不过这些赘肉也不是全无好处，至少在他递上这一杯茶的时候，笑得格外憨态可掬。

“欧阳主任，您这么拼命，年轻人还怎么建功立业啊？”

“您好歹给他们一些表现的机会啊!”

铁骨铮铮的欧阳正刚听了圆脸警官的话，只得苦笑着说道：“老陈，你这话说的，哎……”

一旁的圆脸警官，肩上是两道横杠加三枚四角星花，也就是俗称的两杠三星，是一名一级警督。

他正是苏省反通讯诈骗中心的副主任，陈焱。

陈焱恭维着笑道：“欧阳主任，这案子距离案发已接近二十四个小时了，想要追回赃款基本上是不可能了。”

“您都熬了十个小时没有休息了，累坏了身体真的是不值得啊!”

欧阳正刚苦笑道：“老陈同志，你也不是不知道情况……”

“这个‘幽灵’近期连连得手，就好像故意跟我们省厅对着干一样，连续作案、反复作案，而且犯罪金额一票比一票大，经过社交媒体添油加醋，在社会上引起了不小的恐慌……”

“部里下文件了，要求这种新型电信诈骗案件必须破，我哪里还能睡得着，坐得住哟！”

陈焱憨态可掬地笑道：“欧阳主任，下午的时候，江城市公安局那回信了，他们反诈中心的两个骨干民警，刚刚在马尼拉办结了一桩案子，已经从菲律宾直接往省城飞过来了…… “

他看了看表说道：“算算时间，差不多凌晨三点到，明天一早就来中心报到了！”

“您这样的领导，代表的可是我们苏省反通讯诈骗中心，乃至省厅的形象……”

“若是他们看到您这样的领导都不眠不休，眼睛熬得通红，还以为我们省里多缺人手，出了多大的乱子呢……”

陈焱笑道：“我们省里的反通讯诈骗中心，岂不是要被地市里的同志们看扁了！”

听到陈焱的话，欧阳正刚的脸上终是露出一抹喜色：“呵，还是大刘给力啊……说要调几个精兵强将过来，立刻就把人给我送来了！”

“尤其是那个叫徐素年的丫头……”

欧阳正刚笑道:“老陈，你别看她年纪小，才从警校毕业没几年……”

“有她一个，可以抵得上十个网安民警！”

陈焱听到“徐素年”的名字，眼神微微一愣，便又笑道：“欧阳主任，那您早些回去休息吧，时间也不早了，若是大家有线索，第一时间向您汇报！”

“身体是革命的本钱啊！”

欧阳正刚身体似乎也已经疲惫到了极点，只得又鼓励了众多年轻警察几句，这才下班走了。

谁知道，欧阳正刚才走，刚才还满脸堆笑的陈焱，目光陡然凌厉了起来，脸上的肥肉都绷住了。

“所有人今天通宵，发现任何线索第一时间告诉我！”

“明天什么线索都拿不出来，所有人写一千字检讨！”

随着陈焱离去的背影消失，作战指挥室里，不外乎是吐槽陈副主任媚上欺下的声音。

唯独那个之前一直在调取监控的青年民警，嘴角微微扯动，带着一丝不屑的笑意。

“徐素年?”

“一个女警，调过来能抵什么用?”

“给我们烧茶倒水吗?”

2. 完美的非接触型诈骗

省城的夜晚，美的如同神话世界一般，流光溢彩。

哪怕已是深夜，这里依旧是灯火通明的不夜城。

在看得到的地方，有通明的灯火，流光的霓虹。

在看不到的地方，还有无数暗藏的年轻荷尔蒙，如藏于地下的岩浆，汹涌澎湃。

与灯火辉煌的省城相比，群星黯淡，唯有一弯新月的夜空显得格外寂寥。

在发动机的轰鸣下，一架波音客机自南方而来，如钢铁鹰隼，从夜空滑翔而过。

透明的舷窗之内，是一双清澈见底，偶尔闪过慧黠之光的眼眸。

长直发衬托着玲珑的瓜子脸蛋，让秀气的五官显得更加立体。

她若有所思。

思绪却被邻座的一阵哈欠给打断了。

是邻座的秦骏发出的。

他伸了一个懒腰，看向身旁的女子笑道：“徐素年同志，还不赶紧睡一觉补补精力啊?”

“等去了省里的反通讯诈骗中心，肯定又要五加二，白加黑，连轴转了!”

秦骏虽然没有穿警服，只是穿了休闲装，但他作为退伍特种兵的那一股精气神还在。

虽然他退伍到江城市公安局已经好几年，做了反通讯诈骗中心的副主任、刑警支队副大队长也有一年多了，本应该养尊处优，走上幕后的领导岗位。但是现在看他，隔着衣服，都可以感受到他身体肌肉的张性，就好像是流淌的水，随时都可以变成坚硬的冰！

其实，看似柔弱的徐素年也是如此。

“秦队，给我说说省里发生的案子吧！”

她端起小桌板上的咖啡，轻轻抿了一口说道：“我也在省城上的大学，知道那里藏龙卧虎，在省城生活的精英，更是人才济济。”

“若是连省厅都没有办法解决，还转而要向我们江城市公安局反诈中心求助，必然是非常离奇又十分棘手的案子吧？”

秦骏听到徐素年的话，觉得自己这个领导反而有点儿消极怠工，不好意思地挠了挠头。

他端起面前小桌板里的塑料水杯，将里面的冰水一饮而尽，似乎想驱赶走头脑里昏昏沉沉的睡意，他缓缓开口说道：“这件事情还要从半个月前说起！”

秦骏沉声说道：“半个月前，省城的一个高档小区里，发生了一起离奇的电信诈骗案件。”

“受害人安睡一晚，一觉醒来，发现手机里面一下子涌进来上千条各式各样的短信。而且全部都是不同的数字验证码。”

徐素年不禁诧异道：“数字验证码？难道是——电子账户？”

秦骏点了点头，继续说道：“受害人第一时间就感觉到不对劲，再登录微信、支付宝的时候，就发现里面所有的钱，以及绑定的银行卡里的钱，全部都被转走了，而且转账记录全部都被删除了……”

“所有的信用卡全部都被刷爆。”

“全部都是选择线上购买苹果 APP 充值卡，根本无从查找资金的出口与流向！这还不是最要命的……”

秦骏也觉得十分棘手，皱了皱眉头说道：“受害人的微粒贷、金条、花呗全部都被借空搬空，而且几乎所有的网贷公司，都以受害人的身份借了贷款!”

“第一个中招的受害者是一名私企老板，小微企业的财务制度不够规范，他之前为了省事，曾将公司的银行卡绑定在自己的支付宝上付过款。”

“所以直接导致他公司账上的三百多万元现金，他个人留着准备按揭住宅的一百二十万元存款，以及价值一百万元的有价证券，一夜之间全部被卷空，三张额度三十万元的信用卡被刷爆，另外还欠了各式各样他不知道也叫不出名字的网贷平台、自己也不知道具体数额的钱!”

秦骏苦笑道：“我听刘大队长说，当时那人就突发脑溢血昏过去了，到现在还昏迷不醒，在医院里躺着呢!”

“都说他若是死了，债务虽然消失了，但自住房屋和他名下的一辆奥迪，肯定要拿出来抵押拍卖掉还信用卡，给妻子和刚上小学的儿子什么都留不下。”

秦骏咂了咂嘴，无奈道：“若是人没有死，更惨。在病房里的每一天都在烧钱，各大银行都在催债，这日子更加没法过了!”

他摇了摇头，无奈又愤愤地说道：“好好一个幸福的三口之家，一个晚上就毁在电信诈骗手里了!”

徐素年听到这里，想了想说道：“是不是受害人的手机被植入了木马?”

“我的确知道有木马可以拦截手机的短信提示，再转发给犯罪分子，等你意识到的时候，账户已经被盗。”

秦骏摇了摇头继续说道：“这就是最蹊跷的地方!”

“根据刘大队长的说法，受害人的手机第一时间被送到技侦科进行检测，结果里面一切正常，没有任何木马病毒!”

徐素年清秀的眉头微微蹙起：“难道又是爱德华的子母木马病毒?”

秦骏摇头：“究竟是没有中病毒，还是遇到了会自我销毁的病毒，还是爱德华那样会把自己打包传回去的子母病毒，省厅一时拿不准。”

“最蹊跷和诡异的地方也在这里，原本这只能算是一起比较大额、离奇的电信诈骗案件，最多也只是个案，不可能引起省厅的重视，可是……”

秦骏的声音不由自主地严肃了起来："之后时隔三天，省城又发生了一起类似的案件，中招的是一位才嫁给富二代的全职太太。她存在银行里的一百多万元礼金全部被转走，外加十万元信用卡被刷爆，以及谁也不知道欠了多少的网贷外债……"

"一对新婚夫妇，现在据说已经在打离婚官司了。"

秦骏分析道："如果说第一桩案件，私企业主还有可能是点开了什么链接，下了什么APP，感染了木马的话，第二个受害者，除了淘宝和京东，手机里没有任何来路不明的软件和APP，又为什么会出事?"

徐素年面色凝重，似乎在沉思着这个复杂的问题。

秦骏继续说道："这两桩案件的社会影响都很大，不过还不至于到引起社会恐慌的地步，就在三天之前，也就是我们还在马尼拉的时候，真正叫民众恐慌的事情出现了。"

"在省城的三处富人居住区，一个晚上同时有三名精英阶层受害，其中一人甚至已经察觉到危险，提前解绑了微信和支付宝里的银行卡和信用卡，只留下一张余额不足四位数的银行卡备用，但是依旧无济于事。"

"犯罪分子利用受害者优良的信用，以及名下账户里的大量流水，轻松在网贷平台上前前后后贷了一百多万元。"

秦骏笑了笑，脸色有些发苦："也就是说，账上放钱与不放钱，并没有本质上的差别，只要被盯上，依旧可以叫你倾家荡产，一贫如洗。"

"之后，这样的案件，在省城是每天都在发生。再经过社交朋友圈发酵，已经闹得风声鹤唳，人心惶惶了。"

秦骏面色凝重地说道："而且犯罪分子就好像故意跟我们公安对着干，好让省厅出丑一样，就在我们飞往省城的前一晚，他们又动手了。"

徐素年不禁问道："他们又得手了？得手了几家?"

秦骏沉声说道："他们选了大亚湾的永达广场，上面有一个名叫'君临世纪花园'的高档小区，一个晚上，仅那一个小区里就有六名受害人!"

"有一名受害者在早上跳了楼，幸亏摔在了楼下的雨棚上，才没有立刻送命，但可能高位截瘫，一辈子都下不了床。”

“一夜之间，省厅震动，据说连部里都震惊了。”

“省城本地的社交媒体上，更是人人谈诈色变，甚至说是‘幽灵’作案，是不可防御、防不胜防的电信诈骗。”

“部里要求省厅尽快破案，否则就要将案件交给粤城的国家级反通讯诈骗中心去处理。而且短时间内连续出了这么多桩大案，如果不能破案将功赎罪，相关领导挨处分几乎是板上钉钉的事情了。”

徐素年听了秦骏的分析，点了点头，理解地说道：“难怪省厅这么着急。”

“省城作为全国精英荟萃，尤其是高端互联网公司遍布的IT之都，如果被电信诈骗分子屡屡得手，还束手无措，只能求助于国家级反通讯诈骗中心的话，想来省厅在全国都会抬不起头吧！”

秦骏也点了点头，有些焦躁地搓了搓手心说道：“其实也不是省厅没本事……”

“实在是这案件线索太少了。”

“除了君临世纪花园那次作案，所有的受害者除了财务自由，属于‘先富人群’之外，几乎没有共同点和交集，根本无从查起。”

秦骏抬起手，习惯性地想摸出随身的香烟，抽上一口提提神，猛然意识到自己在飞机上，只得又将手缩了回来，继续说道：

“我虽然从反通讯诈骗中心成立就在了，也办了不少电信诈骗的案子。”

“比如说你们家小苏的案子，侦破起来也很困难，但我们至少还有物证，还可以顺藤摸瓜，抓出点儿线索来……”

“不像这桩案件，根本什么线索都抓不到，就好像是拿手在水里捞月亮一样！”

秦骏有些力不从心地说道：“这一次，真的是一个完美的非接触型诈骗！”

徐素年笑了笑，淡淡地说道：“挑战最完美的电信诈骗手段，将恶徒从暗幕之后揪出来并绳之以法，不就是我们这个机构存在的意义吗？”

秦骏看了看坐在舷窗旁边，年纪不大，戴着金边眼镜，看起来温婉知性、人畜无害的漂亮女同事，蓦地似想起了什么差点被自己忘记的事情，他不禁笑了起来："是啊，说的有道理啊……"

"我差点忘记你的另外一重身份了，爱丽丝同志！"

3. 一山不容二虎

清晨，朝露。

整个省城像是从沉睡中醒来的雄狮，在未散的晨雾中抖动着鬃毛。

赶早班车和早班地铁的上班族们，揉着惺忪的睡眼，在前往地铁站的路上买一个包子，叼一管豆浆或是酸奶，开始了长达一个小时，甚至更久的上班征程。

接下来的时间里，省城的人们又将度过忙碌或茫然的一天。

当大部分上班族还堵在地铁站、公交站，或路上的时候。

苏省公安厅大楼的长廊上，一男一女两位身穿蓝色制服的民警正朝处在最后一栋楼的反通讯诈骗中心走去。

很快就走到了这栋楼走廊尽头的玻璃门前。

看似普通的毛玻璃门旁边是一张镍铝合金的牌子，上面写着"苏省反通讯诈骗中心"。

与旁边"对党忠诚　服务人民""立警为公 执法为民"的标语一样，平平无奇。

只是立在徐素年身边的秦骏却不由地呼吸急促了许多，仿佛是因为紧张，他反复调整着警帽的帽檐，就在他紧张地把纽扣拧开又重新扣上第三遍的时候……

"咔！"

一声轻响，一名青年警官从门内走出来，抬起眼来看了秦骏和徐素年一眼，不咸不淡地说道："你们就是江城市公安局来的同志吧？"

秦骏刚想说些什么，那警官已说道："随我来吧，陈主任已经等你们很久了。"

徐素年和秦骏随着那警官进入门内，又刷了两道指纹锁的防弹玻璃门，才进入了反通讯诈骗中心的办公区域。

也就是说，如果有人想冲击反通讯诈骗中心，仅仅冲破最外面一道门是完全没有用的。

尤其是最后一道玻璃门，更是反射出淡淡的蓝光。

似乎察觉到了秦骏的吃惊，那名青年警官好像也习惯了第一次进反通讯诈骗中心时那些“新人菜鸟”们的反应，淡淡地说道：“你没看错，三十五毫米厚强化防弹玻璃，可以承受 RPG 火箭弹的轰击。”

他的语气带着得意。

“指纹不在指纹库，本·拉登来了都进不来。”

秦骏一时噤声，徐素年却看似漫不经心地淡淡说道：“如果系统被黑了呢？”

“不但什么人都可以进来，如果黑客愿意，你们所有人逃都逃不出去……”

“中心里为了安全起见，不要说 RPG 火箭弹，怕是连一支大口径的步枪都没有吧？”

“面对这连 RPG 火箭弹都炸不开的重重玻璃门，岂不是只能坐以待毙？”

“饮水也许还能保障，食物怎么办？”

刚才还趾高气扬的青年警官，顿时愣住了。

他似乎根本没有想到，看起来温婉文静，笑起来甚至还有些好看的女警官，言语之中，居然如此犀利。

看到省厅的人愣住，气氛也有些僵住了，秦骏赶紧解围道：“徐素年同志，不要开玩笑了，省厅的系统怎么可能会被黑掉呢？”

“那可是国家级的网络安保……”

就在这时，一直立在里面办公区，端着一杯咖啡的警服男子，忽然放下了手里的咖啡杯，径直朝秦骏和徐素年走了过来。

秦骏看到对方径直朝自己走过来，正诧异于自己似乎不认识对方，也不知道在哪里见过对方……

秦骏正感到有些尴尬的时候，那青年警官走了过来，却朝着徐素年伸出手，剑眉之下的眼睛似有光芒闪烁。

“你就是江城市公安局的徐素年吧？”

徐素年看向面前身穿白色衬衫，肩上挂着一杠三星警徽的年轻警官。

皮肤略有一些发黑，不知是天生肤色暗沉，还是因为残酷的训练，长期暴露在烈日下所致。

略黑且有点像巧克力的肤色在白色衬衫的烘托之下，反差更加明显。

好在他的眉眼长得还算英俊，国字脸微微有些方，两撇眉毛却似飞剑入鞘，难免给人尖锐刚硬，不好相处的感觉。

之前领路的警官，赶紧对徐素年和秦骏介绍道：“这是我们反通讯诈骗中心下属特别行动组的林剑锋组长。”

“他主要负责实地调查、情报采集和嫌犯抓捕工作。”

秦骏听到这样的介绍，赶紧伸出手去，脸上带笑道：“林组长好！”

哪里知道林剑锋竟丝毫没有挪开手与秦骏握手的意思，反而一双眼睛直勾勾地盯着面前的徐素年。

当然，不是那种街头地痞流氓色眯眯地盯着美女看的眼神，而是一种猎人看猎物的感觉，甚至是剑客看对手的感觉。

敌意包裹在因为尴尬而爆冷的空气中，呼之欲出。

林剑锋看向徐素年，平淡的语气之中似带着刺：“我以前是在网安大队工作的，欧阳主任说一个江城市公安局的徐素年抵得上十个网安民警……“

“久仰大名！”

“呵，以后有时间，切磋一下！”

听到这样的话，若是徐素年再不明白对方的意思，那只能是揣着明白装糊涂了。

原本林剑锋以为，自己给这个下面地级市来的女警一个下马威，对方不仅会下不来台，而且在接下来的工作中会对自己这个特别行动组的组长俯首帖耳。

可令他没有想到的是……

徐素年淡淡一笑，玉藕般的手大大方方地与林剑锋握了一下。

“随时奉陪!”

“若是林组长有空，现在切磋一番，也可以!”

话音落下，刚才还沉浸在案情讨论中的众多警官竟不约而同地停止了交谈，目光一齐朝着门口的方向投了过来。

一时间，交头接耳，议论纷纷。

“那个女警就是江城市公安局的徐素年吗?”

“想不到她这么年轻啊!”

“林剑锋估计被欧阳主任的话给刺激了吧……”

“这也没办法啊，他可是省网安大队有名的‘全能王’，反渗透技术、获取情报、程序破解、暗网定位无一不精，号称是黑客杀手啊!”

“欧阳主任当着他的面表扬一个地级市的网安干部，还是一个女同志，他好胜心这么强，面上哪能挂得住?”

“不过这小姑娘也是刚啊……居然直接答应了，还要跟林剑锋比试，找虐吗?”

随即有人低声说道:

“但是你们不知道吗?去江城市反通讯诈骗中心办过案，或者协助办过案子的回来都说，徐素年确实很厉害啊……”

“你要知道，她可是网络安全方面的泰斗黄耀中的得意门生!”

有人撇撇嘴说道:“再厉害也没用啊，一山不容二虎啊……”

但旋即有人半开玩笑地打趣道:“这不是一公一母吗?”

“一山不容二虎，除非一公一母啊!”

只不过这个打趣并没有引起太多人的注意，更多的人把注意力放在了林剑锋与徐素年的身上。

果然，林剑锋看到徐素年接下了自己的挑战，脸上流露出一丝不易察觉的喜色。

“既然徐素年同志这么爽快，那么择日不如撞日，就现在切磋一下好了!”

没等秦骏阻拦，他已经朝着中心内喊道：“把练习机连上内网！”

听到这话，旁边的民警竟无人愿意上前。

徐素年和秦骏这才发现，整个苏省反通讯诈骗中心里居然都是男警察。

也就是说，徐素年可能是苏省反通讯诈骗中心唯一的女警察。

其中一个岁数大一些的民警说道：“剑锋，你欺负人家女孩子干什么？”

“君临世纪花园的案子到现在也没有个头绪，一会儿陈副主任来了，大家怎么交代？”

林剑锋竟笑道：“我发现的案点，凌晨的时候，已经跟陈副主任汇报过了，想来他正在跟欧阳主任汇报案情，申请调取数据库的权限……”

众人想不到林剑锋居然可以找到君临世纪花园案件的“案点”，而且还不声不响地就汇报给了陈焱。

一时间，苏省反通讯诈骗中心里众人的目光都变得复杂了起来。

林剑锋却好像没有看到他们复杂的目光一般。

又或者是根本不在乎他们的目光，依旧盯着面前的徐素年说道：

“既然要切磋本事，那就不要玩编程，比手速这样的小游戏了！”

“互联网世界里的战斗，虽然不是刀刀见血，但也是有剑影刀光的……”

他嘴角扬起，像是在跟乖乖女炫耀武力的不良少年。

“我们中心有一台练习机，其实是一台加密服务器……”

“以一个小时为限，谁先入侵这台加密服务器，就算谁赢得比赛！”

林剑锋脸上的笑容略带嘲讽。

“你敢跟我比吗？”

4. 你作弊！

林剑锋的挑战，已经不算是挑战，几乎算是挑衅了。

徐素年脸上却丝毫没有动怒的表情，甚至可以说是冰冷。

甚至语气也没有什么明显的变化。

“既然是比试，总要有一个彩头吧？”

她略带嘲弄地说道：“否则的话，输赢只是意气之争，跟学校里课间打闹的孩子有什么区别？”

“想来，林队长的心智不可能这么不成熟吧！”

林剑锋之前仿佛不好意思提彩头或赌注的事情，没想到徐素年居然自己主动提了出来，顿时喜上眉梢，打蛇随棍上，赶紧说道：“我也正有此意。”

他看向面前的徐素年，又看了看中心里的其他人说道：“大家都知道，军队里往往只能有一个最高统帅，若是多头管理，轻则延误最佳战机，重则输掉整场战争。”

“我们警队跟军队，很多时候都是一样的……”

林剑锋仿佛故意编排徐素年一般，说道：“江城市公安局的反通讯诈骗中心毕竟是地级市的，你又是那里的技术骨干，是刘仁伟主任的爱将……”

“刘仁伟主任很多事情也许都顺着你，随着你，宠着你……”

“但我们苏省反通讯诈骗中心不同，若是每个有点技术，有点本事的人，都自恃技术大牛，不愿意精诚合作，密切配合……”

“我们这支队伍就什么仗都打不了，更打不赢了！”

听到林剑锋的话，秦骏后槽牙都不禁咬紧了。

这林剑锋的意思是，徐素年和秦骏不是来给苏省反通讯诈骗中心帮忙的，甚至有可能会是害群之马。

如果不是他在警队已经多年，不像以前年轻时在部队那样意气用事了。仅仅是刚才的一番话，秦骏就已经能让林剑锋的脸上开一个酱油铺子了。

林剑锋看了看徐素年，沉声说道：

“所以，若是你技不如我！”

“徐素年同志，在你借调苏省反通讯诈骗中心的整个过程中，都必须要做我的下属，听我的命令。”

“我也是为了整个苏省反通讯诈骗中心的破案效率着想!”

听到林剑锋明显是搞事的话，徐素年不卑不亢，淡淡地说道：“我就不要什么让林组长做下属这样的彩头了，我何德何能，能让您这样的省厅领导做下属。”

她揶揄语气刚落，下一句话却掷地有声：“如果你输给了我，你要向整个江城市反通讯诈骗中心的同志道歉!”

“因为你质疑了他们的能力，也污蔑了他们的付出!”

一语落下，掷地有声，铮铮如金铁交鸣。

林剑锋微微一愣，冷笑道：“好，这个彩头我接了!”

“我的彩头，你接是不接?”

徐素年淡淡地说道：“乐意至极，只是希望有的人能够言而有信!”

很快，那一台作为练习机的服务器就被接到苏省反通讯诈骗中心的内网之上。

服务器很快就自动加密完成，在整个中心两端的两台电脑上，徐素年与林剑锋几乎同一时间，分别落座。

下一秒，密集到刺耳的敲击声就从两台电脑的键盘上传了出来。

即便隔着半个中心远，站在最中间的其他民警都感觉像是有人在大厅里放了鞭炮似的，到处都是“咔咔咔咔”连续不断、此起彼伏、几乎无休无止的键盘敲击声。

只有秦骏面带忧虑地看向徐素年所在的位置。

毫无疑问，林剑锋敢向徐素年主动发起挑战，就是做好了万全的准备。

虽然秦骏是特种兵转业的警察，到江城市反通讯诈骗中心等于是半路出家，但也知道攻破一台会自动加密的服务器极不容易。

一般情况下，需要筹备一周到两周左右的时间。

只有手段超凡、实力逆天的黑客才敢说一天之内攻破一个加密服务器。

而林剑锋居然提出以一个小时为限。

如果他真的能够做到这一点，那么只有两种可能。

一是他知道服务器的源代码，万变不离其宗，他可以直接用其中作为变量的一些 Bug，直接黑进服务器，相当于走后门。

第二种就是他对于使用分散式攻击方式（Distributed Denial of Service）也就是简称为 DDOS 的攻防手段异常娴熟，以至于他可以在极短时间内盗取服务器的签名认证，成功黑进服务器。

以秦骏的经验判断，第二种可能性极小，因为 DDOS 的要旨在于集结足够多的电脑，联机成为攻击平台，机器越多，进攻速度越快，攻陷时间越短。

也就是说，在同一台电脑、算力相似的情况之下，攻陷一台服务器的时间差距，几乎只会取决于一个因素。

那就是黑客的手速。

如果仅仅只是比拼手速的话，林剑锋绝不会这么大费周章，还要再弄出一台服务器来比试。

所以极有可能是林剑锋知道，或者是可以推算出服务器的源代码，利用 Bug 产生后门。

这也是比 DDOS 攻击要快得多的能黑掉加密服务器的方式。

随着时间的推移，林剑锋脸上得意的神色越来越重。

就差跷着二郎腿哼起歌来了。

反观徐素年这边，则是眉头紧锁，映着电脑屏幕辐射的蓝光，几乎看不出表情的变化。

这让秦骏更加的担心了。

相较于林剑锋的驾轻就熟，对于徐素年来说，这场较量等于是对方挖了一个坑等着这位美女黑客跳进去，结果徐素年眉头都不皱一下，就真的自己跳进去了。

“年轻人……还是这么冲动啊！”

秦骏苦恼地抓了抓头发，又想点支烟了，结果他朝口袋里一摸，才发现打火机在机场安检的时候就被丢了。

他还一直没有买呢！

此时是早上九点二十五分，距离胜负之分，只剩下最后五分钟。

整个苏省反通讯诈骗中心里别说是交谈的声音，连大声呼吸的声音都没有。

所有的人都在等待胜利者的出现。

是网安大队的“全能王”林剑锋成功卫冕。

还是来自江城市公安局反通讯诈骗中心的徐素年更胜一筹?

所有的人都在等待最后的答案时，一声激动的呼喊响起。

“好了，我黑进去了!”

只听“咚”的一声轻响，林剑锋拍着面前的桌子，猛地站了起来，指向对面的徐素年，毫不掩饰自己的得意。

“徐素年同志，愿赌服输!”

“从今天起，你在苏省反通讯诈骗中心一天，就必须要听我林剑锋的指挥一天!”

看到林剑锋得胜时的得意嘴脸，很多民警都感觉很不是滋味。

林剑锋不是一个坏心眼的人，他也疾恶如仇，对于惩治犯罪，绝不手软。

但他的锋芒毕露，往往叫人难以接受。

就好像是一口锋利却无鞘的剑，上阵杀敌，所向披靡，但也经常伤到自己人。

他伸出手，指向徐素年道:“我已经攻破了加密服务器，你输了!”

可偏偏就在这时，分明已经是失败者的徐素年，脸上却没有丝毫沮丧的表情，依旧是淡然如水。

甚至都没有抬起头来，看林剑锋一眼。

“我已经攻破了服务器，你再编程也没有用了，你……”

林剑锋的话还没有说完，脸上的表情却蓦地变成了诧异，旋即竟变成了惊恐。

“怎……怎么可能?!”

就在所有人都不知道究竟发生了什么事情的时候……

与主服务器连接的电脑上面清晰地出现了一行英文：“Winner is xu”，胜利者是徐。

这一下，所有的人都惊住了。

“这，这到底是……”

明明是林剑锋号称自己赢得了这场比试，为什么主服务器上显示胜利者是徐素年？

这里面究竟是……所有人将目光投向林剑锋。

他还算英俊的脸上顿时怒意澎湃：“徐素年，你作弊！”

“你黑了我电脑！”

所有人顿时恍然大悟。

之前林剑锋一直在黑加密服务器，徐素年却根本没有黑加密服务器，而是在黑林剑锋的电脑。

黑掉一台电脑与黑掉一个服务器相比，难度小得不能再小了。

最关键的是，徐素年黑掉了林剑锋的电脑，这位“全能王”居然还全无察觉，一心一意投入在找源代码，给服务器开后门的伟大工程里。

以至于最后他以为自己黑掉了主服务器，其实不过是帮徐素年黑掉了服务器而已。

可怜的林剑锋，以为自己赢了，其实自己的电脑早就变成徐素年的“肉鸡”了。

林剑锋看着眼前电脑后的女人，嘶喊道：“你这人懂不懂规矩？”

“说好的比谁先黑掉主服务器的，你黑我电脑是什么事？”

“要是改成黑掉对方的电脑算赢，你电脑早就被我黑掉了，你……”

林剑锋的话还未说完，徐素年淡淡笑道：“林组长，您这个人讲话可真有意思。”

“不是您自己说的吗？比手速未免是小孩子玩的游戏。“

“‘互联网世界里的战斗，虽然不是刀刀见血，但也是有剑影刀光’这句话也是林组长说的，既然是你死我活，难道还讲手段不成？”

林剑锋冷声道：“问题是你不是一个无恶不作、毫无底线的黑客，你是一名人民警察！”

“居然现场编了木马病毒在内网里黑同事的电脑，万一出现网络安全事故怎么办?”

“苏省反通讯诈骗中心里有多少珍贵的文件，你知道不知道?”

“你简直丧心病狂!”

能在苏省反通讯诈骗中心里工作的民警，对于互联网都不是菜鸟，毕竟天天与互联网打交道，就是天天熏陶，也熏陶出来了。

徐素年不卑不亢，反斥道：“如果我黑掉你主机的手段算是作弊，那你利用对服务器源代码的熟悉，直接用漏洞产生后门破解主服务器的方法，难道就不卑鄙?”

眼见两人毫不退让，一场冲突不可避免，忽听一声干咳，伴随着玻璃门开启的声音，一个魁梧中年人身穿警服，慢慢走了进来。

“你们吵够了没有?”

5. 嫌犯会隐身

一脸正气的欧阳正刚启门而入，目光在众人之前一扫而过，厉声喝道：“你们把苏省反通讯诈骗中心当成什么地方了?”

“吵架的菜市场吗?”

林剑锋与徐素年几乎同时低下头来。

“既然说了是要较量本事，那就好好地比本事!”

“黑下主服务器就获胜，那就是谁黑下服务器，谁就赢了。”

欧阳正刚看向林剑锋呵斥道：

“谁规定只能有一种攻入服务器的方法?”

“战场之上，谁跟你讲规矩，讲道理?”

跟在欧阳正刚身后捧着保温杯，笑面虎似的陈焱则在一旁开解道：“欧阳主任，年轻人之间切磋切磋，也没有什么不好的，有句话说得好，‘不打不相识’嘛!”

欧阳正刚听陈焱话中明显有点偏袒林剑锋的意思，浓眉皱起，厉声说道：“什么时候不能切磋?地市的同志前来支援我们，不仅是我们的盟军，更是我们的客人……”

“才到中心，就找人家切磋，这是切磋技艺，还是给下马威啊?!”

欧阳正刚看向林剑锋喝道：“你们这么厉害，怎么案子一直破不了，还越闹越大，害我拉下这张老脸打电话去江城找大刘搬救兵?”

“你们不是很能吗？把案子破了，给地市的同志们做个表率啊!”

听到欧阳正刚的话，徐素年和秦骏都觉得心里舒坦了许多，刚才省厅的林剑锋看不起江城市反通讯诈骗中心引起的不平之气也舒缓了一些。

但徐素年和秦骏都不是恃宠而骄的人，赶紧说道：“欧阳主任，您客气了。”

“我们既然被刘大队长调到苏省反通讯诈骗中心来支援工作，就是您的下属，就是大家的战友，不用对我们区别对待。”

欧阳正刚满意地点了点头，又对林剑锋说道：“林剑锋，你自己看看，地市的同志是什么胸襟气度，自己是什么胸襟?”

林剑锋咬住嘴唇，没有说话。

“你现在就跟江城来的同志道歉!”

林剑锋的牙齿都要把嘴唇咬出血来了。

欧阳正刚再次命令道：“我命令你，为你刚才的鲁莽行为向江城公安局的同志们道歉!”

“说句‘对不起’这么难吗?”

林剑锋正要开口，徐素年却抬起手，主动朝林剑锋伸来，大大方方地说道：

“林组长，自我介绍一下，我是江城市公安局反通讯诈骗中心的民警徐素年。”

“希望以后能与你精诚合作!”

谁都没有想到，徐素年没有选择痛打落水狗，而是主动与林剑锋和解。

等于是不需要林剑锋主动道歉，保全了他在苏省反通讯诈骗中心所有人面前的脸面。

可以说，徐素年的姿态放得极高了。

林剑锋的眼神中却没有感激的神色，反而是某种复杂的情绪，他伸出手来，与她玉藕般的手掌一握，不带什么情绪地说道："欢迎来苏省反通讯诈骗中心，徐素年同志。"

看到两人和解，欧阳正刚点了点头，旁边的陈焱赶紧说道："欧阳主任，之前还没有来得及向您汇报，昨晚我与全中心同志加班鏖战，终于发现了案件的案点！"

就好像体育比赛有赛点一样，案情也有案点。

能够把握住赛点的队伍，更容易拿下胜利。

抓住案情的突破点，也可以让原本处在僵局的案件获得重大的突破。

欧阳正刚听到陈焱的汇报，似也没有觉得什么不妥。

陈焱又说道："主要还是归功于林剑锋同志，若是能够因为这个案点，扯开整个案件的口子，他可要记一大功！"

欧阳正刚听到陈焱的话，原本看向林剑锋的严厉之色也收敛了许多，淡淡地说道："哦？是吗？"

陈焱赶紧说道："林剑锋同志，一会儿你到主任办公室跟欧阳主任当面汇报你发现的案点。"

哪里知道，欧阳正刚抬起手来，示意林剑锋说："好了，也不用藏着掖着了，案情急如火，大家也都很关心案情的发展，就在这里说吧！"

林剑锋听到欧阳正刚居然要自己当众说出来，内心不禁有些沮丧。

要知道，他是好不容易才发现了那一个小小的线索，为此还得罪了一些同事，现在欧阳正刚居然要自己当众跟大家分享。

这让他十分不舒服。

但一把手的话，他不敢不听，只得说道：

"各位同事，事情是这样的，我们之前一直在调查来往的行人，是因为我们觉得既然受害人的手机没有感染病毒，极有可能是遭到了外界无线电通信设施的干扰。"

"一般情况下，这种东西会是伪基站。"

"伪基站一般由面包车或者私家车改装而成。"

“行驶速度不能超过六十公里每小时……”

“所以我们在监控视频时重点监控的是可疑车辆，尤其是停在小区附近的车辆。”

“但是……”

他走到主控台旁边，抬起手来，打开了监控视频，在定格画面之后，用力截取一段，向所有人展示说道：

“从事发地点到楼下最近的停车场直线距离已经超过五百米，也就是说，超过了一般伪基站的干扰范围，事发地点又是人流密集的永达广场。”

“所以犯罪嫌疑人如果要实施干扰，要么使用的是更高级的、我们所不知道的伪基站。”

“要么就是犯罪嫌疑人亲自进入君临世纪花园，近距离作案。”

“想要进入君临世纪花园只有两个途径，一个是坐直达十层以上的电梯，但那需要持有物业卡来刷。”

“还有一个途径，就是从永达广场到十楼，从没有监控摄像头的消防通道上去。”

“但永达广场晚上十点钟就关门打烊了！”

“根据受害人的手机短信记录显示，第一条被转账的短信发送时间是二十四点。”

“也就是说，二十二点之前，嫌疑人必须通过消防通道，到达永达广场十楼以上的平台，也就是君临世纪花园的楼下。”

“并且要潜伏起来，直到二十四点才着手犯罪！”

林剑锋见欧阳正刚似乎有些不耐烦的样子，赶紧说道：“我是在向两位地级市来的同志介绍本案的案情，这些都是我们的推理路径。”

徐素年淡淡地说道：“我来的路上就已经了解过案情，林组长，你可以直接说重点了！”

林剑锋略一尴尬，继续说道：“以前我们的排查对象，都是神色异常，以及拖着大箱子的路人。”

“但是大家一无所获，这明显不符合常理。”

“因为犯罪分子至少需要携带一台伪基站、一台笔记本电脑和一台手机，必然会拖着一个大箱子，所以如果走消防通道的话，肯定会非常显眼！”

“永达广场是重点控火区域，又是消防安全模范单位，每一个消防通道都有摄像头，不可能存在漏网之鱼。”

“所以，只有一种可能——嫌疑犯会隐身术！”

听到林剑锋的话，苏省反通讯诈骗中心里所有人脸上的表情顿时一僵。

尤其是之前帮林剑锋向欧阳正刚积极表功的陈焱，更是面色尴尬得要死，甚至狠狠剜了林剑锋一眼。

仿佛在说，你小子敢忽悠我，害的我落这么大的面子，你死定了。

就在这时，徐素年幽幽地说道：“我理解林组长的意思。”

“就是说，对方利用了我们意识上的一些盲区，直接把自己放进了不可能被怀疑的一类人当中，顺利地蒙混过关了。”

“我记得我以前办过一个电信诈骗案，对方冒充移动客服诈骗，我们的同事排除了很多可疑电话，就是没有猜到这个电话上来。”

“这就是意识的盲区让我们将他直接排除了，所以他就好像隐身了一样。”

经过徐素年的解释，众人方才面面相觑，流露出如梦初醒的表情来。

林剑锋被徐素年这一番抢白，觉得十分没有面子，强压住不悦说道：

“嫌疑犯可能会伪装成住户，或者说他就是住户！”

“因为我们默认住户不可能是嫌疑犯，所以才只盯着消防通道看，而没有人关注刷卡上楼的住户！”

他似乎有十全的把握地说道：“所以我昨天将君临世纪花园的直梯二十四小时之内的电梯监控全部调取出来看过了。”

“这其中带大型行李箱，或者明显大号电脑包的住户，共有十五人。”

他抬起手来，在控制台上点了一下，十五张视频截图与十五张身份证的比对出现了。

“因为我权限有限，不能调取他们的全部信息，所以我在中心之内调取了他们的银行流水与信用卡流水查验。”

欧阳正刚正色问道：“哦？有收获？”

林剑锋点头：“其他十四个人都排除掉了，这一个人有重大嫌疑！”

他点开手边一个男子的资料说道：“刘明，有涉黑和盗窃前科，且其最近欠下巨额网贷，有作案动机！”

“最重要的一点，他的房子是租住的，而且本月刚刚入住！”

听到林剑锋的话，众人方才回过神来。

“这么说的话，他还真的有极大的作案动机啊！”

欧阳正刚说完，陈焱也在一旁帮腔道：“是啊，林剑锋同志也是辛苦了，居然一晚上看了二十四小时内的监控，真是不容易。”

林剑锋得了陈焱的表扬，直起腰板来，催促道：“机不可失，我们即刻对刘明采取强制措施，应该可以撕开案情的口子！”

听到林剑锋的话，加班了一晚上的警官们纷纷兴奋了起来。

毕竟这个案子困扰大家已经半个多月了，不管是上面要求案件必破的压力，还是来自民众们希望嫌犯落网，还生活以平静的压力都非常巨大。

若是真的能抓住这个嫌疑人，早点破掉整个案子就好了。

可就在这时，欧阳正刚却犹豫了。

“可是目前，除了这个刘明有前科之外，我们没有其他任何的证据，如何对他进行抓捕？”

“万一搜查之后，没有找到证据，只是一个纯粹的巧合，我们又该怎么办？”

这一下，林剑锋为难了：“要么就传唤？”

“这不是打草惊蛇了吗？”

欧阳正刚摇头否决。

就在整个案情再次陷入僵局的时候，苏省反通讯诈骗中心里唯一的女民警开口了。

“既然大家认定是伪基站作案，为什么不查一下君临世纪花园附近的移动网络运行情况呢？”

6. 隐身人

徐素年看向众人说道：“这还得从伪基站的运行原理说起，它是利用移动信令监测系统监测移动通信过程中的各种信令过程，获得手机用户当前的位置信息。当用户的位置信息与业务选择发送的特定区域一致时，为用户下发业务定制的短信。”

“所以伪基站设备运行时，用户手机信号被强制连接到该设备上，导致手机无法正常使用运营商提供的服务，手机用户一般会暂时脱网八到十二秒后恢复正常，部分手机则必须重启才能重新入网。”

面对众人茫然不解的表情，徐素年又说道：“这导致的结果就是，手机用户频繁地更新位置，使得该区域的无线网络资源紧张并出现网络拥塞现象，影响用户的正常通信。”

“只要我们查询出该区域的无线网络有没有异常的拥挤情况，然后再在那个时间段查找异常的无线电信号就可以了。”

“前后误差不会超过百米！”

听到徐素年的话，林剑锋脸色铁青，开口问道：“说得容易，无线电波消失了就无法还原，除非是现场截获，你如何查？”

徐素年笑道：“伪基站的无线电波虽然无法还原，但是会留下痕迹。”

“送来检测的受害人手机里面有清晰的网络连接数据。”

“若同一时间，所有受害人的手机一起掉线，当然就是他们遭遇了伪基站的攻击。”

“这样具体遭遇伪基站攻击的时间就有了，我们就可以有的放矢了。”

“至于伪基站的位置……”

她指了指中控台说道："将所有受害者房屋的位置连接起来，画出一个圆圈，最中央的位置，肯定就是伪基站的摆放位置，不出意外是开阔的公共地带，不会是屋内。"

徐素年笑了笑，半开玩笑地说道："因为钢筋混凝土对无线电的干扰很强，大家家里的 Wi-Fi 很难穿墙，就是这个道理。"

"所以我并不认为刘明会是嫌疑犯，而且……"

徐素年取出自己的工作手机，登录进数据库搜索了一下，展示给众人说道："刚才我就发现了，刘明的受教育程度是小学，相当于半文盲。"

"伪基站的技术，虽然不难，但也不应该是他能掌握的！"

听到徐素年的话，林剑锋不禁道："那按照你的意思，我们现在该怎么办？"

他其实是故意为难徐素年，哪里知道徐素年笑道："我不是已经说得很清楚了吗？"

"以所有受害者的房屋为圆取一个中心点，查看那个位置的监控。"

"高档小区里防盗系统非常健全，应该是有监控录像的！"

林剑锋抱着肩膀说道："那种精度的摄像头，根本就不是破案用的摄像头……"

他带着冷笑说道："丢了一条宠物狗有时候都找不到，更别说抓人了。"

徐素年知道他是故意给自己难堪，其实她根本不以为意，转而对欧阳正刚请示道："欧阳主任，我申请调用与案情相关的数据给我使用！"

欧阳正刚笑了笑说道："当然可以，徐素年同志本来就是我们中心的一员，当然可以调用。"

林剑锋还想说什么，听到欧阳正刚开口了，只得咬了咬牙，把话咽了回去。

欧阳正刚看了中心其他人一眼，说道："徐素年同志是我们中心唯一的女民警，她有什么地方需要帮助，大家要发扬男子汉的风格，伸出援手，知道吗？"

众人听到这话，皆笑了起来。

刚才中心里因为林剑锋与徐素年对抗而剑拔弩张的气氛也缓和了许多。

随着欧阳正刚和陈焱回到自己的办公室，这一场针锋相对的好戏，终于落下了帷幕。

很快，徐素年就被安排在了中心的一台电脑前，秦骏的办公位在徐素年的旁边。

过了一会儿，有一个长着娃娃脸的年轻民警过来，主动朝徐素年伸出手来。

他介绍自己道："徐素年同志，我是信息查证组的张启辰，主要负责信息库的搜索和管理，请多多指教。"

徐素年忙站了起来，与他握手，张启辰又将一只 U 盘递给她介绍道："这是登录苏省反通讯诈骗中心信息库的秘钥 U 盘，只有插上 U 盘才有访问数据库的权限。"

"这个 U 盘只能插内网的机器，千万不能被感染病毒，万一秘钥泄露出去，我们所有人都要挨处分的。"

他话说到这里，忽地意识到了站在自己面前，看起来人畜无害的少女警花，其实是一个连网安的"全能王"林剑锋都打败了的黑客大牛。

刚才的话就有点迂腐得像叮嘱鲁班做木匠活的时候别割到手一样。

"哎，我差点忘记了，从来都是你黑别人的份，谁能黑到你啊！"

张启辰挠了挠头说道："不过为了安全起见，最好，还是不要插可以连外网的电脑。"

徐素年接过秘钥 U 盘，客气地说了一声"谢谢"，张启辰朝徐素年俏皮地眨了眨眼，凑上来低声说道："徐姐，这个密钥 U 盘，咱们苏省反通讯诈骗中心，目前就只有三个人有……"

"一个是欧阳主任，一个是陈焱副主任，还有一个就是你啦……"

他看了看不远处坐在工作间里，铁青着脸对着电脑的林剑锋，又低下头来对徐素年说道："林组长一直想跟欧阳主任要一个的，一直都没有呢！"

“徐姐你才来第一天就拿到了。”

徐素年看了娃娃脸的张启辰一眼，觉得对方似乎比自己还大一些。但是警队里，喊“姐”喊“哥”，也是一种职场文化，代表着对你地位和实力的认同。

别人喊徐素年一句“徐姐”，就是认可徐素年的确有技术，也有实力，值得尊敬。尤其还是省厅里的民警，更加难得。

如果不是徐素年果断接下林剑锋的挑战，又非常漂亮地将他击败。

这是完全不可能的。

但此时此刻，坐在徐素年旁边的秦骏却站了起来，朝张启辰握了握手说道：“张启辰同志，我是江城市公安局反通讯诈骗中心的副主任秦骏，以后请多多指教。”

“徐素年同志还有很多事情要做，要不我们去休息区喝杯咖啡？”

张启辰看到秦骏站起身来，就知道他是赶自己走了，便笑了笑说道：“徐姐，下次再来跟您聊天啊！”

看到张启辰识相地走了，秦骏撇了撇嘴，小声对徐素年说道：“省厅里的人都这样，看你风头盛了就捧你，哪天不走运了就踩你……”

“最烦这种两面三刀的小人。”

徐素年笑了笑说道：“毕竟是在省里，人际关系肯定比我们江城公安局要复杂得多……”

秦骏见徐素年倒没有多惊讶，暗暗在心里夸她的心理素质好。小小年纪，居然就能做到宠辱不惊。以后她的城府还得了？

但其实秦骏真的是误解徐素年了。

现在的徐素年因为专心致志于采集数据，寻找线索和突破点，所以做事情的时候心无旁骛。

至于张启辰是来跟她套关系的，还是有别的目的，她根本无暇去想。

看到徐素年这般专心致志的表情，秦骏也好奇地问道：“真的这么有把握吗？”

“这可是苏省反通讯诈骗中心那么多人半个月都没有办法解开的案

子啊！”

徐素年一边盯着电脑屏幕，一边说道：“不试试看怎么会知道呢？”

听到徐素年居然只是“试试”，秦骏一下子为难起来了。

“素年，我看欧阳主任特别器重你，要是事情搞砸了，可能会丢我们江城市公安局的面子啊！”

徐素年笑了笑说道：“秦队，你以前在部队的时候，经常打靶吧？”

“咦？”

秦骏听到徐素年的话，不禁诧异：“怎么了？”

徐素年依旧目不转睛地盯着电脑屏幕，一边分析数据，一边说道：“不可能每一颗子弹都正中靶心，所以为了防止打偏，或者脱靶了丢人，就不打靶了吗？”

听到徐素年的话，秦骏微微一愣，旋即哑然失笑。

他低下头来，自言自语道：“嘿，居然还被一个小丫头给教育了。”

整整一个上午，徐素年就像是黏在了座位上一样，甚至连中饭都没有吃。

还是秦骏怕她饿坏了，给她带了盒饭。

这样的努力并非没有收获，等到下午快要下班的时候，徐素年站起身来，收起打印机旁边的几份文件，放进文件夹里，径直走进欧阳主任的办公室。

看到徐素年直接向欧阳正刚汇报去了，她前脚进门，后脚整个苏省反通讯诈骗中心“哄”地一下炸了。

“她又发现案情线索了？”

“我们这么多人忙活了这么久都没什么头绪，她一来就发现案情线索了？”

“这么厉害吗？”

只有林剑锋不咸不淡地说道：“哪有那么容易？”

与林剑锋关系交好的几个特别行动组警官也不怀好意地大声说道：“说不定就是发现了一些不痛不痒的问题，迫不及待地去跟欧阳主任邀功呢！”

“要是这么容易就找到重大案情线索，我们特别行动组的脑子都白长了，为了显得个子高吗？”

旁边的警官则揶揄道：“朱建，你这一米八五的个头，还需要找个脑袋来显高吗？”

这几人正哄笑的时候，“滴滴滴”，桌上的固定电话响了起来。

朱建看了一眼，惊呼一声：“欧阳主任办公室的座机！”

他赶紧收起脸上的笑容，拿起电话，正要开口，听筒里已传来欧阳正刚有些激动的声音。

“朱建，你们特别行动组的在不在办公室？”

“立刻监听一个手机，机主叫陈世彪，他所有的手机都严密监控起来，并且筛查他半个月以来所有的微信聊天记录和短信记录！”

听到欧阳正刚的话，朱建与行动组的其他几个警官皆一脸茫然。

陈世彪是谁？

哪里突然冒出来的？

为什么要监控他的手机？

特别行动组的人面面相觑，一个个大眼瞪小眼，一副“你问我，我问谁”的表情时，只听欧阳正刚又厉声命令道：“这是徐素年同志最新分析出来的、最有可能作案的嫌疑人，事不宜迟，立刻行动！”

没等朱建等人反应过来，欧阳正刚直接把电话挂断了。

坐的比较远的林剑锋看到朱建脸上露出仿佛吃了苍蝇一样的表情，不禁走过来问道：“老朱，欧阳主任电话里怎么说？你怎么这个表情？”

朱建只得面色尴尬地说道：“欧阳主任要我们监控一个人的所有手机，并调取他的微信聊天记录和短信记录。”

林剑锋点了点头：“那有什么？这不是我们的正常工作吗？”

“叫什么名字？”

“陈世彪。”

林剑锋微微一愣，似乎在脑海里筛查什么。

“这人我们好像从来没有查过啊！”

“监控他干什么？”

他发现朱建的表情更奇怪了。

“你这是什么表情？到底发生什么事了？”

朱建只好吞吞吐吐地低声说道：“欧阳主任说了，这是徐素年最新分析出来的嫌疑人。要我们立刻照办！”

林剑锋顿时就愣住了。

不远处的秦骏立刻回敬他们道：“看来你们特别行动组虽然都是大高个子，但长个脑袋真的是为了显高，根本都没有脑子！”

听到秦骏的话，朱建正要发作，低头查电脑的林剑锋忽地笑了起来。

“你们等着看徐素年出丑好了！”

朱建等人不解其意，林剑锋已经半个身子坐在办公桌上，得意扬扬地跷着二郎腿，将桌上的液晶显示器朝其他几人的方向推了推说道：“你们看看这个陈世彪是做什么的！”

众人一看到林剑锋调出来的资料，都忍不住大笑了起来。

“送……送外卖的?!”

“哈哈哈哈……是个‘饿了不’平台的骑手。”

“送外卖的能干伪基站和电信诈骗？”

朱建揶揄道：“而且他的文化程度也不高啊，中专毕业。”

“不是她徐素年自己说的吗？”

“学历层次低的人不可能搞伪基站！”

“这不是打自己脸吗？”

朱建一边说着，一边在自己电脑前坐了下来，轻车熟路地搜索“陈世彪’名下的手机号和银行卡。

但是下一秒，他的目光就惊住了。

“老朱，你又咋了？”

林剑锋正要上前与朱建打趣，忽然朱建就像是难以控制地惊叫了起来。

“他名下两部手机全部关机了！”

“而且拔掉了手机卡！”

“他的银行卡里，这半个月来流水异常，经常是几十万元进，几十万元出，尤其是昨天突然进账一百万元！”

“而且是多个 ATM 机分批次直接存入现金，没有任何资金来源！”

“林队长，嫌疑犯居然真的是——这个送外卖的！”

7.“抓鬼”

朱建一声惊叫，整个苏省反通讯诈骗中心都被惊动了。

“案子有头绪了？”

“居然真的把嫌疑人找出来了？！”

一下子，苏省反通讯诈骗中心的三十多位民警全都拥到了特别行动组这边的电脑旁。

“这银行流水，一下子多了一百万元，肯定有问题啊！”

“是啊，手机关机，还把手机卡扔掉了，这是做贼心虚啊！”

“天哪，徐素年究竟是怎么发现这个线索的？”

更有人诧异道：“这徐素年能掐会算吗？女诸葛啊！”

“连‘鬼’都抓得出来！”

有些年纪略大的警官也是松了一口气。

年轻人关心的是案情的进展，他们关注的则是社会压力。

毕竟“幽灵诈骗”这件事情半个月来闹得沸沸扬扬，很多网友在网络上指责省厅和省城的公安无能，而且跟帖极多，可见此事已经引起了社会大众的恐慌情绪。

若是能够抓出嫌疑人，哪怕只是案情有了巨大的进展，一方面可以保住公安部门的颜面，另一方面也可以安抚社会大众日益紧张的情绪。

可是，这些经验丰富的老警官们也很纳闷。

徐素年究竟是怎么一下子从茫茫人海中定位到这个嫌疑人的。

这简直有点太神了。

就在苏省反通讯诈骗中心的所有人因为激动而沸腾的时候，欧阳正刚、陈焱与徐素年一起从办公室里走了出来。

欧阳正刚才出来，朱建立刻从座位上站起来跟他行了一个礼汇报道：“欧阳主任，嫌疑人两部手机目前均已关机，而且拔掉了手机卡。”

“他的银行账户最近十五天流水异常，几十万出，几十万入，尤其是昨天他的账户异常转入了一百万元人民币，而且是通过 ATM 机分批次异地现金存入的，这明显与他作为外卖骑手的收入不符，有重大作案嫌疑。”

林剑锋也直起腰，汇报道：“特别行动组申请对犯罪嫌疑人实施强制措施。”

欧阳正刚却摇了摇头：“知道是他就行了，请省城公安局协助，调取各地的摄像头，对犯罪嫌疑人实施监控，注意不要打草惊蛇。”

林剑锋一时语塞，欧阳正刚又说道：“仅仅凭借陈世彪一个人，不可能做下这么多桩大案，必然有幕后黑手。”

“转账的金额也明显低于这半个月来发案所涉的诈骗金额，由此推断，他应该是团伙的下层……”

“甚至可能只是团伙里的一个小虾米，抓了他必然会打草惊蛇。”

他看向朱建说道：“调取嫌疑人两部手机的通话记录、短信记录和微信、QQ 聊天记录，给我一条一条地搜，找出有价值的情报来！”

“我们要抓，就抓大的！”

听到欧阳正刚的话，林剑锋又坐了下来。

让他没有想到的是，欧阳正刚对他说道：“剑锋同志，你跟徐素年同志要多多合作交流。”

他意味深长地看了林剑锋一眼，说道：“好汉不打不相识，希望你们通力合作，早点结案。”

“需要省厅或者省城公安局的任何资源配合，你们都可以向我或者陈副主任申请。”

虽然欧阳正刚除了让林剑锋与徐素年通力合作以外，什么贬损林剑锋的话都没有说。但是堂堂的苏省反通讯诈骗中心技术一哥，居然要跟一个才第一天进中心的新人通力合作。

这其实已经挫伤了林剑锋脆弱的自尊心。

看着回到座位上的徐素年，林剑锋咬了咬牙，似乎在跟自己较劲：“看着吧，破这个案子，我的功劳一定会比她大！”

在苏省反通讯诈骗中心这样一个男人扎堆的地方，以林剑锋骄傲的天性，自然而然地认为，男人就应该是强者，就应该处处强过女人。

“我林剑锋怎么可能会比一个女人差?”

与特别行动组这边尴尬冷清的气氛相比，徐素年的座位旁就热闹多了。

甚至特别行动组也有几个民警好奇地凑过去看热闹。

“徐素年同志，你是怎么发现这个犯罪嫌疑人的?”

“定位得这么准，简直不可思议啊！”

徐素年被众人吹捧，脸上竟也没有骄傲之色，依旧谦逊地说道：“还是根据我之前的推断，多个受害人手机同时掉线，必然是同时受到了伪基站的干扰。”

“根据伪基站作用的半径推算，自然可以推测出对方使用伪基站进行干扰的大致位置。”

“因为干扰基本是在户外进行，而在高档小区，管理一般都比较严格，所有的监控会自动同步上传到我们公安局的网安云端备查，我找到了他们的监控录像，并找到了可以覆盖这个位置的三个摄像头。”

说到这里，徐素年也没有藏私的意思，在自己电脑上打开了收到的监控视频，展示给众人说道。

“虽然其中一个摄像头因为没有检修，已经黑屏，另外两个摄像头的画面也十分模糊，但足够辨识出他的基本特征了。”

众人听到这里，都疑惑起来。

要知道，即便是极其清晰的摄像头，因为犯罪嫌疑人会进行伪装，如戴墨镜、穿风衣、戴帽子、戴口罩等，也很难准确识别出对方的身份特征。

除非特别明显，比如极高、极胖、极瘦，或者是醉酒、吸毒等导致精神错乱，举止怪异的，才有可能被辨识。

而且这一切都要建立在摄像头足够清晰的基础上，徐素年居然能够通过模糊的摄像头影像分辨出对方的特征？

这究竟是……

等到监控画面放出来，又引起一阵惊呼。

“想不到他居然是用这种方式混进去的！”

有人捶胸顿足道：“我们之前怎么就没有想到这一点！”

“居然是这样！”

监控视频里，虽然嫌疑人进行了伪装，戴了帽子，也戴了口罩，只能看到他穿着长袖衣服，中等身材，蹲在草丛里操作伪基站的侧影。

但是不远处的草地上，还可以看到一只蓝色的箱子。

正是一只打着“饿了不”Logo的送餐厢！

而且全部操作完之后，嫌疑人看了看四周，确认没有其他人时，才将伪基站、笔记本电脑一股脑塞进送餐箱里，忙不迭地朝直梯的方向走去。

徐素年淡淡地说道：“我根据他的体形特征，对通过消防通道进入君临世纪花园的监控录像进行了调取，因为他是混进小区的，不可能逗留太久，所以我重点筛查二十二点之前，也就是永达广场打烊之前的视频，很快就在商场监控和消防通道监控里发现了更加清晰的影像。”

她抬起纤纤玉手，在鼠标上轻轻地点了一下，很快所有涉及这个外卖员的监控视频都被调取了出来，挨个点选了之后，系统很快就拼凑出一幅几乎没有遮挡的人像来。

这一张拟真人像的精细程度，已经与证件照相仿。

点选之后，直接进入数据库进行比对，顿时陈世彪的照片和名字就跳了出来。

名字旁边是陈世彪相关的个人信息，记载了他的籍贯、职业、社保记录、手机号码、婚姻情况、子女情况、就医情况、财产情况，甚至连购买车票、住宿记录、上网吧的记录都有。

从徐素年提出假想，到最后从茫茫人海里揪出最有可能的犯罪嫌疑人，整个过程流畅得叫人不可思议。

一切就好像变魔术一样令人惊讶又合情合理。

“这样都可以！”

“徐素年同志，你，你简直太牛逼了！”粗鲁惯了的男同志说完才意识到“牛逼”不是个文雅的叫法，赶紧掩口，改口道：“我的意思是，你太厉害了！给……给你点赞！”

看到这一百八十多斤，穿着警服的壮实大胖子，竖起两个大拇指做出点赞的姿势和自以为很萌的表情，还真是叫人难以接受。

徐素年想了想又说道：“但这件事情也不是没有疑点，所以我并不建议中心对陈世彪立刻进行抓捕。”

徐素年分析道：“第一点，陈世彪后面有更大的幕后黑手，几乎是铁板上钉钉的事情。抓了虾米肯定是要惊走大蛇的。”

“第二点，伪基站启动会干扰和屏蔽一定范围内的运营商信号，伪基站则趁着这个时间，搜索附近的手机号，并将短信发送给这些号码。屏蔽运营商信号的时间能持续十到二十秒……”

“大部分伪基站都是主动给受害者的手机发送垃圾短信，或者伪装成银行、公安、检察院、法院或者海关等发送诈骗信息。”

“虽然这样的电信诈骗手段至今还会有人中招，但明显不是这次网络电信诈骗案所用手段。”

“他们究竟是如何获得对方登录账户的二维码的？”

“第三点，陈世彪只有中专文化，居然能够组装伪基站，说明对方可能有了简易拆装的伪基站。万一在抓捕过程中对方将基站破坏，可能事情会十分棘手。”

“尤其是后面两点，我们抓到人，却没有抓到赃，很有可能无法形成完整的证据链，也许会白忙一场，甚至延误机会。”

众人听到徐素年巧妙的切入角度、缜密的案情分析以及对整个案件大局的清醒认识，纷纷对这个地级市上来，看起来年龄不大，经验似乎也不多的女同志越发的心悦诚服。

只是众人的每一声惊叹，此时此刻在林剑锋听来，都无异于是重重打在他脸上的耳光。

他刚想站起身去走廊上抽支烟静静，忽然他面前的座机响了。

林剑锋接起电话，面色一凛，旋即应了一句："是，我立刻就来。"

挂断电话，他就起身径直进了陈焱的副主任办公室。

林剑锋满脸凝重地进了副主任办公室，大约五分钟后却满面红光地走了出来。

就好像重新焕发了活力一般，甚至脸色都因为激动而红得厉害，就好像喝了酒一样。

看到林剑锋神态表情这样明显的变化，特别行动组的其他几个民警都疑惑不解地问道："林组长，您这是怎么了？"

"陈副主任跟您说什么了啊？"

林剑锋冷冷一笑，低声说道："你们跟我出一趟外勤！"

众人皆是应允，哪知道林剑锋又说道："把手枪带着！"

特别行动组的民警们都是一愣。

要知道，现在社会越来越文明，对于公安民警使用武器的限制也越来越多。

除非是在明确知道对方可能持有枪械或弓弩等致命武器，或者是处理故意伤害等严重暴力罪犯时才允许民警佩戴手枪。

难道这一次出外勤的任务这么危险？

"任务我暂时不好说！"

林剑锋神秘一笑："跟我走！"

"晚了的话，就来不及了！"

8. 身不由己

特别行动组的七名民警不动声色地离开了苏省反通讯诈骗中心。

此时的苏省反通讯诈骗中心，众人都围在徐素年的电脑旁，充满好奇、乐此不疲地跟她讨论着案情，根本没有人察觉到他们的离开。

从地下车库取了一辆执行便衣行动的别克牌商务车，穿好便衣，去枪械库取好手枪，到汽车开出车库，林剑锋全程都没有再开口。

出了苏省公安厅的大院，其他几个警官实在好奇，正要开口询问林剑锋接下来行动的内容，一直把着方向盘，开着别克商务车的林剑锋开口了。

“就在刚才，省城公安局报告给我们苏省反通讯诈骗中心一个重要情报，是陈焱副主任接手的。”

“我们要找的犯罪嫌疑人陈世彪被目击出现在省城第一人民医院，按照目前的情况看，他应该不会逗留太久。”

其他几个队员听到这次出勤只是去抓涉嫌“幽灵诈骗案”的犯罪嫌疑人陈世彪，不禁松了一口气。

毕竟与抓捕可能持有致命武器的毒贩，或者是严重暴力犯罪的歹徒相比，抓一个网络电信诈骗犯，尤其本职还是一个外卖小哥的嫌疑犯，要简单得多。

坐在副驾驶的朱建不禁问道：“林组长，不就是去抓一个外卖小哥吗？至于兄弟们这么大费周章吗？”

“为什么还要我们配枪，这不是跟迫击炮打蚊子一个道理？”

“而且欧阳主任不是说，暂时不要收网，要放长线钓大鱼的啊？”

林剑锋握着方向盘，目光之中有寒芒闪烁。

“陈副主任也说了，机不可失，失不再来。”

“对方既然关闭了手机，还拔掉了手机卡，肯定是做好了逃遁的准备，而且有一定的反侦查意识。”

“难得嫌疑人被目击到，若是错失机会，可能不仅大鱼没有钓到，连小鱼也脱线跑了。”

听了林剑锋的话，特别行动组的其他六个民警脸上表情各异，似乎还是不理解为什么陈焱副主任要跟欧阳主任对着干，而且还让他们配枪……

林剑锋一边开车盯着前方，一边淡淡地说道：“陈焱副主任虽然说得不是很直白，但我也能够领会他的意思。”

“这案件是我们苏省反通讯诈骗中心接手的，可以让下面地级市的人来帮忙，但是……”

等红灯的档口，他握紧方向盘，目光似乎盯着挡风玻璃上自己的倒影，嘴角挂着一丝略带冷酷的笑意。

“头功不能拱手让给地级市的人，必须是咱们自己人！”

“所以让你们配枪是陈副主任的意思……”

“如果对方想要逃跑，可以鸣枪示警，也可以选择直接用枪打腿。”

其他几位民警都是一惊。

“腿上挨一枪，可能会终生残疾……”

“而且省城第一人民医院又是人流密集的地方，万一伤到群众岂不是……”

林建峰似乎早就料到众人会这么说，在等红灯的间隙，他从中控台下面摸出一件半个手掌长、圆筒状态的东西扔给副驾驶上的朱建。

“老朱，在警队里你枪法最好，先把这个消音器给手枪装上……”

“如果迫不得已要开枪，你就用橡皮子弹打他的腿，记得瞄准一点，别打到群众！”

听到是橡皮子弹，朱建等人总算是稍稍松了一口气。

但他们也知道，虽然是橡皮子弹，但打在人身上的瞬间也会叫人痛不欲生。

可见陈副主任对这次抓捕下了多大的决心。

其实林剑锋也明白。

陈焱副主任之所以敢与苏省反通讯诈骗中心对着干，就是邀功心切。

若是违抗了苏省反通讯诈骗中心放长线钓大鱼的方针命令，不但人没有抓到，还打草惊蛇，破坏了全盘计划，陈焱绝对是要吃不了兜着走的。

甚至可能要挨处分。

至于陈焱说的，不能让功劳落在来自地级市的徐素年手里，其实不过是利用了林剑锋与徐素年之间的矛盾而已。

只不过林剑锋今天接二连三地在徐素年这个新来的女警手里吃瘪，他的自尊心受到了极大的打击。

他也不愿意去管这些利用不利用的了。

只要可以胜过徐素年，压这个女人一头，早些立下功劳。利用就利用，林剑锋并不在乎这些！

林剑锋抬起头来，目光更加坚毅，也更加疯狂。

他看了一眼还有整整五十秒的红灯，对副驾驶上的朱建命令道："把警灯拿出来，拉警笛，情况紧急，我们一秒钟都不能再等了！"

朱建先是一愣，旋即伸手到座位下面取出一个警灯。

他的手伸出车窗将警灯安在了车顶之上。

"呜呜呜！"

刺耳的警笛声响起，原本挤在前面的车辆纷纷躲避开来。

只见红灯还有十几秒的时候，别克商务车已是一车绝尘，穿过滚滚车流，朝省城第一人民医院的方向冲去。

……

与此同时，苏省反通讯诈骗中心里，信息查证组的张启辰忽然惊叫了起来。

"陈世彪的手机又通了！"

"他插上手机卡了，而且还拨通了一个电话！"

一下子，整个苏省反通讯诈骗中心都沸腾了。

"不可思议！"

要知道，在一般情况下，犯罪分子关掉手机，拔掉手机卡，几乎就不可能再接通。

有的犯罪分子甚至会直接丢弃手机，等于彻底断了线索。

只能依靠摄像头或便衣警察的目击。

现在城市越来越大，警力也越来越捉襟见肘，被便衣警察撞到的可能性几乎等同于彩票中奖。

如果面对有较强反侦察能力的犯罪分子，在外行动时都会选择戴墨镜、口罩，穿风衣，甚至会进行化妆和佩戴假发等简单易容。

想要单纯靠精度不高的摄像头来分辨，难度也就变得非常大。

这也是为什么目击了嫌疑人之后，有人要不惜一切代价立刻抓捕的原因。

可是谁也没有想到，这个嫌疑犯居然这么不走寻常路，将拔掉手机卡的手机重新开机，还插上了自己原来的手机卡。

要说这种事发生的概率，基本上跟世界杯决赛上克罗地亚队给自己球门怼了一个乌龙球，之后又在法国队的守门员开大脚时撞在他们脚上，又进了一球这种生平罕见的神仙事件差不多吧！

“立刻把通话接到中心来！”

徐素年大声说道。

张启辰赶紧将线路切换过来，放下耳机选择了功放。

虽然窃听来的电话带着“滋滋滋”的电流声，但基本上还是可以听到里面一个中年男子的声音。

“我再说一遍，我不会再帮你们做事了！”

“我之前替你们做事就是为了帮我儿子筹治病做手术的钱，我现在筹够了……”

“新闻上播过了，这事情是违法的，要坐牢的！”

“你们滚吧！”

电话那头，一个分不清是男是女，一听就是经过变声软件变声处理的声音冷笑道：

“你以为现在收手警察就不抓你了吗？”

“不是违法的勾当，你以为你可以在半个月里赚一百六十万元？”

“已经进到泥潭里就别想摘干净，最后一单，做一单最大的！”

“做完之后你把东西还到废品回收站去，再给你一百万元，大家以后各走各的路！”

听着手机里的对话，整个苏省反通讯诈骗中心鸦雀无声，落针可闻。

这段对话传达的信息实在是太重要了。

跟陈世彪接头的人显然没想到他已经被盯上了，依旧在等待陈世彪的回答。

可是他等来的回答却是：

“你们做的这些事情太缺德了！”

“别人跟你们无冤无仇，你们凭什么把人家搞得家破人亡?”

“我在新闻上都看到了，被你们骗得倾家荡产的人跳楼了，还没死成！惨，实在是太惨了!”

那声音冷笑道:“说得好像你手上很干净一样?”

“勒死他们的绳子是你亲手捆上去的!”

“好了，少废话，最后一单，你做是不做!”

“你若是不做，自然有的是人抢着做!”

那声音狰狞道:“为了让你保守秘密，我就必须让你永远地闭上嘴巴!”

听到这死亡威胁的话，苏省反通讯诈骗中心的民警们一个个都屏住了呼吸。

等待着陈世彪最后的回答。

如果他同意作案，对于苏省反通讯诈骗中心破案的帮助将会很大。

但是从人性的角度去考虑，如果见证一个灵魂彻底的堕落，又是一件令人多么悲凉的事情。

陈世彪的回答粗鄙，却极有骨气。

他用带着家乡口音的话道:

“我呸，我操你姥姥!”

他直接挂断了电话!

张启辰又汇报说：“陈世彪的手机又关机了，拔掉了手机卡，而且手机的坐标不再移动，他应该是把手机扔了!”苏省反通讯诈骗中心里的众人不禁长舒了一口气，脸上的表情却不知道是庆幸还是惋惜。

“我们可能丢了一个立大功的机会啊!”秦骏略有一些惋惜地说道。

徐素年却笑道：“立功的机会，虽然难得，但以后还会有……”

“一个犯罪嫌疑人，在悬崖边迷途知返，能够见证这一刻的机会，却是少之又少。”

“没什么好惋惜的!”

……

省城第一人民医院，住院部到门诊的走廊上。

有行色匆匆，如跟死神赛跑的护士。

有被人搀着，扶着，甚至推着的病人。

还有或痛不欲生，或神情恍惚，或眉头紧锁，面色阴沉的家属。

曾经有人说，如果想要体会人世间的绝望，就去医院里待一段日子。

在那里会看到一切你所能想到的，人世间的悲剧与苦难。

虽然有正直的医生和勤勉的护士，但是依旧免不了会有令人战栗和压抑的绝望。

有人说过，当痛苦压抑到了极致的时候，连死亡都会变得具有诱惑力。

陈世彪走在这些好像是行尸走肉一般的人群当中，想到自己也曾是他们中的一员，但好在他现在应该算是解脱了。

“我请的都是最好的医生，小智的手术一定会非常成功……哪怕是抓我去坐牢，我也……”

可就在他抬头的瞬间，只见身穿便衣的林剑锋与其他两人一边四处张望，一边朝住院部走来。

不像地痞流氓一样贼眉鼠眼，左顾右盼，而是目光锐利如同盘踞在山崖上的鹰隼，不放过任何一个可能的猎物。

这样的眼神，陈世彪只在电视剧里看到过，一种是特种兵执行任务的时候，一种是警察抓人的时候。

有人说，当人没有犯罪的时候，看什么警察都是和颜悦色的，当人犯罪之后，哪怕是再客气的警察在他看来也是凶神恶煞的。

所以有时候民警只是例行检查，却往往意外地发现有人掉过头来，拔腿就跑。这样的人抓住了一查，基本都是逃犯，至少也是个醉驾。

这就是人的潜意识在起作用。

可就在他下意识地转过身，想要远离这几个凶神恶煞的警察时，他的身体僵住了，目光也愣住了。

因为就在他想要退回到住院部的路上，走廊的另一端，朱建等四个民警也正顺着走廊找了过来。

一样的目光锐利如炬，在陈世彪的眼里也是一样的凶神恶煞。

他面色有些惨白，仿佛看到了自己的宿命。

就在他身体僵住，不知道该前进还是后退的时候。

“在那边！”

朱建率先发现了陈世彪，旋即一声令下，他身后的三名警察一齐朝陈世彪扑去！

就在朱建伸手去拽风衣口袋，准备掏枪防止陈世彪拒捕或者逃跑时，让他有些不敢相信的一幕发生了。

陈世彪好像是心甘情愿被逮捕一般，没有像其他的犯罪分子一样做困兽之斗，被民警按倒在地之后也没有拼命挣扎，而是平静地接受了自己的宿命。

唯一引起波澜的，只有被撞倒在地的护士发出的惊恐尖叫。

尖叫声引来了医院的保安。

拿着警棍冲过来的两名医院保安在看到七名精壮的汉子，死死压住一个略微有些中年发福的男人时，也惊呆了。

保安队长拿起警棍，指着林剑锋等一干人，像是给自己壮胆一样，用发颤的声音喊道：“不，不，不许打架斗殴！要讨债，出，出去讨！”

看到这保安都吓结巴，话也说不利索了，林剑锋知道这两个保安是把他们当成讨债的黑社会了。

他脸上挂上一丝冷峻的神色，从上衣口袋里掏出自己的警官证说道：“我们是便衣警察，这是我的警官证，我的警号是32110。”

听到林剑锋的话，再看到他手里抓着的警官证，两个医院保安这才松了一大口气。

“早说啊……自己人啊？”

后面那个差点吓尿了的医院保安不禁嘟哝道。

旁边围观的群众不禁问道：“警察同志，这个人犯了什么事啊？”

林剑锋从口袋里掏出一副铮亮的手铐给陈世彪铐上，沉声说道：“他偷了别人的东西！”

这么一说，原本充满好奇心，还以为是抓住什么大案要案逃犯的吃瓜群众顿时索然无趣起来。

毕竟这样的架势，这么多警察，不抓个恶性犯罪嫌疑人都对不起观众。结果抓的居然只是一个医院里并不罕见的小偷。

“嗨，现在小偷在别的地方都偷不到钱，要失业了，专到医院来偷人家带在身上的现金啊!”

就在这时，人群之中一名拄着拐杖，戴着厚厚眼镜的老人缓缓走了出来，抬起拐杖对着被按在地上的陈世彪的脑袋，就是狠狠一下。

没等陈世彪反应过来，老人已是狠狠地一口浓痰直接吐在了他的脸上。

“缺德鬼，偷别人的救命钱，你家世世代代生儿子没屁眼!”

这不是一句俏皮的话，而是饱含了对在医院里偷救命钱的扒手的满腔悲愤与恨意。

要知道，没有医保卡，只能取了现金来大城市医院就医的老百姓手里头的钱，极有可能是跟亲戚朋友们东拼西凑来的，也有可能是家里卖房子卖地的钱。捧着这些钱，想要来医院换一条命，但是没想到的是在他们缴费的时候，发现钱被人偷走了。

钱没了，往往人也没了。

这哪里是在谋财，这简直就是在害命!

一拐杖下来，彻底把周围人群的怒火给激发了出来。

“打死这个缺德贼!”

“打死他!”

“看他们以后还敢不敢在医院偷钱!”

陈世彪被狠狠敲了一拐杖，喃喃自语道：“我……我不是小偷!”

“我不是……”

哪知道听了这话，围观的群众更加愤怒了。

“警察都抓你了，你还不承认!”

“打死他!”

“就算不打死他，也要打折他一条腿，看他以后还敢不敢偷!”

看到人群的情绪不太控制得住，林剑锋当机立断，赶紧伸出手来，挡在了人群面前。

这可是“幽灵诈骗案”的重要线索和嫌疑人，要是在医院被群众打伤了，回去恐怕也不好跟欧阳主任交代。

“请大家冷静！”

他说话的同时赶紧给朱建几人使了个眼色，众人也知道不能久留，立刻扣住陈世彪，朝走廊外走去。

“妨碍公务是违法犯罪，请各位公民自觉遵守法律！”

9. 还没问就什么都说了

二十点。

苏省反通讯诈骗中心灯火通明，除了几个请假的民警之外，四十位民警几乎都还在岗。

这是苏省反通讯诈骗中心主任欧阳正刚亲自定下来的规矩，幽灵诈骗案屡屡发生的这半个月以来，每天晚上都成了苏省反通讯诈骗中心全体民警最紧张的时间。

因为幽灵选择的作案时间都是在夜晚，尤其是午夜十二点以后。

虽然大部分受害人都是在早上醒来之后，才发现账户被掏空，资金被转走，信用也被彻底透支借了一堆不知名的网贷。

但是偶尔也有受害者半夜惊醒过来报警的情况。

只要有万分之一的可能，就必须做好万无一失的准备。

这是欧阳正刚的话。

倘若，受害人能够第一时间报警，苏省反通讯诈骗中心的民警就可以在第一时间到达犯罪现场，说不定就有可能现场抓获嫌疑人。

那么一切问题也就迎刃而解了！

所以，现在每天六点正常下班以后，一旦要离开中心超过半个小时，就必须办理请假手续。

下班不离岗，说起来还真的有一点无奈。

八点钟，苏省反通讯诈骗中心里民警们手里的活儿干得差不多了，进入了休闲放松的时间。

奋战了十几天的他们，不得不用浓茶、咖啡和香烟的尼古丁来强打精神，再配合聊天侃大山来熬时间，等待可能有收获的午夜十二点的到来……

但最大的可能是，在无聊、无趣，甚至是担惊受怕中，度过十二点到凌晨的漫长时光，最后在七点半或八点，也有可能是九点，收获一个新的重大案情。

信息查证组的张启辰端着咖啡，一边打着哈欠一边说道："从过去的十五天来看，自案发之日起，嫌疑人一直在连续作案……"

"而且如果某一天没有作案，第二天肯定会作案。"

他又打了一个哈欠说道："上次作案是前天，也就是君临世纪花园那一次……"

"我觉得不用想了，今晚上肯定要出事！"

一旁捧着保温杯的中年警官却说道："我倒觉得未必，你有没有看朋友圈？"

"现在朋友圈里都在说，只要晚上睡觉的时候把手机关机，就可以有效地防止幽灵诈骗的攻击。"

"经过这半个月的发酵，一个个血淋淋的教训，省城里的富人们早就风声鹤唳，草木皆兵了。"

"这些诈骗团伙的目标主要是有较多现金以及信征良好的高净值人群。"

"他们如果不多加防备，那才叫奇怪呢！"

又有民警附和道："对的，那篇文章我也看到过。"

"原则上来说，伪基站类的干扰攻击，在对方手机关机的情况下，是没有办法劫持手机的，这毕竟跟我们的手机定位技术不一样。"

"他们的功能手段也没有那么强大。"

他提出一个自己的假设："你们说昨天晚上有没有可能，嫌疑人其实是想发动攻击的，只是受害人比较警觉，在入睡的时候将手机关机了。所以犯罪嫌疑人才没有得手，空手而归？"

这个观点一出，很多人纷纷点头。

“不排除这样的可能性。”

“如果真是这样的话，没有消息真的就是最好的消息了！”

又有年纪稍大一些的民警，捶了捶肩膀说道：“这十几天，我们连个囫囵觉都没有睡过，真是把大家给累惨了！”

“要是大家的防范意识都这么强，可能犯罪嫌疑人就没那么容易得手了。”

“失手的次数多了，就会露出破绽，破绽多了，案情也就有突破了……”

“也不至于让我们这么多人，下了班之后，连回家陪老婆孩子的时间都没有……”

“又不敢离岗，离开中心半个小时就要请假，就算什么事做不了，你也要在这里耗着，真是叫人难受死了。”

“关键是陈焱副主任又要求我们坚决执行欧阳主任的作息要求……”

“害得大家只能耗在这干聊天熬时间！”

听到这个民警的吐槽，众人纷纷附和。

就在这时，玻璃门“咔”的一声打开了。

虽然肉都横着长，但一点儿都不发福，反而一副笑面虎模样的陈焱走了进来。

之前还在吐槽陈焱的民警赶紧捂住了自己的嘴巴。

陈焱看了他一眼，好在只是看了他一眼而已，并没有说什么。

那民警已经吓得有些腿软，毕竟陈焱的权限还是很大的。

与此同时，跟在陈焱身后的林剑锋，亦步亦趋，一边走着，一边向他汇报着什么。

模样周正、浓眉大眼的林剑锋这样跟在陈焱身边，真的活像是他身边的保镖。

陈焱一边听林剑锋的汇报，一边微微点头。

本就不大的眼睛，更是眯成了一条细缝。

“很好，非常好!”

他看了看整个中心的民警，徐徐说道：“各位都在，就在刚才，我们的案情有了突破性的进展!”

听到陈焱的话，其他人皆不解地看向陈焱和林剑锋。

陈焱似乎故意要让林剑锋出风头，笑着说道：“林组长，你给大家说说吧!”

众人看到是林剑锋来讲案情，再联想到他带了特别行动组的人中途出去了好一阵子，不禁都疑惑了起来。

难道说林剑锋出去侦查了一下，找到了重大的线索?

还是说……

就在众人目光疑惑，一个个内心感到纳闷的时候，林剑锋笑了笑，开口说道：

“傍晚的时候，我们抓住了犯罪嫌疑人陈世彪。”

话音落下，全场惊呼。

林剑锋笑了笑说道：“省城公安局汇报，说便衣警察在省城第一人民医院目击陈世彪，所以我们果断对他进行了抓捕。”

徐素年微微一愣，眉头皱了起来。

一方面是因为欧阳正刚明确要求，暂时不对陈世彪进行抓捕，要争取揪出幕后的黑手。

另一方面是，之前陈世彪与疑似犯罪团伙头目的人已经闹翻，而且之前作案也是逼不得已。

此时此刻，听到陈世彪已经被捕，苏省反通讯诈骗中心的众人都不知道是该高兴，还是该惋惜。

徐素年还没有说话，秦骏已经忍不住开口道：“林剑锋，谁允许你私下抓捕陈世彪的?”

“欧阳正刚主任的话，你都当耳旁风了是不是?”

哪里知道林剑锋还没有反驳，陈焱反倒眯着眼睛，笑道：“是我允许林组长去抓捕犯罪嫌疑人的，请问秦骏同志有什么意见吗?”

秦骏听到这话，隐隐感觉到有些压力，只得低下头来，嘟哝了一句："打草惊蛇的话，这个责任谁担？"

林剑锋有了陈焱撑腰，冷声对道："一天到晚说什么打草惊蛇，怕惊到草里面的蛇，就连草都不敢打了吗？"

"难道就放任毒蛇在草里咬人吗？"

他声音赫然提高，如在反问秦骏一般。

"你们这究竟是打击犯罪，还是姑息养奸？"

秦骏看了看林剑锋身边一直眯着眼睛的陈焱，只好咬咬牙，不再说话。

林剑锋见徐素年没有说话，感觉自己压了徐素年一头，得意地开口说道："昨天晚上陈世彪之所以没有作案，是因为昨天晚上他儿子要做手术，他不愿意离开等候区去作案。"

他的脸上露出了得意之色。

"陈世彪已经交代了。"

"他交代了他的上线，包括他们接头的地点、作案的几个地点……都交代得一清二楚。"

"也与案情非常吻合。"

他对着张启辰说道："我们根据犯罪嫌疑人的电话进行了初步查找，确定其上线的号主是一个叫王强的人。"

"信息查证组，立刻去查一个叫王强的人，然后对他的手机进行监控。"

但是他的话才说完，却发现张启辰脸上露出苦相，似乎遇到了很麻烦的事情一样。

"张启辰，你有什么困难吗？说出来！"

林剑锋走到张启辰的电脑前，只见张启辰拉了拉鼠标，整整十几页页面，都是叫"王强"的人。

张启辰问道："身份证号码您有吗？"

林剑锋咬了咬嘴唇说道："身份证号码是错误的，这个号码匹配的身份证是一个死者，虽然也叫王强，但肯定不是这个家伙！"

毕竟，一个已经死了的人，要是还能出来电信诈骗，那就不是刑事案件，而是灵异事件了。

“应该是电信的锅，当初实名制认证的时候没有做好！”

面对这突然中断的线索，林剑锋眉头紧锁，突然对身后的陈焱说道：“陈副主任，我申请出勤蹲守他们接头的垃圾收购站！”

陈副主任笑道：“当然可以！”

“这个案子破案的关键，还是在你们特别行动组身上，快去吧！”

林剑锋正要离开，一直闭口不言的徐素年终于开口了。

“林组长，你这样做，肯定不行的！”

林剑锋听到徐素年说话，不禁转过身来，冷笑道：“徐素年同志，那你说说应该怎么做？”

之前其他警员聊天时看似沉默不语，实则在思索问题的徐素年缓缓说道：“对方绝对不是我们以前抓的利用伪基站发发垃圾短信和诈骗短信的小贼。”

“对方不仅有组织，还有极强的反侦查意识，这一点在你们搜索那个电话的号主信息时，就应该知道了。”

林剑锋冷冷笑道：“这应该只是你的猜测吧？”

“弄一张死者的身份证，搞了一个假号码就叫反侦查意识强？”

“徐素年同志，你是不是也太看低我们公安干警的智商和业务能力了？”

徐素年被林剑锋呛了一句，丝毫不怯战，依旧淡淡地说道：“你们去抓捕陈世彪之前，他才跟上线通了电话，我们也监控到了。”

“但当我们追踪那个电话的时候，发现了一个有意思的事情……”

徐素年将自己面前的电脑屏幕侧了过来，对林剑锋说道：“利用伪基站，或者是改号器等手段，可以让打出去的号码变成任何号码，哪怕显示是美国白宫的电话都没有问题。”

“但是别人回拨这个号码的时候，会拨到别人手机上或者是空号，也就是说，李鬼终究是李鬼，李逵还是李逵。”

听到徐素年的话，林剑锋微微皱眉，不知道她究竟想要表达什么。

徐素年继续说道：“但这次不一样。”

“陈世彪居然能够用这个号码与接头人直接联系，而且还是对方本人。”

“这太不符合常理了。”

“所以我通过技术手段破解了这个号码的信号轨迹，结果我发现了这个！”

说到这里，她将屏幕又朝众人方向推了一推。

只见屏幕上面，一张信息化的地图上，一条条的红线盘根错节，就好像是盘踞的毒蛇。

“这个信息经过多次转接，最后同时映射给三十个手机或固话。”

“最要命的是，这三十个手机和固话，无一例外，全部都是国外的……”

她伸出手来，指着其中一个点说道：“菲律宾有十个，马来西亚有七个，越南有六个，泰国最多，十一个，新加坡还有一个。”

徐素年继续说道：“除了新加坡之外，这些地方的当地人都有很大可能听不懂中文，所以当他们听到接通的电话里传来‘叽叽咕咕’他们听不懂的语言时，第一反应就是挂掉手机或者电话。”

“这也就是我们听到的通话里噪音极大，异常嘈杂的原因。”

“如果犯罪嫌疑人在本市，哪怕是在我国的东南沿海地区，通信质量都不可能差成这样！”

“但对方百密一疏，新加坡的那一个电话，应该才是真正的信号源所在。”

“为什么？”立在林剑锋旁边的朱建不禁问道。

徐素年旁边的秦骏却先开口回答了：“因为新加坡是汉语和英语双母语的国家，他们听得懂中文，为了防止信息泄露，他们肯定不会在新加坡找一个分散信号点。”

“所以新加坡的应该是真正的信息源头。”

徐素年微微点头，她又看向林剑锋，缓缓说道：“经过我这样一分析，林组长，你还觉得对方是个简单角色吗？”

林剑锋被徐素年这样一呛，语气冰冷道：“那依你的意思，我们现在怎么做?”

“陈世彪什么都交代了，我们什么都不做吗?”

徐素年缓缓说道：“我们需要先弄清楚犯罪分子利用的是什么技术。”

“然后才可以对症下药，否则的话，就算真的抓到犯罪分子，也可能因为证据不足，而要放人。”

“更别说对国际刑警组织提出申请国际协助，来抓捕远在境外的幕后黑手了。”

她看向陈焱，缓缓说道：“陈副主任应该了解的，我们与新加坡目前还没有达成警务合作协议，只能请求国际刑警组织协助，如果没有完整的证据链，很有可能会被驳回!”

“也就是说，如果真正要将案件办结，必须要抓住实质性的证据。”

听到徐素年的话，陈焱的目光也出现了一丝犹豫，开口问道：“徐素年同志，那你想要怎么样处理?”

徐素年说道：“让我先见见陈世彪，了解一下伪基站的情况和细节，判断对方使用的是什么技术，然后我会向省城警官学院我的老师请求协助，让他帮我设计一套反伪基站的屏蔽系统。”

林剑锋嗤笑道：“等你的屏蔽系统研发出来要到猴年马月了?”

“到时候别说是整个省城，全国说不定都被祸害光了!”

“远水救不了近火，徐素年同志，你的想法太天真了!”

他又揶揄徐素年道：“你毕业时间不长，在警队工作时间还短，所以还是改不了以前在学校里的那种不切实际的‘学院派’思维”。

徐素年面对林剑锋的嘲讽，也不动怒，依旧淡淡地说道：“最困难的环节是如何确定对方使用的技术，对症下药的话，系统研制倒是很快。”

“最晚半个月，最快三天时间，就可以研制成功了。”

林剑锋又冷笑道：“半个月，你也看到这半个月的情况了。”

“徐素年同志，公安部还会给省厅半个月吗?”

他又带着揶揄说道：“还有一个噩耗要告诉你，徐素年同志。”

“犯罪嫌疑人已经将伪基站送回接头的废品回收站了。”

“你想要从他那里知道犯罪分子利用了什么技术，恐怕这个中专毕业的人也没法跟你说得明白。”

他的语气略带幸灾乐祸道：“恐怕你只能另外想办法了！”

看到林剑锋的语气神态，秦骏差点没跳起来。

“林剑锋，你故意的是不是？”

秦骏可以说从今天一早就忍着林剑锋到现在了。

此时忍无可忍，恨不得要动手打人了。

偏偏就在这时，一位苏省反通讯诈骗中心的民警，也是特别行动组的成员打开玻璃门，一路小跑着进来，要凑到林剑锋的耳边说些什么。

忽然秦骏喊了起来：“大家都是苏省反通讯诈骗中心的同事，有什么事情不能直接说？”

陈淼似乎也觉得特别行动组的人这样当面打小报告的行为有点难看，只得命令道：“直接说，不许这样遮遮掩掩的！”

那位民警只得开口说道：“犯罪嫌疑人陈世彪请求见我们苏省反通讯诈骗中心主管信息技术的同志！”

“他说他愿意提供与对方使用技术相关的消息。”

话音落下，立在徐素年身边的秦骏顿时来劲了。

天赐良机啊！

这边徐素年正要追查对方使用的伪基站的技术，那头犯罪嫌疑人居然就主动要求提供情报来立功。

简直就是天赐良机啊！

最妙的是，如果这位民警单独私底下跟林剑锋汇报，林剑锋完全可以自己去了解情况。至于告不告诉徐素年，那又是另一回事了。

而且很可能林剑锋自己私吞了情报，再坏一些的话，故意不给徐素年情报。

给徐素年的计划人为地制造障碍。

但现在的情况下，既然全苏省反通讯诈骗中心的民警都知道了，犯罪嫌疑人陈世彪主动请求交代问题争取立功，那么就不可能再暗箱操作了。

林剑锋看向身边这个来报告消息的“猪队友”，目光犀利的像是要杀了他一样。

真的是应了之前秦骏说的那句话。

这些家伙的脑袋长得是用来显高的吗?

林剑锋正要开口，秦骏已经大声说道：“林组长，徐素年同志可是在信息技术上赢过你的好手，这一点，全苏省反通讯诈骗中心都见证了的……”

“你不会藏私，不让徐素年去了解情况吧?”

“要知道，大家都是同事，也都是为了早日破案而聚集在一起的人民公安。”

“你不会想要搞山头主义，顺便公报私仇吧!”

听到秦骏的话，林剑锋的脸色更加难看了。

陈焱也知道单纯让林剑锋去处理是不妥的，只得说道：“这对于案情是重大线索，既然是好消息，干吗要藏着掖着呢?”

他看了看徐素年，又看了看信息查证组的张启辰说道：“徐素年同志、张启辰同志，请你们两位跟林剑锋同志一起前往审讯室获取情报。”

“记住，不要错过任何一个细节!”

徐素年和张启辰同时敬礼：“是！保证完成任务。”

偏偏就在这时，林剑锋又开口了：

“陈副主任，我请求双管齐下，对犯罪嫌疑人接头的废品回收站进行便衣布控，必要时进行查封搜查。”

陈焱皱眉：“林组长，你现在虽然调到了特别行动组，但你在网安大队的时候，是全国有名的‘黑客杀手’，是信息安全的‘全能王’，你不去，真的好吗?”

林剑锋竟少有地推辞道：“有徐素年同志和张启辰同志在那里就足够了。”

“如果废品回收站里的伪基站被犯罪分子提前销毁，或者是对方提前销毁了其他证据，对于案情可能会非常不利。”

“还是不要把所有赌注都押在审讯室那边了。”

他再次敬礼道：“我申请立刻行动，愿意承担一切后果！”

陈焱之前被徐素年说的不敢下命令，其实倒不是小心谨慎，顾全大局，而是害怕背锅。

对，他只是单纯地害怕承担责任而已。

现在林剑锋这个愣头青自己主动请缨，要承担因此导致的一切后续责任，他真是如蒙大赦，求之不得。

但面上，这胖胖的副处级领导还是面无表情，肃然问道：“林剑锋同志，你想清楚没有？”

林剑锋还以为他是激励自己，赶紧又立正敬礼：“请陈副主任放心，林剑锋愿意承担后续一切责任！”

陈焱这才满意地点了点头：“去吧！”

他又看向徐素年和张启辰说道：“你们也去吧！”

“有消息，第一时间跟我汇报！”

10．揭开“幽灵”的面纱

幽暗的审讯室内，只有一盏白炽灯忽明忽暗。

铁窗下，是一张固定在地上的铁椅子。

椅子上是一名胡子拉碴，面容憔悴的中年男子。

额头上还残留着瘀青和血迹。

他长得还算壮实，但此时此刻，却好像被掏空了全部的力量一样，无力地趴在前面仅容趴下半个身子的桌子上。

桌子上，是吃了几口的盒饭。似乎是吃不下。

这绝对不是一个中年男子一顿晚饭的食量。

他右手铐着的手铐，在白炽灯的反射下异常显眼。

他的眉头间或皱起，似乎在做噩梦，偶尔又模模糊糊地喊出一个叫“小智”的名字来。重复最多的就是反复呢喃着“爸爸没用”。

一直在审讯室门口坐着，隔着铁窗监视他的民警，目不转睛地盯着他。

因为这是苏省反通讯诈骗中心的要犯，千万不能有任何的差错。

就在这时，“咔”，响起锁芯转动的声音。

一名特别行动组的成员打开门，看守的民警一眼就看到了站在信息查证组组长张启辰身边的徐素年。

一身淡蓝色的警服，内衬白衬衫，长发柔顺地垂到肩膀。

脸上化着淡妆，似乎是为了掩盖长期高负荷工作的疲惫。

“张组长，这位是……”

审讯室的看守说话的时候，眼睛都不曾从徐素年的身上移开半寸。

张启辰这才想起来，徐素年是第一天到省厅来工作，他急忙介绍道：“这是江城市反通讯诈骗中心的徐素年同志，目前借调到我们苏省反通讯诈骗中心。”

看守民警听到这话，朝徐素年伸出手道：“我叫张强，欢迎你，徐素年同志。”

徐素年也没有高冷的女神范儿，大大方方与他握了握手：“初次见面，多多指教。”

张强放下手来，用手肘推了推旁边的张启辰开玩笑道：“张组长，恭喜啊！”

“你们苏省反通讯诈骗中心再不是和尚庙了！”

张启辰被张强这么一打趣，也是憨笑了起来。

这一笑，徐素年对于张启辰原本有些市侩的印象倒是松动了不少。

感觉他倒有点符合表面上油面小生的形象设定了。

徐素年又问道：“犯罪嫌疑人的情绪还稳定吗？”

张强琢磨了一下，低声说道：“特别稳定。”

“我在审讯室工作这么多年，还是第一次遇到什么都没问，就自己开口吐露案情的犯罪嫌疑人！”

“这哪像是被抓啊，这简直就是投案自首加积极立功啊！”

张启辰和徐素年都是一愣，但联想之前陈世彪在电话里已经透露出了自己不想再继续作案的苦衷，并且还表达了想要被抓走的悔意。

有这样的行为，也就显得很合情合理了。

张启辰点了点头，说道：“你把他叫醒吧，我们想问他一些关于伪基站的技术问题。”

张强此时却有些为难地说道：“张组长，这个，能不能等一会儿?”

张启辰不解地问道:“不是说他愿意交代问题，才让我们过来的吗?”

张强为难地说道：“是这样的，他本来是主动提出要交代问题的，但是特别行动组的人走了之后，我们进去给他送盒饭，他突然抓住我们，叫我们帮他去查他儿子在医院的情况。”

“又偏偏不肯说出具体的病床号，估计是想保护自己的儿子……”

“可这样我们怎么问?”

“眼见着犯罪嫌疑人的情绪越来越不稳定，甚至出现了自残倾向，用头撞击墙面，甚至用牙齿撕咬拽住他的民警。”

“与之前的表现判若两人。”

张强想到那一幕，似乎还没有回过神来，心有余悸地说道：“为了防止情况继续恶化，我们给他打了镇静剂，这才睡下去不到五分钟。”

“是不是让他再睡一会儿?”

“万一他情绪再失控的话，可能就……”

张启辰皱眉问道：“镇静剂可以让人睡多久?”

张强想了想说道：“每个人的体质和体重不一样，对于镇静剂的耐受程度也不一样。”

“这就跟做手术之前用麻醉药一样，体重大的用量要多一些，几个小时的手术肯定比割个盲肠用量要多一样。”

张启辰似乎有些不耐烦地再次问道：“你到底用了多少的量，他会睡多久?”

张强再三解释，说自己就用了半支。

张启辰一再追问张强，陈世彪究竟会睡多久。

张强无奈地伸出两根手指。

“二十分钟?”

张启辰松了一口气。

“那也没事的，我们等一会儿就是了!”

“强子，你他妈吓死我了!”

哪知道张强用蚊子似的声音说道：“不是二十分钟!”

“是两个小时!”

张启辰差点没惊得蹦起来。

“你不早说?”

“那赶紧把他弄起来!”

“两个小时，谁能等得了那么久!”

张强刚要开锁进去推醒陈世彪，徐素年拦住了他。

“算了!”

她看向张启辰说道：“现在才九点，让他睡两个小时也无妨。”

“反正案件早已经发生了。”

“而且……”

徐素年看向熟睡的陈世彪说道：“你们无法想象，一个被生活所迫而不得已去犯罪的人，会承受多大的心理压力，这不仅是作案时的紧张情绪，还包括自己良心的谴责。”

“稍有不慎，任何事情都会变成压垮骆驼的最后一根稻草!”

“估计他这十五天都没有好好地睡过觉了。”

听到徐素年的话，张启辰只得说道：“可是我们这样一直等两个小时，我们干什么?”

徐素年笑了笑说道：“你不是一直想找机会跟我聊聊吗?”

听到徐素年说这样的话，张强看张启辰的眼神一下子就不对了。

“张组长，原来你……”

张强打趣道：“你们苏省反通讯诈骗中心是准备肥水不流外人田，自行解决吗?”

张启辰脸皮薄，脸顿时就红透了，表情也一下子滑稽起来。

“没有的事，强子，你别瞎猜，不是你想的那样!”

张强看到张启辰脸红成那样，更是来劲了，正要说话，徐素年的手

 机却响了起来。

徐素年看了一眼手机号码，赶紧按了静音，低声说道：“我出去一下，接个电话！”

离开了审讯室，徐素年拿起手机，放到耳边，低声应了一句：“喂。”

电话那边的人得到了回应，立刻就爽朗地笑了起来：“素素，我就知道你找我没有好事，说吧，要我帮你做什么？”

电话那边的，不是别人，正是徐素年的好闺蜜瑛子。

“我需要你帮我一个忙，在网上帮我追踪一个电话号码！”

瑛子听到徐素年居然叫自己帮她查一个电话号码，不禁笑了起来：“干吗要我帮你查啊？”

“我听苏锦文说，你不是借调去苏省反通讯诈骗中心了吗？”

“省里这么多大牛，怎么还要你出面请我做私活？都是吃干饭的哦！”

听到瑛子这样贬损省厅里的人，徐素年也能理解，必然是她或者她们公司又被相关部门刁难了。

“说起来也是好笑。”

“真正隐藏在暗处的黑客，他们一般管不到，结果就老是管我们这些‘白帽子’。”

“好像生怕我们会搞点病毒来牟利似的。”

“跟你说，好气哦，上次蠕虫病毒出了个变种，闹得很大，我加班加点第一时间就破解了。”

“他们居然找我们约谈，怀疑我们自己搞了这个来提升我们的杀毒软件的装机率，还提醒我们，这种行为可以构成不正当竞争。”

“你叫我还能说他们点什么？”

徐素年知道“白帽子”就是指修复漏洞的技术大牛，是民间与黑客对抗的主要力量。

只不过一旦有关部门加强网络监管，黑客往往很难管制，而白帽子却可以直接管制。

徐素年没有立刻打断瑛子的话，她听瑛子吐槽了一会儿，方才柔声劝道：“亲爱的，白帽子里也有滥竽充数的家伙，是他们连累你们了，有关部门不是也没拿你们公司怎么样嘛？”

“说不定是其他网络公司到有关部门去告你们的刁状而已。”

“他们要是不来调查一下，人家也不会放过有关部门的啊……到时候说他们不作为、渎职，更惨。”

“现在八项规定下来，对政府各部门的要求更严格了，你体谅他们一下咯。”

“公司不是也念着你的辛苦努力，评年终奖的时候，还给你发了一个特殊贡献奖，外加三万块奖金吗？”

听到徐素年的话，瑛子不禁转怒为笑，嘴上依旧不依不饶，但已经不那么生气了。

“呸，那是本小姐，不，本女王自己辛苦工作赚来的，关有关部门什么事！”

徐素年笑了笑，也知道瑛子是说笑，继续正色说道：“我发现了电信诈骗嫌疑人在新加坡的一个极为可疑的电话。”

“但对方反侦察意识极强，不太可能直接把真实号码暴露给我们，如果要破解，没点本事估计做不来！”

“如果我们公安出面，可能会引起新加坡警方不必要的误会，你能不能请新加坡的朋友帮帮忙，查一下这个号码的真实号码和号码归属地？”

瑛子听到徐素年的话，不禁笑了起来：“这还真是一个硬骨头。好吧……”

“新加坡有个网名叫‘巴萨’的小家伙欠我一个大人情，不是我指点他，他的服务器就要被新加坡的网警一锅端了。”

“我叫他去做吧！”

“他虽然水平不怎么样，扒一个手机号码的伪装，黑个把网站应该是不成问题的。”

徐素年听到瑛子答应下来，高兴道：“这样一来，我就可以安心对付别的事情了。”

“如果有眉目了，要立刻告诉我哦!”

瑛子听到徐素年在电话里开心的样子，笑道：“小宝贝儿，我这是帮你，可不是帮某些部门!”

徐素年笑道：“知道啦，这个案子破了请你吃早茶!”

瑛子笑骂道：“得了吧，你这么忙，你上次欠我的早茶都欠了快一年了!”

挂掉电话，徐素年又回到审讯室内。

陈世彪依旧睡着，只是比起刚睡那会，睡得沉了许多，均匀地发出鼾声。

张启辰看到徐素年回来了，稍微有点尴尬，他看了张强一眼。

这家伙鸡贼得很，赶紧说道：“张组长，你们聊，我出去抽根烟，憋死我了!”

看到张强溜出去抽烟了，张启辰才缓缓开口说道：

“徐素年同志……其实，我……”

徐素年看到张启辰欲言又止，便直截了当地说道：“没事的，说吧，反正大家都是同事。”

“我这个人也比较尖酸刻薄，如果有得罪大家的地方，可以告诉我!”

“我会改的!”

哪里知道徐素年的话才说完，张启辰就赶紧否认道：“不是的，徐素年同志你误会了。”

“我不是这个意思!”

这一下，徐素年觉得气氛有些尴尬了。

“张组长，那您的意思是……”

徐素年眉头紧锁，似乎有些不太好的预感。

就在这时，张启辰好像终于调整好了情绪，开口说道：“徐素年同志……”

“林组长，他其实人很好的……”

徐素年微微一愣，她倒是没有想到，张启辰居然是来帮林剑锋跟徐素年说和的。

话说出口，张启辰仿佛终于卸下负担，吐出了心声。

“林组长他，他就是好胜心太强了一点儿，尤其大男子主义非常非常的明显。”

“所以他人看起来还挺帅的，身材又好，工作又好……为什么到现在还是单身……”

“之前谈的很多个还不错的女朋友，都因为受不了他这一点分手了。”

“他后来干脆就一心扑到工作上来了！”

张启辰继续说道：“所以他对于你实力比他强，而且还是在信息技术上比他强这一点，非常耿耿于怀……”

“他如果说了一些过激的话，请你千万不要往心里去。”

徐素年点了点头，笑着说道：“我知道的，我与林组长不过是意气之争，不会影响工作的。”

张启辰见徐素年态度有点松动，但又怕她只是应付自己，继续说道：“有一次出外勤，他还帮我挡过一枪……”

“要不是他穿了防弹衣，我要愧疚一辈子的。”

“他真的是一个好人！”

徐素年吃惊道：“苏省反通讯诈骗中心也会抓这么危险的犯罪分子？”

张启辰点头道：“是去抓诈骗犯的。对方混过黑社会，会用枪，而且居然有一把手枪。”

“负隅顽抗的时候，就跟我们对射起来。”

“我差点挨了一枪，是林组长替我挡了那一枪。”

他面带愧疚地说道：“我后来才知道的，林组长胸口上一直有一个弹痕，就是当时留下的。”

“如果不是防弹衣，他肯定没命了。”

徐素年惊讶地合不拢嘴：“想不到林剑锋还有这样的一面。”

张启辰说道：“我觉得你分析案件的思路、方向都非常好，技术上也非常厉害……”

“所以，你们都是很有本事的人，如果能够通力合作，什么案件都难不住我们。”

徐素年点了点头说道：“我对于林剑锋也没有什么芥蒂，你放心好了。”

徐素年的担心在于，林剑锋究竟能不能放下芥蒂跟自己和解。

他的性格，太刚硬了一些。

就像他的名字一样，伤人伤己。

此时，被铐在椅子上的陈世彪忽然醒过来，他看了面前的徐素年和张启辰一眼，有些不好意思地说道：“警察同志，能给我一口水喝吗？”

看到陈世彪居然提前醒来，徐素年和张启辰都惊讶不已。

张启辰赶紧说道：“你坐着别动，我给你倒水！”

他站起身来，到饮水机旁接了一杯水，递给陈世彪。

张启辰看到陈世彪有些萎靡不振的模样，又问道：“要不要再给你一根烟？”

陈世彪拼命地点头。

张启辰看了看徐素年，看她微微点了点头，便抽了一根香烟连着打火机一起递给了陈世彪。

陈世彪就好像是酒鬼闻到了酒香似的，一把抢过香烟跟打火机，也不顾手还被铐在椅子上，迫不及待地点上烟抽了起来。

倒不是公安干警鼓励人抽烟，也不是公安干警多有抽烟的传统。

而是一种审讯策略。

即便很多公安干警不抽烟，身上有时候也会带一包烟，偶尔给犯罪嫌疑人递上一支或者点上一支，不仅可以平复犯罪嫌疑人的情绪，而且有利于化解矛盾冲突和对立情绪。

有些心理防线比较脆弱的犯罪嫌疑人甚至会因此被打动，主动交代问题，争取立功表现。

这样的例子，在各地公安局里比比皆是。

果然，喝了一杯白开水，又抽完了一根烟之后，陈世彪的情绪得到了巨大的好转。

徐素年便开口问道："听说你要主动向我们披露诈骗犯罪分子使用的伪基站技术?"

陈世彪点了点头："我不能再让这些鳖孙子害人了，他们太缺德了!"

徐素年点了点头，又问道："你知道那个技术的专有名词吗?"

陈世彪想了想，茫然地摇了摇头。

这也在徐素年的预料之中。

陈世彪不过是中专文化，又不是主学的通信技术，肯定不会知道这么复杂的专业名词。

徐素年甚至怀疑对方就是故意利用泄露的个人信息，进行大数据筛查之后，选中陈世彪作为下手的人。

可以通过信贷看出近期迫切需要钱。

身高普通，模样普通，无法在人群中被特征区别。

外地人口，职业是"饿了没"平台的外卖骑手。

非本市户口，不好被追踪，职业流动性大，也不稳定，更加难以追查。

最厉害的是，外卖骑手可以明目张胆、正大光明地出入任何小区，即便被监控拍到也不会被怀疑。

而且伪基站要处于低于六十公里每小时的速度才能正常运行，所以说，电瓶车其实比汽车更适合作为作案基地。

更厉害的是，伪基站的使用者要随时随地拖着一个装伪基站、手机和笔记本电脑的箱子，如果警方刻意筛查，很容易在作案现场附近发现蛛丝马迹。

然后警方就可以顺藤摸瓜抓到犯罪分子。

但是外卖小哥不管去哪里都要带一个外卖箱子，而且要在楼梯里背上背下。

这属于办案人员的意识盲区。

即便看到了，也无法排查出线索，直接在潜意识里将外卖小哥从嫌疑人范围里排除掉了。

只能说，君临世纪花园那一次是犯罪分子百密一疏。他们可能没有想到这样的高档小区居然所有地方都有摄像头。

而且还因为一次行动，黑了多台手机的缘故，被徐素年推测出了伪基站可能的位置。

这才阴沟里翻了船。

从之前的设计来说，犯罪分子选择的陈世彪是最适合培养的犯罪触手。

即便在有大量摄像头的当代社会，依旧可以让他几乎“隐形”，甚至一度让苏省反通讯诈骗中心都一筹莫展，将这一系列的电信诈骗称为“幽灵诈骗”。

这的确是最完美的非接触型诈骗的案例。

至少在陈世彪阴差阳错落网之前，都是如此。

徐素年又问道：“你要向我们演示?”

“但现在伪基站不在你手边，你如何向我们演示?”

张启辰也说道：“你把伪基站送回了废品回收站，现在可能已经被人销毁了，你如何向我们演示?”

陈世彪想了想，说道：“我可以告诉你们，我是怎么操作的，也许对你们会有帮助。”

“这也是我跟你们说，要你们派技术骨干过来的原因。”

听到陈世彪的话，张启辰疑惑地看向身边的徐素年，问道：“徐素年同志，这样也可以推测出对方使用的技术吗?”

徐素年点了点头说道：“试试看吧!”

陈世彪想了想，开口说道：“我是这样操作的，首先那边会给我发一个定位，我到指定位置之后，把电瓶跟基站连起来，再打开笔记本和手机……”

“基站就会显示在这范围内被覆盖的手机信号以及手机号码。”

徐素年忽然打断陈世彪的话，问道：“基站是什么模样的？是一个大箱子，还是几个箱子？”

陈世彪老实地说道：“三个盒子，一个银色金属方盒，一个黑色盒子用来搜索附近的手机号码，还有一根黑色天线。”

“第三个盒子是木头盒子，里面有七张装着东西的电路卡，木头盒子连接笔记本电脑，上面还要插一个U盘。”

徐素年取出笔记本飞快地记录下来，点头示意陈世彪继续说下去。

陈世彪继续说道：“然后我会把电脑跟基站连起来，再根据那边提前给我的手机号码跟身份证信息让那几个手机号码掉线。”

徐素年眉头微皱问道：“然后呢？”

“然后我就启动电脑里的一个软件，所有发给被我弄掉线的手机的短信，就会全部转发到我自己的手机上。”

“然后我负责用他们提供给我的身份证和手机号，还有个人信息登录这些人的支付宝和微信，用短信验证码登录的方式让网站给这些人的手机发验证码，然后用我的手机截获验证码，我就可以上这些人的支付宝和微信了。”

“如果他们开启了小额免密，就会省事很多。一般富人都会开小额免密，蚂蚁搬家一样转账虽然麻烦一点，但那边可以用软件一下子刷出去几万笔，这都不是问题。”

“如果没有开启小额免密会稍微麻烦一点，就要重置他们的支付密码，还是以短信验证码的方式。”

“我这边只弄支付宝、微信还有京东支付，其他借贷系统则由那边来搞，我只负责告诉那边验证码。”

“这样两头一起操作，一单大概也就二十分钟到半个小时就结束了。”

“君临世纪花园那一次，应该是最久的一次了，是这个案件让你们抓到我了吗？”

张启辰正色说道：“你这是心存侥幸，要知道，天网恢恢，疏而不漏，这一次不落网，下一次，你肯定也会落网的！”

“莫伸手，伸手必被抓！”

听到张启辰这近乎说教式的话，陈世彪喃喃自语道：“没有下一次了……”

看到陈世彪的情绪又不是特别稳定了，徐素年笑了笑说道：“陈先生，你好好休息吧，我们不打扰您了！”

说着徐素年拉了拉张启辰的袖子，两个人离开了审讯室。

张启辰看到徐素年拉自己走，出了审讯室有些责怪地埋怨道：“你这么着急走干什么啊？”

“多问一点细节不好吗？”

张启辰见徐素年不说话，不禁问道：“你难道已经知道犯罪分子用的什么技术了？”

徐素年笑了笑说道：“当然。”

“既然已经知道了，就没有必要打扰他休息。”

“嫌疑人的情绪已经有些不稳定了，你没发现吗？”

张启辰疑惑道：“可是你怎么能通过对方的几个描述，就猜出使用的是什么技术？”

徐素年缓缓解释道：“一般的伪基站都是一个金属箱子，而且只有一个箱子。”

“像陈世彪描述的这样的情况肯定是使用了更先进的技术，也就是 GSM 劫持加短信嗅探技术。”

“这两个技术单独拿出来，都是比较优秀的科技成果，但组合到一起，就会变成非常可怕的作案工具。”

“它们可以利用技术拦截所有手机的短信，刚才陈世彪说的那个木箱子，里面装的东西就是七个专门用来拦截附近手机短信的主板，这就是 2G 信号嗅探设备。”

张启辰听到这里，惊得差点合不拢嘴：“先用伪基站让 4G 信号掉线，降级成 2G 信号，劫持附近手机的网络，再用 2G 信号嗅探设备去偷人家的短信。”

“有这脑子什么不能做，要去做电信诈骗犯？”

“这些个家伙，真他妈是人才啊！”

徐素年点了点头，沉声说道："所以从我知道有几个盒子后，就知道对方使用了什么技术。后面听他说的，已经足够多了，都不过是辅助我证实自己猜想的证据罢了。"

"在网络上，GSM 劫持技术又被称为'幽灵'劫持，这是最新的技术，只可惜被犯罪分子盯上了……"

张启辰深吸一口气，情绪复杂地缓缓说道："原来，这就是'幽灵诈骗案'的真相！"

但他不禁皱眉问道："既然是最新的技术，我们有办法破解吗？"

徐素年笑了笑，眼神中充满自信："魔高一尺，道高一丈，当然有办法！"

"我们不仅要破解，还要人赃并获！"

11. 线索又断了

幽暗天幕之下，位于省城北边的城乡接合处，有一个不起眼的垃圾收购站。

来来往往的都是衣衫褴褛的拾荒者，用成袋的垃圾交换少得可怜的几张钞票。

可就是这样一个混杂在小卖部、民居当中完全不起眼的小楼周围，却一下子混进来很多陌生面孔。

虽然他们服装各异，带着各地的口音，买烟、买酒、问路、聊天，但是依旧引起了这条小巷子里一些人的注意。

因为这些人无论是买烟、买酒，甚至是去小饭店里坐着，总是有意无意在跟当地人攀谈，问的都是关于那个不起眼的垃圾收购站的事。

林剑锋坐在卖烤串的小店里，与朱建接了头，两人坐着喝了一会儿啤酒，朱建警觉地看了看旁边的人，低声问道："林组长，我们什么时候动手？"

林剑锋想了想，又看了看才刚刚跳完广场舞，往巷子里走的大爷大妈们，拉了拉朱建的手说道："现在群众太多了，十二点半，我们行动!”

“直接撞门进去，破门之后立刻控制店主，不要有多余的动作!”

他又看了朱建一眼，问道：“枪还带着吗?”

“消音器呢?”

朱建点了点头：“都在!”

“好，那我们就……”

就在这时，林剑锋与朱建几乎同时感到耳膜一震，巨大的热浪裹挟着强大的冲击力径直朝两人吞噬过来!

林剑锋与朱建都是经验老到的警察，又都是青年男子，反应敏捷，几乎同时就地一滚，躲在最近的桌子底下，墙角旁边，双手抱住脑袋，做出了标准的闪避保护动作。

林剑锋的大脑在应激反应之下，几乎陷入了空白停滞。

恐怖袭击?

煤气爆炸?

还是……

究竟发生什么事情了?

就在这稍纵即逝的两秒钟内，下一波爆炸袭来，蛮横的冲击波瞬间横扫小店里所有的玻璃，就连铁门都被掀飞，像巨大的刀片似的，几乎贴着林剑锋藏身的桌子表面削了过去，狠狠砸在了墙上!

也就是说，林剑锋的反应如果再慢两秒，马上就成重伤，甚至可能要殉职!

朱建晃了晃自己因为气浪冲击而发鸣的耳朵，大声问道：“林组长，到底发生什么事了?”

林剑锋在桌子下面，朝外面看了一眼，目光霎时就惊住了。

“怎……怎么会这样!”

冲天的火光，映在林剑锋的眼睛里，红得几乎要喷出血来。

“怎么会这样!?”

隐藏在城乡接合处的废品收购站里，升起的火焰足足有三层楼高，“噼噼啪啪”房屋燃烧的剧响声，伴随着群众的尖叫惊呼声。

“失火了，失火了！”

“煤气罐爆炸了！”

“快来人，救火啊！”

废品收购站的报纸、塑料、棉被衣物及电子元件等都是易燃易爆品，月黑风高，更是风助火威。

大火瞬间吞噬了整个废品收购站。

这还不是最让林剑锋揪心的。

最揪心的是，一名正在旁边抽烟的同事瞬间被火焰吞噬。

他浑身的衣服和毛发都被点燃，像是火人一样挣扎着从火海里扑了出来。

“他妈的！”

林剑锋怒吼一声直接扑了出去，脱下自己的大衣，拼命朝着那个同事身上拍打。

“快打119和120！”

林剑锋几乎是怒吼道。

“他妈的，我们被人暗算了！”

当晚，省城虽然没有再发生耸人听闻的幽灵诈骗案，但却发生了废品回收站的火灾事故。

“根据最新统计情况，昨晚废品收购站发生的火灾事故系煤气罐泄漏遭遇明火引发爆炸所致，属于意外事故，排除了人为纵火的可能。火灾造成周围的四间民房被毁，十名群众受伤，其中一人严重烧伤，目前仍在抢救，尚未脱离生命危险。”

“目前废品收购站的法人已经畏罪潜逃。”

“省城新闻，持续为您关注。”

省城第一人民医院的手术室外的休息室里，电视机里一板一眼的新闻播报好像是在嘲讽垂头丧气的林剑锋。

新闻里播报的昨天发生在城乡接合部的大火，就是他亲身经历的。

新闻里提到的严重烧伤还没有脱离生命危险的群众，就是那名便衣同事，也是苏省反通讯诈骗中心特别行动组的一员。

“哪有这么巧的事情?”

坐在林剑锋身边的朱建愤愤不平道：“我们前脚才得到情报去废品回收站蹲点，当晚就发生了煤气罐泄漏的爆炸。”

“天底下哪有这么巧合的事情?”

“这一下，本来要到手的线索又断了!”

他又安慰林剑锋：“林组长，对方有心算无心，这件事情也不能都怪我们自己。”

“你……你不要自责了!”

“铁柱会没事的!”

林剑锋听到朱建安慰自己，长叹一声，将脸埋进双手之中。

一双手掌完全将脸遮住了，就好像是将头埋进沙子里的鸵鸟一样。

良久，他才放下手掌，眼眶红红的好像要掉眼泪，又似乎是已经哭过了才擦干眼泪一样。

“我去找陈副主任申请处分!”

“到废品回收站出警是我主动申请的，我当时也承诺了，我愿意承担一切责任!”

“男子汉大丈夫，一人做事一人当!”

林剑锋站起身：“留一个兄弟在急救室等着，朱建你跟我回苏省反通讯诈骗中心!”

“现在就回单位?”

朱建诧异道。

“欧阳主任和陈副主任恐怕正要拿你发火吧，要不我们晚一点儿再……”

林剑锋咬紧牙关，冷冷地说道：“这些害铁柱变成这样的歹徒，我——我绝不会放过他们的!”

……

早晨九点。

正是一天中最有朝气的时间。

苏省反通讯诈骗中心的气氛却比发生了幽灵诈骗案还要凝重。

原本最热闹的特别行动组的工位里，往日这个时候，这些小伙子一般都在聊最新的比赛，有时候是足球，有时候是篮球，有的时候甚至是羽毛球。

不管有没有看过直播，都可以聊得热火朝天。

世界杯的时候，他们为是C罗厉害还是梅西厉害，都可以吵得面红耳赤。

今天早上那里却空空荡荡，让人感觉心里好像少了一块似的。

很快，“咔”的一声轻响，防弹玻璃门打开，两道人影一前一后走了进来。

正是满脸疲惫的林剑锋和朱建。

看到只有两个人回来，其他人都面露惊愕之色。

尤其一直在中心各个组之间巡视的欧阳正刚更是眉头都拧成麻花了。

“你们怎么回事？”

朱建正要开口，林剑锋已经主动说道：“欧阳主任，我贪功冒进，主动要求去犯罪嫌疑人交代的接头地点，位于城乡接合处的一个废品收购站蹲点，结果对方提前设伏，引爆了废品收购站里的煤气罐，导致一名同事严重烧伤，至今没有脱离生命危险，另有三名同志不同程度受伤。”

“我愿意承担一切后果！”

欧阳正刚听到这话，一直拧巴的眉头反倒稍稍舒展了一些。

原本林剑锋以为会得到一顿苛责，甚至是停职处分。

没想到这位在省厅向来以苛刻著称的领导，却拍了拍自己的肩膀，柔声说道：“你们没事就好！”

“是犯罪分子太可恶，太狡猾了！”

林剑锋顿时惊住了，像是不相信自己的眼睛，欧阳正刚又说道：“林组长，你们今天休息一天吧！”

出了这么大的事情，甚至可以说是这么大的纰漏，居然不立刻给处分，也不训斥，而是放了一天假。

苏省反通讯诈骗中心的很多警官都是面面相觑，说不出话来。

谁也没有想到，欧阳正刚主任居然还有这样的一面。

偏偏就在这时，陈焱副主任也跑了出来。

虽然他还是一副笑眯眯的模样，但此时他却真正是一个笑面虎。

“欧阳主任，这可不行啊……”

“慈不掌兵，出了这么大的纰漏，若是什么都不处罚，还给放一天假，对于辛苦工作，非工作时间离岗半小时以上就要请假，兢兢业业工作的同志们，是不是太不公平了！”

林剑锋看到之前一直支持他去执行任务的陈焱副主任此时居然翻脸不认人，甚至还落井下石，顿时气得浑身的肌肉都在发抖。

如果不是他在警局多年，早就可以尽全力克制自己的情绪，也许现在真的就跟陈焱扭打起来了。

虽然之前他知道，陈焱是在利用他打压徐素年的风头，他一度也甘被利用。

但此时此刻，他才真正看到了笑面虎的獠牙。

谁都可以被牺牲。

有价值时可以利用，无价值时就可以立刻抛弃。

毫无底线！

可是让林剑锋没有想到的是，一直与陈焱搭班子其乐融融的欧阳正刚居然动怒了。

“你说的这是什么话？”

“他们出警是不是为了查案？是不是为了人民群众的生命财产？”

“他们是不是才从爆炸现场捡回了一条命？”

“如果他们昨天晚上也被严重烧伤了呢？难道我们不但不去医院抚恤，还要他们来上班，还要给他们处分不成？”

被欧阳正刚连续反问，陈焱一时语塞。

欧阳正刚又说道：“人没事，能够平安回来，才是最重要的！”

“总书记说过，我们干事，关键靠的是人。人没有了，还干什么事情？”

他不再看脸上青一阵白一阵的陈焱，对着林剑锋和朱建宽慰道：“好了，不要有什么心理负担，今天都回去好好休息一天吧！”

“你们也是捡回一条命，能好好地回来，比什么都强！”

他拍了拍这两个跟自己儿子差不多大的民警又笑道：“年轻人嘛，也可以去酒吧喝一点儿小酒，但是喝酒了就不许开车！”

“否则，交警支队那我也保不住你们！”

可是让欧阳正刚没有想到的是，林剑锋和朱建居然都没有动。

“你们怎么……？”

欧阳正刚正觉得奇怪，却听到林剑锋用冰冷的声音说道：“欧阳主任，我申请加班！”

朱建也沉声道：“我也自愿加班！”

没等欧阳正刚回过神来，林剑锋主动走到了徐素年的工位旁边，没等徐素年反应过来，他已经主动开口了。

“徐素年同志，希望我们以后能够精诚合作……”

“一定要将‘幽灵诈骗案’的这些混蛋绳之以法！”

徐素年看到林剑锋主动朝自己握手和解，加上之前张启辰的开解，她也早就有了与林剑锋和解的意愿，便大大方方地伸出手来，与他握住。

她看向林剑锋，正色说道：“林组长，我已经查到了对方使用的伪基站技术是 GSM 劫持技术，我也向我老师黄耀中寻求了帮助，我请他尽快帮我们制作出反制的系统。”

林剑锋听到徐素年的话，不禁一愣：“居然真的是 GSM 劫持技术？那不就是传说中的幽灵劫持技术吗？”

“这么尖端前沿的黑客技术，我们国内也有了？”

徐素年点了点头说道：“这就是‘幽灵诈骗案’屡屡得手的原因，目前的技术手段还无法防御 GSM 劫持技术，除了关机。”

“那岂不是……”

林剑锋身后的朱建疑惑地问道。

他明明记得刚才徐素年说可以制作反制系统，现在又说还无法防御

GSM 劫持技术，这不是自相矛盾吗？

徐素年缓缓说道：“的确是无法防御，但我们可以在他诈骗时进行追踪，揪出真正的幕后黑手。”

“这样一来，就可以帮被受害者追回部分甚至是全部的损失了，而且可以永绝后患！”

“所以我说的是反制系统，而不是防御系统。”

林剑锋和朱建都流露出恍然大悟的表情。

林剑锋却皱起眉头问道：“只是，我们现在线索都断了，怎么知道他什么时候会再发动进攻，又会在哪里发动进攻？”

“我们总不可能全城转吧？这也太大海捞针了！”

徐素年笑了笑说道：“我有一个朋友已经破解了犯罪分子在新加坡的真实手机号码，并且得知了他们下一步的诈骗计划，我们只需要设好陷阱等他们自投罗网即可！”

林剑锋皱眉道：“真的是新加坡的人干的？”

徐素年点了点头说道：“是不是新加坡人不知道，但犯罪分子的确是从新加坡发号施令，遥控指挥省城的电信诈骗犯进行诈骗的。”

“可能是因为这种 GSM 劫持技术加 2G 嗅探技术的仪器比较高端，他们拥有的数量比较少，我国海关对于无线电部件的管控又十分严格，只能通过走私进来，或者需要在国内拼装。”

“所以国内应该只有几套，甚至只有一套，其中一套应该已经在昨天的爆炸中被销毁了，所以他们重新组装或者走私一套进来，都需要时间。”

徐素年胸有成竹地说道：“正好我跟我老师研制反制系统也需要一些时间。”

“正合我意！”

林剑锋不禁皱眉道：“当真会这么顺利吗？”

徐素年点了点头：“魔高一尺，道高一丈，想明白了，也没有什么了不起的。”

“你也知道的，我们可比一般的黑客还要厉害！”

林剑锋只觉得心内一暖，尤其是当徐素年说“我们”的时候，就好像是遮在眼前的雾霾瞬间消散开来。

“你说的对！”

朱建也在一旁给林剑锋打气道：“剑锋，你可是有名的‘黑客杀手’，别对自己这么没信心啊！”

“暗网上可是有人以一百个比特币收你的命呢！”

林剑锋大笑，仿佛又回到了之前那个天不怕、地不怕，勇往直前的自己：“有人敢接就来接吧！”

“我怕过谁？”

就在这时，只听“咔嚓”一声轻响，偌大的苏省反通讯诈骗中心，所有电脑居然一齐黑屏。

所有灯光全部关闭。

“停电跳闸了？”

坐在徐素年身边的秦骏不禁皱眉道：“你们省厅也会停电跳闸吗？”

“不都是独立电源吗？没有备用电源吗？”

话音落下，林剑锋和朱建，乃至欧阳正刚的眉头都皱了起来。

“不可能，我们苏省反通讯诈骗中心是独立的发电机！”

“就算整个省厅大院停电了，我们也不可能停电！”

因为别的部门停电了，最多是工作麻烦一点儿。

苏省反通讯诈骗中心可是有能够挡得住 RPG 火箭弹的防弹玻璃门，一旦停电，所有人根本出不来，后面的人也极难破门救援。

后果不堪设想！

就在这时，徐素年猛地意识到了什么，取出自己的笔记本电脑，熟练地拔掉台式机网线，接到了自己的笔记本上！

“你这不是保密的电脑，怎么能接中心的内网！”

陈焱登时惊叫了起来：“徐素年你懂不懂规矩？！”

哪里知道，徐素年头都没有抬，冷冷地说道：“我们中心正在遭受黑客袭击！”

“刀都架脖子上了，你还管什么规矩不规矩？”

被欧阳正刚呛陈焱忍了，被林剑锋间接打脸，陈焱也就算了。

可是此时此刻，他居然被徐素年这样一个小丫头呛了一句，陈焱觉得自己的脸都丢尽了。

“你瞎说八道什么？”

“我们苏省反通讯诈骗中心的网络安保固若金汤，什么老鼠敢到猫窝里来撒野，我看……”

陈焱的话还没有说完，只见苏省反通讯诈骗中心的电灯还没有亮，防弹玻璃门却像闹了鬼一样，拼命“喀喀喀”地开着关着，像恶魔狰狞的门牙，又好像在“啪啪”地抽打着这个副主任仅剩的脸面！

要是陈焱现在还坚持苏省反通讯诈骗中心没有被黑客袭击，那恐怕只好承认大白天中心闹鬼了！

看到这一幕，林剑锋赶紧回到自己的工位，打开抽屉，“嘭”的一声将自己的笔记本电脑摔到了桌上，不由分说，也将网线拔了下来，接到了自己的电脑上！

这种情况之下，保密法算什么？

谁管他呢！

徐素年的目光一动不动地盯着屏幕，一连串的代码从她的指尖像弹奏钢琴曲一样流淌出来。

在她不远处的工位上，同样是“喀喀喀”好似复古打字机一般的敲击键盘的声音，简直就像是两个人在怄气一般。

虽然这画面与徐素年才进中心，林剑锋主动要与她比试，两人比拼谁先攻入加密服务器时的情景极其相似……

但是背景环境却有了翻天覆地的变化。

当时的两人都憋了一口气，要跟对方一较高下。

此时此刻，这两个在网络安全和信息技术上都颇有天赋，甚至堪称“天才”的青年翘楚，却是同仇敌忾，一齐对抗入侵苏省反通讯诈骗中心的神秘黑客！

整个苏省反通讯诈骗中心只有此起彼伏的键盘敲击声。

甚至连欧阳正刚主任都不敢说话，生怕打扰了两人防御黑客攻击的思路。

偏偏就在这时，“嘀”的一声短信送达的声音响起，原本极细微的声音此时此刻在苏省反通讯诈骗中心的大厅里简直就像是噪音一样刺耳。

居然是陈焱的手机响了。

就在这时，随着“咔咔”两声轻响，徐素年和林剑锋相继按下自己电脑上的回车键。

两人的屏幕之上，如有默契一般，一连串的代码飞快地自动向上翻着。

很快，两台电脑重新进入 Windows 系统。

两人终于长舒了一口气。

中心的玻璃防弹门终于恢复了正常，吊顶上的日光灯也重新亮了起来。

一直坐在徐素年身边，连大气都不敢出一口的秦骏忍不住问道：“黑客被赶走了吗？”

徐素年点了点头：“还好，对方似乎是来找什么东西，应该是找到了什么，或者是没有找到，就走了。”

林剑锋也分析道：“他停留的时间越长，本尊暴露的可能性就越大，若是被我们识破了，可能会有很大的麻烦。”

“不过，我们还是要彻查一下，苏省反通讯诈骗中心的病毒究竟是从哪里传到内网来的。”

徐素年点了点头说道：“苏省反通讯诈骗中心是独立内网，必然是有人将病毒带进了内网，一定要好好查一查。”

就在这时，陈焱看了手机里的短信一眼，脸上的表情顿时像见了鬼一样。肥硕的面颊上，一颗颗肉眼可见的汗珠纷纷滚落下来。

欧阳正刚看了身边明显异常的陈焱一眼，问道：“陈焱，你怎么了？”

陈焱顿时一惊，赔笑说道："刚才空调一直坏的，热的，热的！"

欧阳正刚嫌弃地看了陈焱一眼，又对徐素年说道："如果查清楚了病毒袭击的来源，直接来办公室向我汇报！"

说完，他就转头回自己办公室去了。

秦骏的胳膊被一旁的徐素年拉了拉。

徐素年指了指自己的电脑屏幕，秦骏好奇地将脑袋从隔板后面凑了过去。

只见徐素年的电脑屏幕上，一个不知名的程序窗口上，赫然是一段话。

"陈焱，你在花旗银行，以你侄子陈娇的身份证存的一百万美金存款还想不想要了？"

这一下，轮到秦骏惊讶得合不拢嘴。

"陈副主任在花旗银行有账户？还是用侄子的名字存的？"

他低声道："真的假的，该不会是碰瓷吧？还有，你怎么能看到他手机的短信？"

就在这时，屏幕上又跳出了一行话："你十十么人你要敢什么"。

秦骏看到这一条信息的时候，下意识地用余光瞄了一眼陈焱的身影。

平日里威风八面的陈焱副主任此时此刻居然坐在办公室门前会客的沙发上，脸色煞白得像是失血过多的病人，抓住手机的双手不停地颤抖，甚至连一个小小的手机都快抓不住了。

做刑警多年，秦骏一眼就看出了端倪。

因为陈焱现在的神态，跟那些心理防线被攻破时的犯罪嫌疑人实在是太像了！

"难道陈焱真的有问题？"

秦骏不禁疑惑。

徐素年低声淡淡地说道："你没有看到他已经紧张得打错字了吗？"

秦骏被徐素年一提醒，也皱起了眉头。

因为陈焱回复的短信既没有标点，错别字也非常多。

一看就是心理过度紧张导致的。

就在这时，屏幕上跳出的第三句话让徐素年和秦骏都险些惊叫出声。

因为屏幕上的第三句话是“立刻停止这个案子的调查，不要多管闲事！”

霎时间，徐素年和秦骏隔着屏幕都感觉到了浓浓的阴谋！

“陈焱会妥协吗？”秦骏低声问道。

徐素年皱眉道：“一百万美金太多了，相当于人民币七八百万了。”

“一个处级干部，就算加上奖金津贴，一年才多少钱？”

“这些钱来路不正，陈焱肯定做贼心虚。”

秦骏为难道：“那林剑锋能答应吗？他们特别行动组付出了这么大的代价，他能咽得下这口气？”

没等徐素年回答，只听到一个声音冷冷地说道：“当然不答应！”

秦骏转过头来，只见面色严肃的林剑锋不知何时已站在了他们身后。

“你……你怎么也知道了？”

秦骏正诧异，林剑锋解释道：“黑客之所以能黑进我们的内网，就是通过陈焱的手机。”

秦骏更惊讶了：“陈焱居然敢把手机直接连在内网上？”

但他又不敢大声，只得低声说道：“他这么多年警察，这么多年的领导白当了？”

“这保密法都丢到西伯利亚去了？”

徐素年也点了点头，与林剑锋交换了一个默契的眼神，低声说道：

“所以我们在成功防御了黑客的攻击之后，也等于顺带黑掉了陈焱的手机。”

忽然秦骏像想到了什么一样，压着兴奋说道：“你们发现一个问题没有？”

“既然对方威胁陈焱说，如果继续查案就要爆他的黑料，肯定是因为我们快要碰触到真相了！”

“这是在变相地告诉我们，我们的方向走对了，他们感到威胁了！”

徐素年淡淡地说道：“真是没有想到，陈副主任捞起钱来，胆子这么大！”

林剑锋冷笑道：“这还是从他手机里掌握的，我们不知道的蝇营狗苟天晓得有多少！”

秦骏此时看到林剑锋俨然将自己放到了与徐素年一起的阵营，之前对于他的敌意就像夏天的冰雪一样很快消融了。

“只是接下来，陈焱如果利用手中的权力阻挠我们继续查案，怎么办？”

秦骏的担忧，化成林剑锋嘴角的冷笑。

“我林剑锋手下的兄弟到现在还在医院里昏迷不醒，这事能就这么算了？”

“黑客能爆他的料，我们难道就不能爆他的料？”

“看他敢不敢公权私用！”

徐素年冷静地分析道：“如果我们把他的黑料爆出来，他肯定会死。”

“但如果把我们调出苏省反通讯诈骗中心，他不一定会有事。”

“即便是干掉了我们，恐怕他也不一定会死，你说他是会坐以待毙，还是会跟我们鱼死网破？”

徐素年的话音落下，林剑锋咬了咬嘴唇，终于还是把姿态放了下来，低声问道：“你有什么好办法？”

“如果不能将幕后黑手绳之以法，为了这个案子烧伤的铁柱，难道就白受这个罪了？”

他的声音不由自主地悲愤激动起来：“他就算能活下来，这辈子也当不了警察了！”

“就算他能够活下来，也会变成一个人人嫌弃的怪物。”

“他不说，谁知道他是因公负伤的人民警察？谁又会在乎？”

“而且这个案子不能破，他连功都立不了，最多属于因公负伤，那有什么用？”

“这世上还有公道吗?”

他握紧拳头，低声吼道:“他才刚刚大学毕业，才二十三岁啊!”

一旁的秦骏赶紧拉住他，劝道：“林组长，不要激动，你不要激动。”

“徐素年同志她会想办法的!”

原本秦骏不过是安慰林剑锋的话，哪里想到徐素年竟淡淡一笑说道:“对，我会想办法的。”

“而且，我不是已经有办法了吗?”

……

省公安厅食堂。

各个窗口前都是领了餐盘，排队等着开饭的民警。

在最远离门口和打饭队伍的一张不锈钢餐桌上，徐素年、秦骏和林剑锋围坐在一起。三人面前都是最简单的套餐。

林剑锋主动跟徐素年搭话道:“徐素年同志，你想的好主意，究竟是什么好主意?”

徐素年也不跟林剑锋藏私，放下筷子，低声说道:“我之前也说过，要请黄老师设计针对 GSM 劫持技术的反制系统，然后在他们作案的时候进行追踪。”

“这样我们就可以获取完整的证据链了，只有这样，我们才可以跟新加坡申请出动警力，抓捕那个幕后黑手。”

林剑锋听到徐素年的话，目光一动:“你的意思是，你要拿陈焱当诱饵?”

徐素年点了点头:“不是故意为之，算是妙手偶得吧……谁叫他自己手机中了木马病毒都不知道?”

“如果不是我们处理及时，整个苏省反通讯诈骗中心内网的电脑都会中招瘫痪。”

林剑锋凝重地说道:“要是这事传到外网，被外国黑客打脸，那脸可丢大了!”

秦骏忽然想起了什么，低声问道:“那个黑客知道我们也黑进了陈

 焱的手机吗?”

“他知道自己跟陈焱的短信记录或者是对话，我们都看得到吗?”

徐素年想了想，开口说道:“应该是不知道的!”

“不然他第一时间应该是放弃要挟陈焱，直接操纵他的手机芯片过载自毁，毁灭一切可能找到他的线索。”

“芯片烧掉的话，谁都没办法恢复里面的数据了!”

林剑锋却为难道：“但我们究竟有多少的把握，对方会对陈焱下手?”

徐素年沉声说道:“欧阳主任不会同意不调查‘幽灵诈骗案’的，陈焱对欧阳正刚毫无反抗能力，所以对方的撕票，几乎是必然的!”

徐素年淡淡说道:“如果不能获取完整的证据链，新加坡警方根本不会同意中国公安在新加坡国土抓人，这有可能会引起国际纠纷。”

听到徐素年说会引起“国际纠纷”，林剑锋也是剑眉紧锁：“等我们拿到完整证据链，再联系新加坡警方，我们再去新加坡，对方既然知道在国内的下线被我们抓了，甚至一锅端了，怎么可能不逃走?难道等着被我们抓吗?”

徐素年这才说道:“所以我们应该兵分两路!”

“我会跟欧阳主任汇报整个案件的情况，并且请他联系新加坡警方，等于是这几天的准备期，我们就准备好其他一切手续，人也派到新加坡进行布控!”

林剑锋不禁一愣道:“你有那人在新加坡的地址?”

徐素年点了点头:“已经被我朋友分析出来了……”

“原本我还在犹豫那是不是假地址，准备自己黑进去看看，结果对方侦测到了我的 IP 地址，意识到可能是我国警方介入……”

“能够有警方查到他那里的，必然是因为‘幽灵诈骗案’的事情，所以他就把自己的暗棋给用上了，也就是陈焱!”

“他应该是认为自己的真实地址有很大可能没有暴露，再加上有陈焱的阻挠，等我国公安赶往新加坡抓捕他的时候，他早就远遁离开，什么都不会留下。”

“他需要的不过是让陈焱拖住我们的步伐和速度，给他转移的时间而已！”

秦骏不禁疑惑道：“既然他知道自己有被抓的风险，为什么不立刻走人？”

林剑锋解释道：“数据库的搬迁不是那么容易的，也不是说立刻关机就能拿走的。”

“先关哪一台，后关哪一台，都是有说法的，万一数据遗失，可能会造成不可挽回的损失……”

徐素年却突然说道：“也有可能是，他的 Boss 不允许他离开！”

“Boss?!”

秦骏这一下更加摸不着头脑了。

“难道还有更大的后台不成?”

13. 互联网不是法外之地

徐素年面露忧色：“我隐隐有种不好的预感。”

“不然的话，这些通过黑客技术，进行电信诈骗，疯狂敛财的跨国犯罪团伙，要这么多的钱做什么?”

“即便是一个团伙，这些年，每年，每月，每日，甚至每小时，世界各地都在发生黑客攻击和互联网诈骗……”

“而且每一宗的金额都很大，甚至有些犯罪的金额达到数千万，甚至上亿人民币……”

“别说是一些团伙的贪欲，就算是一座大海，都可以填平了。他们居然还在不停地作案，争分夺秒地作案，开发最新的作案技术……”

说到这里，她柳眉微蹙，对着林剑锋说道：“你也知道，黑客的世界，是一个比传统社会更加极端的金字塔结构。”

“掌握最核心技术的大牛拥有一切！”

“最底层的则是普通网民，毫无反抗能力，只能做予取予求的‘肉鸡’。”

林剑锋皱眉，似是被徐素年点醒了什么。

“所以，黑客攻击也好，互联网诈骗也好，技术劫持诈骗也好，最终犯罪得来的这些钱的大头，还是会流向黑客世界最高层的少数一些人手里。”

“一个人的生命是有限的，享受了所有能享受的，金钱也就跟纸没有什么差别了……”

“他们到底想要干些什么?”

听到徐素年自言自语，秦骏赶紧推了推她，岔开话题说道：“你不要想这么多了。”

“也许这次仅仅是一个有点技术又恰巧会 GSM 劫持技术的黑客而已。”

“哪里会有这么可怕的事情发生?”

秦骏笑了笑说道：“再说了，不是有我们人民公安吗?”

“有我们在，即便是国外的黑客想要掠夺我国网民的虚拟财富，我们也有信心崩掉他一嘴的牙!”

徐素年与林剑锋皆笑了起来。

吃完饭，从食堂散步回去的路上，林剑锋忽然对徐素年问道：“你想跟欧阳主任提议派谁去新加坡执行任务?”

徐素年看了看林剑锋，不禁笑道：“你要主动请缨吗?”

林剑锋点了点头。

徐素年没有应允，也没有反对：“你得一个人去!”

“而且可能对方会有很多人，还会有枪，甚至可能有重武器。”

秦骏赶紧拉住徐素年：“你没事吓林组长干什么?”

“新加坡的治安哪有那么差?”

“那里连弓弩都禁的好不好? 几乎都要赶上国内了!”

“又不是合法持枪的菲律宾!”

徐素年却说道：“犯罪分子是有能力搞到枪支武器的，在没有新加坡警方帮助的情况下，林剑锋，你可能会很危险……”

说到这里，林剑锋却沉声说道：“我没有问题!”

“我一定要把那个家伙从新加坡抓回国内，接受中国法律的审判！”

“我要让这些黑客知道，即便是互联网，也绝对没有法外之地！”

“不是他们可以为所欲为的恶魔乐园！”

听到林剑锋的话，徐素年也点了点头。

当时，她还在警校的时候，就说过类似的“互联网不是法外之地”的话。

此时此刻，以林剑锋之口说出来，竟让她产生了惺惺相惜的共鸣。

似乎更加坚定了她的某些想法一般。

她笑道：“我本来想推荐的人选就是你！”

秦骏这一下不太高兴了。

“我不能去吗？”

“我身手不好吗？我好歹也是特种兵退伍啊！”

徐素年笑着解释说道：“因为这趟差事不是身手好就能够做得了的！”

“不仅要掌握信息定位技术，而且要会在现场破解对方的密码。”

“之所以这样安排，是因为我们一旦出其不意端掉了对方的老巢，他没有BOSS便罢，如果有上线BOSS，直接删除了所有的数据，到时候我们可能因为拿不到证据而无法收场。”

“只能无奈放人不说，甚至还可能演变为外交事件，很容易被误判为跨国使用警力，侵犯新加坡的主权，遭到世界舆论的批判。”

“如果一层一级的板子打下来，我们作为当事人，肯定是逃不过去的！”

徐素年笑了笑说道：“我当然不希望这种叫我们流血流汗又流泪的事情发生，但这的确是我能够想到的最坏的情况。”

“捉贼要捉赃，只要固定了证据，他就没有办法脱罪，就要面临法律最公正的审判！”

听到徐素年的话，林剑锋也热血沸腾起来，点头道：“那这件事情，我肯定要去的！”

“也只能是我去！”

正如徐素年猜测的那样，欧阳正刚听了徐素年的汇报之后，果断要求继续追查“幽灵诈骗案”，而且开始严密排查上一次苏省反通讯诈骗中心受到黑客攻击的责任事故原因，以及黑客攻击的来源。

这让陈焱惊得手足无措，连续请了四天的病假，也不知道是急火攻心一病不起，还是在想什么办法。

只不过他自己都不知道，他发的每一条短信和微信，记录都会呈现在徐素年的电脑屏幕上。

神秘人催促陈焱尽快采取行动，阻止继续调查，甚至提出要他故意破坏证据，阻挠调查的时候……

陈焱一口回绝。

因为他知道，这等于将自己这张牌摊开来放到了明面上。

这是拿他做弃子。

无非是选择以贪污罪、受贿罪抓起来，还是以滥用职权罪抓起来而已。

帮不帮这个劫持了他手机的神秘黑客，一百万美金的秘密会不会曝光，已经没有什么差别了！

双方原本达成的脆弱协议眼看着一触即溃。

徐素年知道，自己的机会应该来了。

另一方面，正如徐素年之前预料的一样。

新加坡警方虽然与中国人民公安一直有良好的合作基础，但是在证据不足、证据链不是闭环的情况下，也无法同意中国公安海外出警。

但介于打击跨国黑客犯罪是全球共识，新加坡警方对于有可能在本国内发动网络攻击，尤其是 GSM 劫持技术这样危险网络攻击的黑客也心存忌惮，所以才破例允许最多一名公安民警以游客身份入境。

不允许携带任何枪支弹药。

林剑锋听到欧阳正刚向自己传达这个口头命令的时候，差点没惊住。

与徐素年之前的假设，几乎分毫不差。

苏省反通讯诈骗中心内网遭受黑客攻击的第四天。

黄耀中老师亲自到苏省反通讯诈骗中心送来一个移动硬盘。

一向沉稳的徐素年，竟像一个拿到了新玩具的女孩，赶紧拿去测试了一番。

她自制了一个伪基站和短信嗅探装置。

很快，徐素年的手机掉线了。

就在伪基站接着的笔记本控制徐素年手机的时候……

所有操作记录一点不漏地呈现在插了移动硬盘、开启了反制程序的电脑屏幕上。

神奇的一幕出现了。

软件正中央的弹窗变成了类似窗口的大小。

所有对方在徐素年手机上进行的勾当，全部被曝光出来。

“这应该就是螳螂捕蝉，黄雀在后吧！”

看到徐素年试验成功，黄耀中捋了捋胡须笑道。

“不，应该是魔高一尺，道高一丈。”欧阳正刚笑着说道。

一切准备就位。

第五天的深夜。

即便地处南国，省城冬天的夜晚，也寒冷刺骨。

九点，工作日的夜晚，道路已渐渐变得冷清下来，一辆黑色的别克商务车停在鼎天聚富谷的楼盘外面。

开车的青年男子，一身结实的腱子肉，目光如同锐利的神鹰一般，盯着来来往往的人群。

即便他保持这样的动作已接近一个小时，但他的眼睛却依旧炯炯有神。

甚至像是越到晚上就越精神的猫头鹰一般。

“还没有发现可疑目标……”

秦骏对副驾驶上的徐素年低声问道：“对方真的会今天动手吗？”

徐素年看了看电脑屏幕，点头道：“今天是对方给陈焱的最后通牒日期，黑客一定会袭击陈焱。”

秦骏皱了皱眉头说道：“所以我们七点就在这里等了吗？”

徐素年点了点头：“黄老师的反制系统可以发现两公里范围内的伪基站信号，并做出预警。”

“伪基站要捕猎陈焱的手机，我们则要捕猎伪基站。”

“猫和老鼠的游戏而已。”

徐素年盯着面前的电脑屏幕说道：“我在晚七点的时候，利用技术手段查杀了陈焱手机里的木马病毒。”

“所以对方如果今天不动手，陈焱可能会有逃过一劫的侥幸心理。”

“他被对方攥在手里的那一百万美金的账户，除了撕票之外，就没有任何的价值了。”

“其实犯罪分子要的根本就不是那一百万美金，他们看不上这么些钱，他们只需要陈焱听命于他们，给我们制造麻烦。”

“所以在这样的情况下，对方必然会铤而走险，再使用一次 GSM 劫持技术，也就是幽灵诈骗，对陈焱进行诈骗。”

“哪怕只是敲打敲打他而已。”

徐素年慧黠地笑道：“陷阱已经布好了，我们只要等对方踩进去就好！”

秦骏点了点头，对徐素年说道：“林剑锋今天晚上已经到新加坡了，他正在根据你给他的 IP 地址赶去对方的窝点。”

“如果一切顺利的话，掌握了对方遥控犯罪分子在中国国内进行电信诈骗的证据，立刻传给新加坡警方，也许还来得及请求他们协助林剑锋。”

“毕竟如果对方有枪的话，林剑锋可能会有生命危险。”

秦骏的担心不是没有道理。

正如徐素年所说，犯罪分子肯定有路子搞到枪，守法公民有可能反而是弱势的一方。

正说话的时候，忽然一个人影进入两人的视线。

只见一名拖着黑色行李箱，一头金发的外国小伙出现在了鼎天聚富谷的小区门口。

小伙子一米八几的个头，远远看上去还有些清秀，此时正用手语比画着跟小区保安在交流着什么。

旁边的小区保安点头哈腰，从口形上看一直在说着“Yes”，还点头说“Ok”。

这样的表现，搁在抗战时期，绝对就是个汉奸头目。

徐素年的目光顿时一冷，对秦骏说道：“就是他!”

秦骏不禁皱眉：“外国人?”

“用外国人帮他带伪基站进小区?”

徐素年淡淡地说道：“连你也认为这不太可能对吗?”

秦骏点了点头。

“会不会是弄错了?”

徐素年笑道：“不会弄错的!”

“犯罪分子喜欢利用我们的认知盲区。”

“即便监控摄像头里显示，明明就是犯罪分子的外卖小哥跑来跑去，我们却主动将他排除在嫌疑人之外。”

“同样，这样的高档小区，如果是外来人员，别说是说不清进来干什么的陌生人，就算是送外卖的，恐怕都要打电话核实是哪一家点的外卖……”

“就算故技重施再让外卖小哥来动手，除非他恰巧就接到了这里的订单……”

“否则的话，想要混进去谈何容易?”

徐素年淡淡说道：“但是外国人，尤其是金发碧眼的外国人则不一样。”

“第一，保安不敢搜查他的箱子，这在讲究个人隐私的国外是禁忌。老外可以一口回绝，甚至借此大闹。”

“第二，这样的高档小区保安先入为主地认为外国友人不是坏人，只会以为是里面哪个尊贵业主请来的贵客，如果惹了业主不高兴，自己有可能会被炒鱿鱼。”

“至于他去找谁，显然由于语言不通，一会儿保安就会放他进去。”

就在徐素年说话的时候，果然……

只有刷卡才能进入的小门大门从里面打开了，保安队长将这名拖着黑色行李箱的“洋大爷”给请了进去。

前后情况，与徐素年的猜测，如出一辙！

秦骏虽然与徐素年合作不是一天两天了，此时看她的眼神也不太对了。

女诸葛啊！

徐素年看向秦骏，正色说道：“秦队，你跟上去，不要打草惊蛇。”

“一会儿等他开始操作伪基站的时候，我叫你动手，再动手，一定要人赃并获！”

秦骏点了点头，从车里跳了下去，径直朝鼎天聚富谷的小区门口走去。

面对“洋大人”恭顺得像牧羊犬似的那个保安看到一张中国面孔顿时喊了起来。

“你找哪个的？”

“提前预约了没有？”

“这是高档小区，闲杂人等不许进来！”

面对这些对自己同胞嚣张跋扈的“慕洋犬”，秦骏冷冷一笑，掏出自己的警官证：“警察办案，少废话，开门！”

14. 收网！

秦骏进了小区，绕过高档小区里的雕塑、花圃和喷水池，始终保持洋小伙在自己的视线之内。

他是特种兵出身，走起路来，几乎没有脚步声，更兼这小区内部道路，几乎没有什么灯光照明，假山、雕塑等人造景观又多，遮蔽视线的同时，还可以提供掩蔽。

所以秦骏跟了那洋小伙接近一里路，对方居然毫无察觉。

就这样又走了不远，洋小伙终于停下了脚步，他抬起头来，看了看四周的联排别墅，似是在确认什么。

跟在他后面的秦骏眼尖，一眼就看到了远处联排别墅上的数字。

“那边是十六号，真的是陈焱的家！”

他用手掩住嘴巴，蹲在花圃后面，用蓝牙耳机与对徐素年说：“素素，你猜的太准了，这家伙到了陈焱家旁边就不动了。”

“不过，这才九点啊，他们现在就动手吗？”

“以前的幽灵诈骗案，不都是十二点以后吗？”

电话那头，徐素年沉声分析道：“陈焱会不会知道对方可能对自己采用 GSM 劫持技术？”

“如果你是陈焱，你睡觉会不会关机，甚至把手机卡都给拔了？”

秦骏不禁愣住了。

“晚上九点，正是用手机最多的时候，他是绝对不可能关机的！”

“这个时候有可能他最喜欢的电视剧更新了，也有可能他打的网游有活动，再或者准时进聊天室跟主播聊天，无论是做什么……”

“这个时候网络上的诱惑太大，他不可能关机断网。”

“就算他不上网娱乐，在他的潜意识里，也认为 GSM 劫持只会发生在深夜。”

“所以是对方特地选好了这个时间，甚至有可能是根据大数据分析出来，陈焱绝对不可能关机的时间！”

听到徐素年的分析，秦骏的眉头蓦地皱了起来。

“那我现在该怎么办？”

徐素年急切地说：“你距离他太近了，马上你就会从 4G 网络掉线到 2G，而且通话内容可能会被监听。你立刻切换到内网模式跟我通话！哗——”

嘈杂的电流声瞬间掩盖了徐素年说话的声音。

就在徐素年说话的同时，秦骏看到洋小伙蹲下身来，从行李箱里取出了一些东西。

秦骏的眉头顿时皱了起来，就连呼吸都变得紧张和急促了起来。

两个箱子，一台笔记本电脑。

一只箱子是金属的。

一只箱子是木质的。

GSM 劫持技术与 2G 嗅探技术的设备。

错不了，这个洋小伙就是为新加坡的幕后黑手前来“惩罚”陈焱的犯罪分子!

下一秒，伴随着“哗啦”一声电流声响，徐素年原本模糊的声音又清晰了起来。

“秦队，你那里什么情况?”

听着徐素年有些焦急的声音，秦骏压低声音，沉稳地说道：“一切正常，鱼已上钩!”

与此同时，联排别墅的客厅里，陈焱拖着肥硕的身躯，来回走动，局促不安如热锅上的蚂蚁。

他时而跺脚，时而坐在沙发上垂头丧气地抓乱自己的头发。

“我怎么就这么倒霉啊?!”

“为什么那些黑客要盯上我啊!”

就在这时，一个声音在房间里喊道：“爸，我手机怎么突然上不了网了啊?”

陈焱此时正烦得火大，当即吼了起来：“玩手机玩手机，就知道玩手机!”

“你要是有出息点儿，你爸我犯得着弄钱给你择校上高中吗?”

“你这个王八羔子，老子上辈子欠了你什么啊!”

哪里知道，楼上的少年直接顶嘴道：“我要是王八羔子，你就是老王八，我们都不是好东西!”

陈焱登时就怒了。

他上楼冲进房间，一把抢过给儿子新买的手机，抓在手里狠狠地砸在地上，忽然他的目光变了。

因为落在地上碎裂屏幕的手机上的信号格分明显示是 2G 网络。

2G 网络?!

在省城这样的大城市，还会有地方没有覆盖 4G 网络吗?

那么只有可能是……

他发疯似地丢下手机，冲进客厅，双手哆嗦着连上家里的 Wi-Fi。

就在他打开支付宝的瞬间。

“滴滴滴滴”账单提醒的信息像催命符似地狂弹了出来！

“我被‘幽灵’诈骗了！”

陈焱顿时惨嚎了起来。

他立刻拿起手边的固话，迅速拨通了 110。

“喂，110 吗？”

“我被‘幽灵’诈骗了！没错，就是那个一觉醒来把钱全转走的诈骗案！”

“什么？你要给我转到省城的反通讯诈骗中心？我操你姥姥，你知不知道我是谁，你知不知道？！”

他拿着电话听筒，声音歇斯底里。

“你说什么？不管是谁都要遵守报警流程？”

“我操你姥姥，我是苏省反通讯诈骗中心副主任陈焱，我的警号是×××××，立刻出警封锁鼎天聚富谷！”

“犯罪分子肯定还没有走，给我现在！立刻！马上过来！”

这一通咆哮，不止在房间里心疼手机被摔了的儿子愣住了。

外面操作伪基站的洋小伙也慌了。

虽然他听不明白陈焱究竟说了什么，但绝对不是什么好事。

就在他收起伪基站，拖起行李箱，慌不择路要逃走的时候……

幽暗的路灯下，一道人影蓦地挡住了他的去路。

洋小伙还没有反应过来，那人已是拳劲生风，直接朝他的脸上招呼过来。

洋小伙赶紧向后跳了一步，当他看清楚袭击自己的不过是一个一米七几、瘦瘦黑黑的中国男人之后，他的嘴角翘起，不由自主地露出一丝轻蔑的笑意。

“中，国人？no，你——不行！”

旋即，他一个高抬脚，仗着身高优势直接朝秦骏的脸上踢来。

然而这十拿九稳的一脚，在特种兵退伍的秦骏面前，拙劣的就像是小孩子打架。

他猛地下蹲，一记扫堂腿，直接扫翻了洋小伙，旋即双手撑在地面上，整个身体倒立而起，一脚狠狠从下向上蹬在了他的下巴上。

就在对方向后倒的瞬间，秦骏如弹簧跃起，一手锁喉，一手直接将对方双手拷住了。

所有动作行云流水，一气呵成。

刚才还得意地说中国人不行的老外顿时就像是被吊在铁钩子上的肥猪，痛苦地挣扎呻吟起来。

秦骏看向那被铐住的老外，站起身来，掏出自己的警官证，冷冷地说道："犯罪嫌疑人，根据《中华人民共和国刑法》，你现已被苏省反通讯诈骗中心依法抓捕，请你积极配合……"

"坦白从宽，抗拒从严！"

面对还在挣扎着乱吼乱叫的老外，秦骏好整以暇地冷笑道："没听懂？"

"要不我再用英语和法语给你各来一遍？"

就在这时，秦骏的耳机里响起了徐素年的声音。

"我已经把证据发给新加坡警方了。"

"陈焱手机里的所有证据我也都已经备份了。"

秦骏点了点头，凑到微型麦克风旁边说道："该收网了！"

"这种人民公安里的害群之马，也绝对不能放过！"

说着，他走到陈焱家门口，敲了敲门，大声喊道："陈焱副主任，我们来了！"

陈焱一听好像是自己中心的民警的声音，赶紧从沙发上跳了起来，冲到门前，大声说道："立刻给我搜查，那个黑我手机的家伙肯定还没走远，一定要把他给……"

陈焱的话还没有说完，就看到被铐着手铐坐在地上，旁边放着两部伪基站仪器的外国小伙。

"这……这是……"

秦骏淡淡地笑道："我们已经抓获犯罪嫌疑人了！"

陈焱这才松了一口气，转而笑着，却依旧有些结巴地说道："强、强将手下无弱兵，江城市公安局的刘仁伟，确、确实厉害!"

陈焱看到秦骏的目光一刻不离地盯着自己，反而更加心虚起来。

"厉害，回，回去给你记，记功!"

"秦骏，你可以回去了!"

秦骏此时猛地敛住笑意，冷不防一副铮亮的手铐直接锁在了陈焱的手腕上。

陈焱陡然一惊，额头上冷汗狂冒。

"秦骏，你，你这是什么意思?!"

秦骏的声音庄严如审判："陈焱，你涉嫌利用职权贪污、受贿，以及有巨额财产来历不明，证据确凿，请跟我回局里一趟吧!"

陈焱顿时就惊叫了起来。

"你一个小小的民警，你有什么资格抓我?"

"我是处级干部，你有什么资格抓我?"

可是他的歇斯底里也只到这一秒为止了。

因为秦骏的手里赫然拿着一张逮捕令。

落款不是别人，正是苏省反通讯诈骗中心主任——欧阳正刚!

"天网恢恢，疏而不漏……"

秦骏冷冷地说道："陈焱，你这祸害警队的硕鼠，你的报应来了!"

……

就在秦骏收网，抓住陈焱的时候，徐素年却陷入了沉思。

手提电脑屏幕上，身穿便衣的林剑锋置身于一处仓库似的幽暗室内。

所见之处，是一台台的电脑和服务器。

林剑锋站在画面中央，声音带着"沙沙沙"的电子干扰声："徐素年，我赶到地点了!"

"这里的确是一处秘密机房，但是在我赶来之前，外面把守的人全部被杀了!"

说着，他晃动手机，抬起手来，指向地上的一具尸体说道："这个人好像是他们的头儿，我来的时候就已经死了！”

随着手机闪光灯的强光，一张苍白而死不瞑目的面容，出现在屏幕上。

子弹从前额打进，后脑勺直接就被子弹近距离的冲击波炸成了碎片。

但即便如此，徐素年还是看清了尸体的面容，低声惊呼道：

“怎么是她？”

躺在冰冷地板上，被人一枪爆头的不是别人，正是菲律宾跨国诈骗团伙逃走的主犯。

也是在菲律宾时假扮徐素年的女人。

她的相貌特征是后来徐素年和跟她接触过的秦骏比对了上百张据称会易容术的亚裔罪犯头像，匹配出来的。

不得不说，她长得还是很漂亮的。

瓜子脸，皮肤也很白，双颊还有梨涡。

没有想到，短短一个月不到的时间，再次见面，她已经是躺在地上的冰冷尸体了。

林剑锋将手机移开，对徐素年说道：“我也不知道是谁杀了她跟外面的六个守卫。”

“而且全部都是一枪毙命，看来对方的枪法极好，我看……”

徐素年突然打断了他的话。

“不是枪法好！”

“是因为他们根本都没有想到对方会突然拔枪射杀自己！”

“是他们自己人干的！”

说到这里，徐素年蓦地想到了什么，大声惊叫了起来。

“不好，他们既然连自己人都杀了，肯定要销毁证据！”

“你赶紧拷贝服务器上的信息，如果我们抓不到他们跨国犯罪的证据，可能会引起国际纠纷……”

“而且这批资料里肯定有不可告人的惊天秘密，你快点……”

话未说完，只听到“滴滴滴滴”无数机箱报警的声音好像蜂群密集地响了起来。

没等徐素年反应过来，剧烈的爆炸声夹杂着服务器过载的刺耳锐响，火焰如毒龙瞬间吞噬了整个画面。

电脑屏幕定格在最后的画面：

林剑锋抬起手来，用风衣的衣袖想挡住面前吞噬过来的明火。

只是让人匪夷所思的是，他不是向外跑去，而是直接朝着火焰扑来的方向冲去。

“他疯了吗？”

就在徐素年想要将鼠标拉近一些的时候，画面彻底漆黑。

也就是说，林剑锋的手机被彻底破坏了。

徐素年与他彻底失去了联系。

省城，十点，寂寥的冬夜。

路边的一辆车内，一名少女合上了腿上的笔记本电脑，看向窗外已经落光树叶的道旁树。

轻叹了一口气，低下头来。

不知所思，不知所想。

15. 消失的父亲

四天后。

苏省反通讯诈骗中心收到了一份来自新加坡的加急包裹。

居然指名是寄给徐素年的。

就在所有人好奇的目光中，徐素年拆开包裹，却发现是一只被严重烧焦变形的硬盘。

就在所有人都以为是什么徐素年的爱慕者在搞恶作剧的时候……

忽然，徐素年鼻子微微一抽，眼眶竟有些湿润了。

只是当所有人发现她表情异样的时候，这位苏省反通讯诈骗中心唯一的女民警赶紧抽出一张纸巾，捂住了半边脸颊，低声咳嗽了几声说道：“我最近晚上受凉了，有点感冒！”

众人嘘寒问暖了几句，也就都散去了。

只是有人忽地意识到了什么，交头接耳起来。

“林组长这几天到哪里去了？”

“就是啊，还是第一次这么长时间没有看到他啊？”

“他这个人平时虽然傲气得要命，但是好久不见，还真的有点想这家伙呢！”

听到旁边人的话，只有知道内情的秦骏侧过身来，拍了拍徐素年的肩膀，咬住嘴唇低声说道：“他的任务没有办法公开，不然可能会有国际纠纷……”

“人死不能复生，你……你也要坚强一些！”

秦骏又说道：“这个硬盘应该是林剑锋抢救出来的……”

“虽然被烧焦了，但应该还可以恢复部分数据。”

“如果能找出对方操纵国内诈骗犯罪的证据，林剑锋也许还可以得到一个烈士的追授。”

徐素年抬起头，看向秦骏的脸庞，忽然泪水就止不住了。

秦骏一看到徐素年哭了，顿时就慌了。

“唉，哭什么呀！”

“你这样哭哭啼啼的，苏锦文问起我来，我怎么回答？”

“你再过几个月不是都要结婚了吗？”

徐素年被秦骏一说，便擦了擦眼泪，微微点了点头。

她站起身，去了特种实验室。

就当所有人以为事情完结了的时候。

下午，徐素年忽然在特种实验室里惊叫了起来。

秦骏还以为发生了什么事故，赶紧冲了进去。

可当他进去的时候，却看到徐素年好好地立在电脑屏幕前。

而屏幕上的不是别人，居然是活灵活现的林剑锋！

只见这个皮肤发黑的小伙子，左手打着绷带，右手抓着那个烤坏的硬盘，炫耀似地对着屏幕前的人晃动着说道：

“我试过了，这个硬盘是能用的，所以我就录了这段视频拷进去！”

“但是能用的硬盘，我怕新加坡海关不让我出关，只好又把它给弄坏了寄出去的！”

“不过相信以你的能力，肯定可以修好它！”

林剑锋倚在病床上，翘起打石膏的腿，换了个舒服点的姿势，笑道：“这个硬盘是我从火场里随手找了一台服务器拔出来的，运气不错，里面有几笔国内诈骗的流水，还有不少资料，我没有时间修复了，你慢慢看吧！”

他又看向镜头笑道：“我也好久没有休假了，医生说了，我三个月之内肯定没法下床，更别想回国了。”

“正好，公费度假了！”

说到这里，他抬起手来，对着镜头行了一个礼，笑道：“三个月后见吧！”

“这三个月里苏省反通讯诈骗中心的工作，就交给你了！”

“徐素年同志！”

视频放完，播放条停住，画面定格在了林剑锋那张巧克力色的、棱角分明的酷酷脸上。

徐素年忽然笑了起来，自言自语道：“这个家伙，这么做的话，怎么样都觉得有点过分啊！”

“枉我担心他这么久！”

听到徐素年的话，在一旁的秦骏眉头皱了起来，低声问道：“喂，素素，你该不会是……喜欢上……”

“那苏锦文怎么办？”

徐素年听到秦骏这欲言又止的话，不禁笑了起来：“秦队你放心，我与苏锦文之间是爱情也是亲人，至于我跟林剑锋，嗯……”

“最多算是旗鼓相当的对手，加上志趣相投又患难与共的同事罢了！”

秦骏挠了挠头，咬住嘴咂道：“这都能分得这么清……”

“高智商的女人还真是不简单啊！”

当晚，省城新闻宣布，在苏省反通讯诈骗中心与新加坡警方的合作之下，省城特大电信诈骗案告破。

境外犯罪团伙头目萨琳娜在新加坡被新加坡警方击毙。

两名负责操纵伪基站的犯罪嫌疑人被抓获，受雇于境外组织的无线电、伪基站走私、装配团伙被一网打尽，巨额资产的洗钱团队也随之被牵扯出来。

值得一提的是，犯罪嫌疑人陈世彪诈骗数额特别巨大，但属于从犯，且被捕后积极悔过，并有重大立功情节，检察机关依法从轻处理，处以有期徒刑五年，缓刑五年。

也就是说，陈世彪接下来的五年，只要不再犯案，就可以免除牢狱之灾了。

三个月后。

省城宝安机场。

一架从新加坡归国的航班徐徐降落。

扶手梯上缓缓走下一名身穿蓝色警服的青年男子。

他的腿脚似乎受过伤，走路的时候，稍微有一点跛。

他慢慢地挪下扶梯后，一下子就看到一辆别克牌商务车停在前面。

等在车前的两个年轻男子都戴着墨镜，一看到那有点跛脚的男子皆摘下墨镜笑了起来。

“锋哥，在新加坡过得爽不爽啊？”

“连续放假三个月，是不是爽死了！”

“你可算知道回来了啊！”

“大家可想死你了！”

这两个人不是别人。

正是特别行动组现在的副组长朱建。

还有代理组长——秦骏！

林剑锋笑着说道：“你们试试去病床上躺三个月，撒尿都要拄拐杖去卫生间，你们试试？”

“净他妈喜欢嘲笑我！”

他看了看两人，低声问道：“她没来吗？”

朱建哪里不知道林剑锋嘴里的“她”是谁，别过脸朝车里喊道：“素素，锋哥回来了，你不跟他打个招呼吗？”

坐在车后排里一直盯着笔记本电脑的一名素衣少女，眉头紧锁，塞着耳机，似乎没有听到朱建的话。

电脑屏幕上，播放着像素有些糟糕的视频。

背对镜头的是一袭风衣的人影，他对面是一名戴着墨镜的高大白人男子。

“你作为一个中国人，你为什么要到这里来？”

一个徐素年从小到大都极其熟悉，却久违的声音从耳机里响了起来。

“因为我跟你们一样都相信‘神’。”

白人忽地就笑了起来，招了招手。

“乔治，把这个弟兄带到兔子窝的深处。”

“让他看一看我们的‘神’。”

画面戛然而止，徐素年这才抬头看到了车窗外面林剑锋的面孔。

她摇下车窗，笑容如三月的和煦春风。

“欢迎你回国。”

“林剑锋同志！”

后　记

“幽灵捕手”的故事结束了，看起来坏人绳之以法，好人平安无恙，是一个大圆满的结局，但想必给大家留下了更多的疑惑：

骗集团的女首领萨琳娜是什么组织的下线，又是被谁作为弃子痛下杀手？徐素年失踪的父亲为什么要去寻找黑客组织？神秘黑客口中的“神”又是什么？……

所有的谜底，都可以通过封底上书旗小说二维码找到答案。

《天网猎狐》的网络版发布于阿里巴巴文学的APP书旗小说上，网络名为《骇客女警》，收录有本书的第四个故事“终极一战”，因篇幅有限，不能收录在本书中以飨诸位读者，殊为遗憾。

作为一个主要写作平台为网络的作家，能够出版这本《天网猎狐》，我感到十分荣幸。这本书不仅是我的第一本简体中文出版物，也是第一本尝试现实主义题材的创作，还是第一本以女性作为主人公的作品，作为一个长年在网络上写玄幻武侠小说的糙汉子来说，书中难免会有一些瑕疵。

相信在这本《天网猎狐》之后，我能够创作出更好，也更加让读者们满意的作品。

各位读者，如果还有想与我交流的问题，想对我说的话，可以扫描封底二维码，下载书旗APP到《骇客女警》评论区留言。

本书能够最终成稿，我要感谢为本书提供灵感与故事素材的警察好友，如果没有他提供的诸多案例与故事情节，想必本书的可看性、可读性都会大打折扣。

特别感谢我的好友：陈顺宇警官为此文提供的素材与做出的贡献！

情殇孤月

2019年3月于镇江

“博物馆青少年人文讲堂”系列

新悦读

吴玫 著

上海博物馆 编

人民文学出版社

图书在版编目(CIP)数据

新悦读/上海博物馆编；吴玫著. —北京：人民文学出版社，2022
（"博物馆青少年人文讲堂"系列）
ISBN 978-7-02-017089-0

Ⅰ.①新… Ⅱ.①上… ②吴… Ⅲ.①读书方法-青少年读物 ②写作-方法-青少年读物 Ⅳ.①G792-49 ②H052-49

中国版本图书馆 CIP 数据核字(2021)第 254857 号

责任编辑 **卜艳冰 张玉贞**
装帧设计 **李苗苗**

出版发行 **人民文学出版社**
社　　址 **北京市朝内大街 166 号**
邮政编码 **100705**

印　　刷 **凸版艺彩(东莞)印刷有限公司**
经　　销 **全国新华书店等**

字　　数 **200 千字**
开　　本 **720 毫米×1000 毫米 1/16**
印　　张 **11.5**
版　　次 **2022 年 3 月北京第 1 版**
印　　次 **2022 年 3 月第 1 次印刷**

书　　号 **978-7-02-017089-0**
定　　价 **78.00 元**

如有印装质量问题，请与本社图书销售中心调换。电话：010－65233595